Einau

Dello stesso autore nel catalogo Einaudi

Sabbia nera
La logica della lampara
La Salita dei Saponari
Tre passi per un delitto (con G. De Cataldo e M. de Giovanni)
L'uomo del porto
Il talento del cappellano
La carrozza della Santa
Il Re del gelato
La banda dei carusi
Il Castagno dei cento cavalli

Cristina Cassar Scalia
Delitto di benvenuto

Einaudi

© 2025 Giulio Einaudi editore s.p.a., Torino
Pubblicato in accordo con Grandi & Associati, Milano

www.einaudi.it

ISBN 978-88-06-26146-7

Delitto di benvenuto

*A Maurizio,
come in ogni nuova avventura. Insieme.*

1.

Il vento pungente dei Balcani, che già da qualche giorno sferzava il resto dello stivale, nottetempo aveva raggiunto la Sicilia orientale spazzando via le piogge africane che imperversavano sulla costa. Un cambio talmente repentino e inaspettato che nessuno aveva avuto ancora il tempo di accorgersene.

Il maresciallo Calogero Catalano si strinse addosso il cappotto d'ordinanza, alzò il bavero, calcò meglio il cappello e affrettò il passo. Le mani in tasca, le spalle strette, gli occhi sulla strada, che quella mattina gli pareva piú lunga del solito, affrontava le raffiche che lo investivano a ogni salita che incontrava. Da casa sua al commissariato ci volevano sí e no cinque minuti, una breve passeggiata che di regola, a meno che non ci fosse qualche emergenza, faceva con calma. Una sosta in tabaccheria per il pacchetto giornaliero di Nazionali, due chiacchiere con Ciccio il tabaccaio che aveva sempre qualche cosa di divertente da raccontare, e se anche non l'avesse avuta sarebbe stato lesto a inventarla.

Quel giorno Catalano non si fermò. Aveva fretta di raggiungere il commissariato, ed era già in lieve ritardo sulla tabella di marcia. Non era una giornata qualunque. Di lí a poche ore il nuovo commissario, trasferito direttamente dalla questura della capitale a dirigere il commissariato di Pubblica sicurezza di Noto, sarebbe arrivato alla stazione di Siracusa, dove lui l'avrebbe accolto con tutti gli onori che si convenivano.

Mentre passava da piazza XVI Maggio, le due araucarie davanti alla chiesa di San Domenico, addobbate di luci, gli ricordarono che mancavano tre giorni alla vigilia di Natale. Il maresciallo scosse il capo. Non gli poteva pace: ma viri tu se è normale mandare un cristiano in una città sconosciuta proprio a Natale, quando quello magari se ne voleva stare in famiglia. Potevano aspettare una settimana, no?

Infilò la discesa di fianco al Teatro comunale, e arrivò in commissariato.

– Maresciallo, buongiorno, – lo salutò l'appuntato Baiunco, che il giorno prima Catalano aveva designato come accompagnatore. Gli rispose con un cenno della mano.

L'uomo lo seguí fin dentro il piccolo ufficio singolo che Calogero s'era conquistato in qualità di vicedirigente.

Il maresciallo andò ad aprire gli oscuranti, ma si guardò bene dall'aprire anche i vetri. In commissariato durante l'inverno si gelava già in tempi di pace, figurarsi col freddo di quella mattina.

Fuori, la strada si stava animando.

– Novità? L'auto di servizio è pronta?

– Sissignore. Qua sotto è, a disposizione quando lei comanda.

– Mantuso dov'è?

Il brigadiere comparve in quel momento.

– Eccomi, maresciallo.

– Mi raccomando, mentre io vado a Siracusa il commissariato è sotto la tua responsabilità.

– Non dubiti. Sarò un vice-vice-capo attentissimo. Se proprio in queste due ore ci sarà la rapina del secolo, saprò come comportarmi, – scherzò il brigadiere Mantuso, che nella settimana di dirigenza pro tempore di Catalano era stato il suo braccio destro e sinistro.

– Cerca di non fare troppo lo sperto, che per me non è stato un periodo facile. Anche se non è successo niente di grosso, la responsabilità di un commissariato è un peso che non ti lascia dormire. Se in piú ci metti due figli neonati, che la notte la scambiano col giorno, la situazione diventa complicata assai.

– Stia tranquillo, maresciallo.

– Baiunco, la stanza del commissario è stata pulita?

– Sissignore. Vennero a pulirla aieri mattina.

– Sulla scrivania c'è un ambaradan di carte che non mi raccapezzo manco io, – intervenne Mantuso. – Erano tutte alla firma del dottore Nuzzi quando gli comunicarono che l'avrebbero trasferito.

– E lui pensò bene di non firmarne manco una, – concluse Catalano.

Il brigadiere sogghignò. – Non volevo dirlo.

Il maresciallo chiamò a raccolta gli uomini presenti in commissariato e suddivise le mansioni per quel poco che c'era da fare.

Aveva appena rinfilato il cappotto e stava per avviarsi a Siracusa quando la guardia Spadaro comparve sulla porta.

– Maresciallo, se ne sta andando?

– Sí, perché?

– C'è una signora che le vuole parlare.

Catalano continuò ad abbottonarsi il cappotto.

– Portala da Mantuso.

– Veramente... la signora vorrebbe parlare proprio con lei.

– E per quale motivo?

Spadaro scrollò le spalle.

– Non lo so, maresciallo.

Catalano alzò gli occhi al cielo. Questa sola ci mancava.
– Va bene, falla entrare. Come si chiama?
– Brancaforte Maria Laura.
La aspettò all'impiedi, pronto ad andarsene.
La donna entrò assieme a Spadaro e a un'altra donna, un po' piú grande di lei, che il maresciallo riconobbe subito. L'aveva incontrata dalla suocera, che abitava un piano sopra casa sua.
– Oh, signora Filomena.
– Maresciallo, buongiorno.
– Che successe, come mai è qua?
– Sto accompagnando mia nipote, da sola non se la sentiva di venire.
Catalano focalizzò la donna piú giovane. Bruna, occhi verdi, non poteva avere piú di trentacinque anni ma il viso era piuttosto segnato.
Capí che non era il caso di riceverle in piedi.
– Accomodatevi.
Ancora col cappotto addosso si sedette alla scrivania.
La signora in questione si presentò.
– Mi chiamo Vizzini Maria Laura, coniugata Brancaforte. Debbo… sporgere una denuncia, – disse con preoccupazione.
– Spadaro, chiamami Mantuso, – comandò Catalano.
Il brigadiere comparve subito.
– La signora deve sporgere una denuncia, – gli comunicò.
Mantuso si sistemò dietro un tavolino con una macchina da scrivere e si mise in attesa.
– Prego, signora, – fece Catalano.
La donna esitò.
– Maresciallo, – s'intromise l'altra, – mi deve scusare, ma mi permisi io di consigliare a Maria Laura di rivolgersi a lei. Sa, con una persona conosciuta una si trova meglio…

– Mi dica, signora Brancaforte, cos'è successo? – la invitò Catalano. – Ha subito un furto? – azzardò. Nove volte su dieci, a Noto, le denunce sporte dalle donne, specie se di estrazione borghese, riguardavano furti e sparizioni di argenteria o di gioielli, piú o meno preziosi a seconda del tenore di vita.

Tutto avrebbe immaginato il maresciallo tranne quello che sentí.

– Mio marito è scomparso.

Catalano rimase per un attimo ammutolito, si drizzò sulla sedia. Mantuso si bloccò col dito a mezz'aria. L'intestazione del verbale scritta a metà. «Noto, addí 21 dicembre 1964...»

– Scomparso come? Da quanto tempo? – chiese il maresciallo.

La donna prese un respiro. – Due giorni. Uscí di casa l'altro ieri e ancora non tornò.

Catalano ingoiò la notizia ferale. Non era la rapina del secolo, ma sentiva che un bel mattone stava per cascargli addosso.

– Come si chiama suo marito?

– Gerardo Brancaforte. È direttore alla Banca Trinacria.

Catalano lo individuò subito. – Ah, certo. Il dottore Brancaforte –. Piú che un mattone, un macigno.

– Uscí per andare a sbrigare faccende che può adempiere solo di sabato. Parlare col mezzadro, non so che altro. E non tornò piú –. Di colpo la donna portò il fazzoletto sotto l'occhio, per asciugare una lacrima che era scappata.

– Era già capitato che suo marito non tornasse a casa? – sondò il maresciallo.

– Mai. Una volta dovette restare a Catania per conto della banca, ma naturalmente mi avvertí per tempo.

– Allora perché non venne a informarci ieri?

La donna esitò di nuovo e intervenne la signora Filomena.
– Maresciallo, lei deve capire. In una situazione come questa, una non sa come comportarsi. Uomini con cui consigliarsi nella famiglia nostra, a parte Gerardo, non ce ne sono. La povera Maria Laura deve pensare a cinque picciriddi.
– Aspettai, – rispose infine la Brancaforte. – Magari, chi lo sa, una telefonata, qualche notizia. Poi quando vidi che per la seconda notte Gerardo non rincasava... – Scoppiò a piangere e Filomena la soccorse.

Catalano rifletté: – In effetti prima delle quarantott'ore non ci saremmo neanche potuti muovere –. Guardò l'orologio. Il tempo per lui era scaduto. – Signora, io purtroppo debbo andare a Siracusa a prendere il nuovo commissario, che arriva oggi. Lei ora cerca di rasserenarsi e racconta al brigadiere Mantuso tutto quello che si ricorda dell'altro ieri mattina, quando suo marito è uscito. Stia tranquilla che ci muoveremo subito.

– Il nuovo commissario? – chiese la signora Filomena, distratta dalla novità che, evidentemente, nessuno le aveva riferito. – E chi è, chi è? Come si chiama? Da dove viene?

Il maresciallo si riabbottonò il cappotto e andò verso la porta.

– Si chiama Macchiavelli. Scipione Macchiavelli. Viene da Roma.

2.

Il rumore sferragliante del convoglio sulle rotaie scandiva il tempo con la precisione di un orologio svizzero. Continuo, inesorabile. Occhi che non ne volevano sapere di chiudersi, cuore che si stringeva un po' di piú a ogni stazione in cui il treno sostava, il commissario Scipione Macchiavelli se ne stava supino a fissare il letto sopra il suo che, per fortuna, nessuno avrebbe occupato. Era grato alla sorte per quel posto in wagon-lit, recuperato in fretta e furia ad appena otto giorni dal Natale, quando qualunque alternativa di viaggio era ormai impraticabile. Compresa l'automobile, opzione che lui avrebbe preferito ma che, tra tappe intermedie in Calabria e strade tortuose, avrebbe comportato un anticipo di due giorni sulla partenza e un tempo di percorrenza non ben valutabile.

16 dicembre 1964. Era il giorno in cui la questura di Roma gli aveva minacciosamente notificato il trasferimento «con effetto immediato» dal commissariato «Via Veneto», che aveva diretto negli ultimi quattro anni, al commissariato di PS di Noto. Siracusa. Sicilia. Una comunicazione scritta, ferale come una condanna al patibolo, alla quale era stato costretto a rassegnarsi. Un pugno nello stomaco da cui, ne era certo, si sarebbe ripreso con difficoltà. Con altrettanta angosciosa difficoltà, s'era approssimato all'atlante d'Italia e, con mano malferma, aveva cercato il luogo del suo esilio. Il dito era sceso lungo lo stivale, sem-

pre piú giú, verso latitudini piú meridionali della Tunisia, raggiungendo l'estrema punta della Sicilia. Lí, dove l'Italia finiva e il Mar Mediterraneo si estendeva nella sua porzione piú vasta, si trovava il luogo nel quale la volontà dei suoi superiori l'aveva relegato. Lo stesso tragitto lo stava ora percorrendo a bordo di quel «Treno del sole» straripante di persone sul quale era salito la sera prima alla stazione Tiburtina, lasciando sulla banchina una piccola folla dalla quale aveva fatto fatica a staccarsi. Madre, sorelle, fratello, amici, amiche. I loro occhi tristi fissavano il finestrino dal quale s'era affacciato con la drammaticità di una scena d'addio degna della miglior cinematografia. Col cuore piú pesante delle tre valigie che un sollecito portabagagli l'aveva aiutato a caricare, li aveva visti allontanarsi insieme alla sua Roma amata, dov'era nato trent'anni prima e alla quale sentiva di appartenere anima e cuore. Chissà quando gli avrebbero permesso di farvi ritorno.

Scipione scostò le coperte e mise i piedi a terra.

Di tutte le ultime nottate che aveva trascorso a meditare sulla sua dissennatezza, e a pentirsene quando ormai non poteva piú porvi rimedio, quella era senz'altro la piú penosa. Mai, da che ne aveva memoria, gli era capitato di patire l'insonnia. La notte gli era sempre stata amica, dispensatrice di lunghi sonni ristoratori o, in alternativa, di lunghe ore passate in piacevole compagnia. Ogni tanto – a dirla tutta piuttosto di rado – era stata animata da operazioni di pubblica sicurezza che per la maggior parte riguardavano l'universo variegato della Via Veneto notturna, dalla rissa agli atti osceni in luogo pubblico. Giusto un paio di rapine, una sola delle quali a mano armata e con tanto di feriti anche gravi. Gli rincresceva dover constatare quanto fortunata fosse stata la sua esistenza fino al giorno in cui aveva pensato bene di rovinarsela.

Senza accendere la luce cercò il pacchetto di Dunhill che aveva poggiato sul comodino e ne accese una. Si alzò e fece pochi passi fino al finestrino. Lo aprí e lasciò che l'aria pungente della notte gli sferzasse il viso. L'odore che entrò, seppure inquinato dall'olezzo del treno in corsa, indicava che il mare doveva essere molto vicino. Il commissario sporse il capo fuori. La luna quasi piena faceva abbastanza luce da permettergli di distinguere quello che gli passava davanti. Il naso non l'aveva ingannato: un attimo dopo il treno curvò e si trovò a correre parallelo a un tratto di spiaggia e scogliere.

– Ma guarda che bello, – si stupí. – Dove siamo? – Aprí la valigia piú piccola ed estrasse la mappa delle ferrovie italiane che s'era procurato. Facendo due conti anche in base all'orario, dovevano trovarsi nelle Calabrie, in uno dei punti in cui la ferrovia passava proprio al livello del mare. Guardia Piemontese? Marina di Fuscaldo? O forse Acquappesa? Il nome lo fece sorridere. Gli ricordò un vecchio amico di suo padre, il colonnello Metauro, di origini calabresi. «Come andare a Roma passando per Acquappesa» diceva, per descrivere un percorso troppo lungo. A giudicare dall'ubicazione del nominato paese, che a vederlo lí sulla mappa per la prima volta a Scipione pareva fuori da qualsiasi rotta, l'osservazione del colonnello era azzeccata.

Cinque minuti con il finestrino aperto e la temperatura della cabina precipitò. Scipione afferrò il cappotto che aveva appeso a un gancio e se lo mise sulle spalle. Rimase a guardare fuori fino a quando il treno non entrò in una galleria. Richiuse e tornò a infilarsi sotto la coperta spessa di lana grezza marrone che stentava a compiere il servizio per cui era stata concepita. Si raggomitolò sul fianco destro e finalmente s'appisolò.

Si svegliò all'alba, disturbato da un rumore di ferraglia diverso da quello che l'aveva accompagnato fino ad allora. Il treno pareva muoversi a scatti, un passo avanti e uno indietro, come se qualcosa sulle rotaie gli impedisse di procedere. Scipione si alzò, andò verso il finestrino e si trovò davanti un palo di ferro, simile a quelli che bordavano i ponti di recente costruzione. Abbassò il vetro superiore e sporse il capo. Quello che gli era parso un ponte ora sembrava un tunnel privo di tetto, nel quale il treno avanzava lentamente, a singhiozzo. S'infilò il cappotto sul pigiama e fece per dirigersi verso la porta quando qualcuno bussò. Era l'addetto alla carrozza letto che la sera prima l'aveva accompagnato al suo scompartimento, e in mano teneva un vassoio.

– Buongiorno, signore. Il caffè e «Il Messaggero», come da sua richiesta.

Scipione prese il vassoio. – Grazie –. Il treno ebbe un piccolo sussulto che per poco non fece rovesciare il caffè sul giornale. – Ma che succede? Dove siamo? – chiese.

– A Villa San Giovanni. Stiamo salendo sul ferry boat. Se vuole tra poco può lasciare lo scompartimento e raggiungere il ponte. Per traghettare ci metteremo almeno un'ora. Poi la procedura di scarico a Messina...

– Ho capito, ci giocheremo un paio d'ore.

– Su per giú.

L'uomo si ritirò.

Scipione bevve il caffè. Tirò fuori rasoio e crema da barba e utilizzò il piccolo lavabo di lato per una sommaria, quanto precaria toletta. Per l'arrivo a Noto aveva scelto un vestito nuovo: doppiopetto fumo di Londra, serio abbastanza da riflettere il suo umore. L'ultimo Caraceni che si sarebbe verosimilmente potuto permettere, ordinato quando ancora i fondi economici paterni non gli erano stati preclusi, e saldato prima di partire immolando buona parte dello stipendio. La cravatta, di lana regimental blu e grigia, era il regalo di Natale di sua sorella Domitilla, ricevuto in anticipo come tutti gli altri: la scorta di acqua di colonia da parte di sua madre – che chi lo sa se lí la troverai; *La califfa* da parte della sorella Augusta; l'ultimo 45 giri di Gianni Morandi, *Non son degno di te*, che il fratello Marco Aurelio aveva scelto in base ai propri gusti. E infine la valigetta quarantottore, il dono speciale con il quale lo zio Alceste aveva inteso manifestargli la sua vicinanza guascona.

Tutti, a eccezione del regalo di suo padre, che per quell'anno – e a suo dire anche per i successivi – non gli sarebbe pervenuto.

Scipione uscí col giornale sotto il braccio e si piazzò davanti alla porta, dove i passeggeri della carrozza si stavano accalcando, pronti per scendere appena fosse stato possibile. Fingendo di leggere il giornale, osservò di sottecchi una coppia di mezz'età, lui tarchiato e quasi calvo, lei una spanna piú alta e impellicciata come se invece che in Sicilia fosse diretta a Bolzano. Un uomo, che per età poteva essere suo coetaneo, se ne stava ritto in prima fila esibendo un sorriso soddisfatto. Alto come lui, scuro di capelli, cappotto doppiopetto cammello, espressione gioviale. Entrambi si scostarono di un passo quando alla fila s'aggiunse una famigliola chiassosa. Padre e madre giovani, lui con un marcato accento siciliano, lei inequivocabilmente toscana, e due bambine bionde infiocchettate dalla testa ai piedi che saltellavano eccitate. Una delle due, la piú piccola, si rivolse a Scipione. – Siamo sul ferribotto, papà?

Il padre s'avvicinò subito afferrandola per la mano. – Elisa, qua sono –. Si girò verso di lui: – Mi scusi, sa. La bambina l'aveva scambiata per me.

– E di che, si figuri, – gli rispose, salutando con la mano la bambina, che gli regalò un sorriso sdentato.
Spiegò di nuovo il giornale, in attesa che le porte si aprissero.
L'uomo accanto a lui gli rivolse la parola.
– Niente, eh, un'altra fumata nera fu –. Anche il suo accento non doveva allontanarsi troppo dallo stretto di Messina.
Scipione non capí.
– Prego?
L'uomo indicò il giornale con il mento.
– Pure il quinto scrutinio finí a niente. Non raggiunsero il quorum.
Il commissario focalizzò l'argomento.
– Ah, già, lo scrutinio, – annuí. In quei giorni, concitati al limite del dramma, a tutto aveva pensato tranne che a informarsi sull'andamento delle elezioni presidenziali. Che, secondo le migliori tradizioni, si stavano protraendo già da qualche giorno senza produrre alcun risultato. Intanto i giornali riempivano le prime pagine delle piú svariate ipotesi.
L'uomo prese il silenzio di Macchiavelli come un invito a proseguire.
– A rigor di logica, dopo le dimissioni di Segni… – Le porte del treno che si aprivano lo interruppero. – Oh, finalmente! – Lo sconosciuto scese dal treno con un balzo.
Il commissario gli andò dietro un gradino per volta, guardandosi intorno.
– È la prima volta che attraversa lo stretto? – gli chiese quello, riagganciandolo.
La sua faccia doveva raccontare piú di quanto lui avesse voluto.
– Sí, è la prima volta.

– Suggestivo, eh? Per me, che sono siciliano, pure un poco emozionante, – commentò l'uomo, avviandosi verso destra.

Macchiavelli lo seguí. In fondo, dopo tutte quelle ore di solitudine, quattro chiacchiere non ci stavano male.

– Siciliano di dove? – domandò.

– Messina.

– Ah, allora è praticamente arrivato.

– Quasi, – precisò l'uomo, sorridendo. Allungò la mano. – Ma noi non ci siamo nemmeno presentati. Permette? Ragioniere Alessio Ferlino.

Scipione gliela strinse. – Scipione Macchiavelli –. Capí che il suo interlocutore stava aspettando il resto e aggiunse: – Commissario di Pubblica sicurezza.

– Commissario! – disse quello, compiaciuto. – E viene da Roma?

Non era chiaro se l'entusiasmo fosse riferito al mestiere che faceva o alla città di provenienza.

– Sí, vengo da Roma.

– L'avevo capito subito. Accento inconfondibile il vostro –. Gli indicò una scala di ferro. – Per di qua.

In fila indiana, che per due sui gradini non c'era spazio abbastanza, s'inerpicarono fino al ponte superiore del traghetto.

Ferlino partí verso l'affaccio che guardava in direzione della Sicilia. Scipione si scusò, adducendo come pretesto il vento freddo che batteva da quel lato, e lo lasciò lí per avvicinarsi al lato opposto che, oltre a essere piú riparato, era idealmente rivolto verso Roma. Veder allontanarsi l'ultimo pezzo di Continente lo amareggiò al punto che alla fine desistette. Se indietro non poteva tornare, tanto valeva guardare dalla parte giusta. Girò i tacchi e raggiunse di nuovo il ragioniere.

3.

Il maresciallo Calogero Catalano valicò il muro di persone che gremiva la banchina e si piazzò nel punto in cui riteneva piú probabile che si fermasse la carrozza letto. Altri poliziotti in divisa, a esclusione dell'appuntato Baiunco che l'aveva accompagnato a Siracusa, in giro non se ne vedevano, il che avrebbe reso piú semplice il loro riconoscimento da parte del nuovo commissario, del quale entrambi ignoravano l'aspetto.

La notizia del cambio repentino di dirigente era giunta appena una settimana prima. Il commissario Nuzzi, promosso al grado di vicequestore aggiunto, il 15 dicembre era già approdato alla questura di Catania, lasciando nelle mani di Catalano l'intera gestione del commissariato fino all'arrivo del funzionario designato. Un avvicendamento tanto inatteso quanto improvviso. Non che, in tutta franchezza, la cosa gli cambiasse granché in termini pratici. Tutto si poteva dire di Nuzzi tranne che non fosse propenso a delegare. Delega oggi delega domani, a conti fatti le sorti del commissariato gravavano sulle spalle di Catalano fin dal giorno in cui l'ex dirigente aveva preso servizio.

Il maresciallo guardò l'orologio. L'orario d'arrivo previsto del Treno del sole era già passato da dieci minuti buoni.

– Baiunco.

– Agli ordini, maresciallo.

Catalano indicò la biglietteria con un cenno del capo.

– Vedi se riesci a farti dire quante ore ci toccherà aspettare.

Sgomitando tra la folla, l'appuntato partí verso l'ufficio, dal quale tornò un attimo dopo contento che pareva avesse vinto la lotteria.

– Venti minuti, mezz'ora al massimo.

– Ca speriamo, – fece Catalano. Le braccia conserte, gli occhi fissi davanti a sé, pensieroso.

– Mi pare in ansia, maresciallo, – osservò Baiunco.

Catalano si accorse che senza volerlo aveva preso a battere a terra la punta del piede.

– Pensieri, Baiunco. Pensieri.

L'uomo sospirò. – Ragione ha. Doppu mesi che non succedeva nenti di grosso... giustu giustu stamatina doveva capitare? – non proseguí.

Il maresciallo rimase in silenzio, assorto nelle meditazioni che gli impegnavano la mente da quando, un'ora e mezza prima, era dovuto montare in auto alla volta di Siracusa. La scomparsa di Gerardo Brancaforte, vuoi per la persona in questione, vuoi per le circostanze riferite, a naso non prometteva affatto bene. E certo non capitava nel momento ideale, con un nuovo dirigente in arrivo.

Anche Baiunco nel frattempo aveva meditato. – Però, se mi posso permettere... forse non è troppo male che 'sta cosa successe ora e non prima.

– Che vuoi dire?

– Niente... pensavo che... il commissario viene da Roma, chissà quanti casi difficili gli capitarono in una città accussí grande. Ammazzatine, furti, rapine...

Catalano interruppe il volo di fantasia dell'appuntato con un'occhiata storta.

– Ah, perciò secondo te noi non siamo capaci di risolvere casi grossi?

L'uomo sgranò gli occhi.
– Ma che dice, maresciallo, lei assieme al brigadiere Mantuso tutte cose siete capaci di risolvere! Io mi riferivo a...
– A?
– A... – Buttò fuori l'aria che aveva trattenuto. – A niente, maresciallo.

Catalano non lo stuzzicò ancora. Aveva capito a che cosa stesse alludendo fin dalla prima parola. Un pensiero a voce alta, senza filtri, che l'appuntato s'era lasciato scappare perché erano soli. Che Nuzzi non fosse il più capace dei funzionari di Pubblica sicurezza era un'opinione largamente condivisa.

– A proposito di Mantuso, fai una cosa. Vai al bar, fatti dare dei gettoni e telefona in commissariato. Chiedi al brigadiere se ha avvertito il pretore e se ci sono novità –. Se ce n'erano, Mantuso era senz'altro l'unico ad averle potute scovare. Era l'elemento più valido che avevano, il solo cui Catalano potesse affidare una patata bollente fino al suo rientro.

– Subito, maresciallo.

Per distrarsi un po' mentre aspettava, Calogero si mise a osservare la folla che mano a mano s'andava infittendo sotto la pensilina. Il vociare intenso raccontava il fermento di quelle persone, ansiose di ricongiungersi con un pezzo della propria famiglia emigrato «al Nord» e che tornava soltanto nei canonici periodi di ferie. Il Natale era uno di quelli. Pochi giorni di festa cui nessuno avrebbe rinunciato, a costo di sciropparsi venticinque ore in un treno che più affollato non poteva essere. Le valigie di cartone mezze vuote, disposte per essere riempite di ogni genere alimentare al momento della ripartenza. Quel sapore di casa capace di scaldare anche la più gelida delle stanze di periferia.

Appoggiato a una colonna, la sigaretta che si spegneva

lentamente tra le dita, Catalano osservò quella gente con gli occhi e con il cuore di chi tanta trepidazione l'aveva provata sulla propria pelle. Era stato due anni in servizio a Bologna, altri due a Latina, e conosceva quel treno come le sue tasche. Assorto com'era, non s'accorse che qualcuno lo stava fissando finché Baiunco, di ritorno dal bar, non glielo fece notare.

– Maresciallo, c'è uno che la sta taliando.

A pochi metri da loro c'era un uomo alto, piacente, elegantemente vestito. In mezzo alla folla chiassosa e variegata pareva l'intruso della «Settimana Enigmistica». Appena riuscí a intercettare lo sguardo di Catalano, l'uomo fece qualche passo verso di loro.

– Il maresciallo Catalano? – chiese.
– In persona.
– Buonasera, sono il giudice Santamaria.

D'istinto Catalano si drizzò.

– Buonasera, signor giudice.

Baiunco si mise subito sull'attenti.

– Appuntato Baiunco, signor giudice.

Santamaria sorrise, rivolto a entrambi.

– State aspettando il commissario Macchiavelli, vero?

Da Messina a Taormina, a eccezione di alcuni brevi tratti e di qualche galleria, il treno aveva viaggiato poco lontano dal mare. Scipione aveva visto scorrere la costa orientale siciliana dal finestrino della carrozza ristorante che, a differenza di quello della sua cabina, affacciava sul lato giusto. Prima di scendere alla stazione di Messina, il ragioniere con cui aveva familiarizzato sul traghetto non gli aveva raccomandato altro.

«La dorsale jonica offre paesaggi meravigliosi, commissario, mi creda. Taormina in primis. E verso Catania non si perda lo spettacolo dell'Etna innevata, che è una magnificenza. Una cosa unica», gli aveva assicurato, prima di balzare giú dal treno e volare tra le braccia di una donna che per età non poteva essere altri che la madre. Quella scena a Scipione aveva provocato un nodo alla gola talmente serrato che era impossibile scioglierlo. Chissà quando sarebbe riuscito a riabbracciarla lui, la sua. Ce l'aveva ancora davanti agli occhi, triste come di rado l'aveva vista. Tra lei e sua sorella Domitilla, non sapeva quale delle due gli sarebbe mancata di piú. E Augusta, Marco Aurelio. E poi sí, persino suo padre. Gli doleva ammetterlo ma, nonostante la frattura che s'era creata tra loro, in fondo gli sarebbe mancato anche lui: l'avvocato Cesare Macchiavelli, principe di quel foro romano dal quale lui invece s'era voluto tenere alla larga. Se lo ricordava ancora il momento difficile in cui, fresco di laurea, gli aveva comunicato che non avrebbe seguito le sue orme. Il padre aveva fatto fatica a comprendere quella scelta.

«Il commissario di Pubblica sicurezza?» aveva ripetuto. Non riusciva a credere che suo figlio volesse gettare alle ortiche uno studio legale importante come il loro. Inutile era stato ricordargli che anche Domitilla era laureata in Giurisprudenza, che di lí a poco sarebbe stata abilitata alla professione forense e che bazzicava lo studio legale da mesi, nella totale indifferenza paterna. La risposta era stata lapidaria. Domitilla era una donna. Prima o poi avrebbe avuto «altro a cui pensare». Alla parola «altro» non aveva aggiunto «di piú consono», ma Scipione – e del resto la stessa Domitilla – sapeva che lo pensava. Il padre aveva tentato in ogni modo di spingerlo a cambiare idea, ma lui non s'era mosso dalla propria posizione. E dalla convinzione idealista, forse financo un tantino ingenua ma ferma, che nei quattro anni di università aveva maturato profondamente: lo studio del codice penale gli sarebbe servito per perseguire i delinquenti, non per ritrovarsi un giorno a capire come fare a difenderne uno. E dato che un avvocato non può rifiutarsi di difendere un colpevole, nemmeno un assassino, quel mestiere non faceva per lui. La schiettezza con cui aveva argomentato la sua scelta, alla fine, aveva prodotto il risultato opposto a quello temuto. Nonostante l'amara delusione, l'avvocato aveva dovuto ammettere che almeno dietro a una simile scelta c'era qualcosa di solido. Se non altro un principio, che sebbene non lo trovasse d'accordo – c'è modo e modo di difendere un criminale! – meritava rispetto. Coerente com'era sempre stato, l'avvocato Macchiavelli non solo aveva rispettato la scelta del figlio, ma l'aveva persino foraggiata, con generosi contributi mensili allo stipendio. Una fiducia che, ahimè, qualche settimana prima e non senza ragione, era andata a farsi benedire. Le ultime parole che suo padre gli aveva rivolto, prima di vedergli varcare la soglia di casa alla volta della Sicilia, erano state definitive come mai era successo in trent'anni. Da te ti sei infilato in questa situazione, e da te ne sconterai le conseguenze. Con i soli mezzi che il tuo mestiere ti permetterà.

Passata Taormina il treno lasciò il mare e s'addentrò nel territorio che ormai doveva essere vicino a Catania. Scipione recuperò «Il Messaggero», spaginato ma ancora non letto, e tornò nella sua cabina. Soppesò i bagagli che s'era portato: due valigie grandi piú una piccola. A stento era riuscito a pigiarvi dentro gli abiti, invernali in una, estivi nell'altra. Le scarpe, le camicie, la biancheria, un paio di libri, l'ultimo numero di «Polizia Moderna». Buona parte della sua roba era rimasta a Roma, nel piccolo appartamento attaccato a casa Macchiavelli in cui aveva

vissuto indisturbato per otto anni, stoltamente inconsapevole della fortuna che aveva avuto.
Scrollò le spalle. Recriminare ormai era inutile, piangere sul latte versato *da fregnoni*, diceva zio Alceste. Tanto valeva farsene una ragione.
A occhio e croce, se i finestrini sul lato sinistro del treno affacciavano sul mare, il suo, che era sul lato destro, doveva guardare in direzione del famoso vulcano. Scavalcò le valigie e si piazzò dietro il vetro.
Due minuti dopo vide comparire la montagna immensa, fumante, quasi interamente coperta di neve. Non poté che essere d'accordo col ragioniere.

La stazione di Siracusa Centrale, in qualità di capolinea, era la piú caotica. Nonostante buona parte della gente fosse già scesa alle fermate precedenti, il treno vi arrivò ancora talmente carico che sembrava aver moltiplicato i suoi passeggeri. Scipione affrontò i due gradini della carrozza con la cautela che si riserva a un terreno sdrucciolevole. La valigia piccola in mano, le due grandi già sul carrello di un solerte facchino, che lo seguiva in attesa di sapere dove avrebbe dovuto sistemarle. Il commissario si guardò intorno, in cerca di qualcosa che somigliasse a una divisa da poliziotto.
– Avi di bisogno di un tassí? Fuori della stazione quacheduno s'attrova, – azzardò il ragazzo.
– No, grazie, non ne ho bisogno.
Da qualche parte, sotto la monumentale pensilina di ghisa, doveva esserci il maresciallo Calogero Catalano, suo vice e unico elemento del commissariato con cui aveva avuto, seppur telefonicamente, il piacere di parlare. Tra la gente accalcata sulla banchina e quella, ancora piú vociante, che continuava a scendere dal treno lunghissimo, la probabilità di intercettarlo era pressoché vicina allo zero. Il commis-

sario schivò per miracolo un mucchio di valigie e borse di stoffa, ammassate in un punto ad alto rischio d'inciampo, e cercò di raggiungere un angolo meno affollato.

Macchiavelli si stava ancora guardando intorno quando una voce dietro di lui lo fece voltare di colpo.

– Scipio.

Erano poche le persone che lo chiamavano cosí. Alla stazione di Siracusa poteva essercene una sola, a lui cara. Si voltò e lo vide: Giuseppe Santamaria, Beppe per gli amici, si avvicinava sorridente e con le braccia spalancate.

– Commissario Macchiavelli, benvenuto in Sicilia!

Scipione gli andò incontro, piú contento di quanto la sua faccia provata dimostrasse.

– Oh, Beppe! Che ci fai tu qui?

Santamaria lo serrò in un abbraccio vigoroso. Si staccò e lo guardò in faccia, tenendolo per le spalle.

– Ma come, che ci faccio? Perciò, l'amico mio viene mandato in esilio nella mia terra, e io non vado manco ad accoglierlo degnamente alla stazione? – sogghignò.

Siciliano nell'anima, orgogliosamente siracusano ma con ascendenti romani da parte materna, ai quali si sentiva indissolubilmente legato, Beppe era la persona piú allegra che Scipione avesse mai conosciuto. Amico leale dal primo giorno del primo anno alla facoltà di Giurisprudenza, che avevano frequentato all'università La Sapienza. Insieme a Primo Valentini, anche lui collega di studi, era uno dei piú cari amici del commissario. Due anni prima, Beppe aveva vinto il concorso in magistratura. Dopo aver tentato una strenua resistenza, nella speranza di poter prendere servizio a Roma, alla fine aveva ceduto alla sorte che la longa manus paterna gli aveva procurato. Pur se a malincuore, se n'era tornato a Siracusa. Da allora s'erano visti poco, a spizzichi e a bocconi, ogni volta che il neogiudice riusciva a fare un salto nella capitale. Ma l'amicizia tale era e tale restava. Beppe era il primo cui Scipione aveva comunicato il trasferimento, senza tacergli alcun particolare delle circostanze che l'avevano cagionato.

Scipione lo guardò storto. – Non c'è niente da ridere.

Beppe gli mollò una pacca sulla spalla. – Ma sí, invece. Anzi, levati 'sta funcia e sorridi pure tu, che in fondo non t'andò poi cosí male –. Controllò che non ci fosse nessuno vicino e abbassò la voce. – Per il casino che combinasti, rischiavi di finire sul cocuzzolo dell'Aspromonte o in qualche paesino sperduto sui Nebrodi. Altro che commissariato di Noto –. E con un tono ancora piú basso aggiunse: – Capito, Paparazzo?

Scipione incassò la dura verità. Quel soprannome del quale non s'era mai curato troppo – a dirla tutta l'aveva sempre divertito – era indicativo dell'immagine di sé che aveva dato negli anni. Un vanesio vitellone, sciupafemmine impunito, assiduo frequentatore della *dolce vita* romana celebrata dal cinema e dai rotocalchi, che si svolgeva proprio a un passo dal suo ufficio e dalla quale era irresistibilmente attratto. A forza di bighellonare su e giú per via Veneto insieme a Primo, gli occhi aperti su ogni opportunità di incontro che gli si presentava, sera dopo sera, festa dopo festa, l'appellativo di Paparazzo se l'era proprio chiamato. Cosí come s'era chiamato la situazione in cui si ritrovava. Beppe, che dei tre era stato sempre il piú accorto, prima di andarsene da Roma l'aveva messo in guardia. Scipio, senti a me, di questo passo qualche fesseria la combini, e poi ne piangerai le conseguenze. Avrebbe dovuto dargli ascolto.

Lo guardò – le mani nelle tasche del cappotto, il sorriso sotto un baffetto di nuova acquisizione – e si sentí di colpo meno solo. Sorrise anche lui.

– Perché? C'è qualche differenza tra Noto e il cocuzzolo dell'Aspromonte? – lo provocò.

Beppe non ci cascò.

– Tu piglia servizio, poi mi dici –. Indicò con un cenno il maresciallo, che fino ad allora se n'era stato ritto vicino alla colonna di ghisa, a debita distanza. – Il tuo valente vice Catalano è venuto ad accoglierti, con tanto di appuntato al seguito. Vuoi farlo aspettare?

Vedendosi interpellato, il maresciallo s'avvicinò.

Scipione gli andò incontro.

– Ben arrivato, commissario.

Macchiavelli gli strinse la mano.

– Maresciallo Catalano, finalmente le do un volto.

Media statura, smilzo, biondo di capelli e di baffetti. Sguardo diretto, espressione franca, aspetto gradevole. L'esatto opposto dell'idea che Scipione s'era costruito nella mente in quei giorni. A quell'idea si avvicinava forse di piú l'appuntato, tarchiatello e scuro di capelli, che nel frattempo era ricomparso.

– Appuntato Baiunco, signor commissario, – si presentò, sull'attenti. – Col suo permesso: mi presi la libbertà di fare caricare le valigie in macchina, e liquidai macari il facchino.

– Grazie, Baiunco.

S'avviarono verso l'uscita.

– Ha fatto buon viaggio, commissario? – s'informò Catalano, dopo aver insistito per togliergli dalle mani il bagaglio piú piccolo.

Scipione dovette tradire la schiettezza per la quale era noto.

– Ottimo, grazie.

Il maresciallo annuí, sorridendo.

Santamaria invece non se la bevve.

– Certo, lungo è lungo. La dorsale tirrenica, poi tutta la Calabria, lo stretto... – infierí.
– La Sicilia... – aggiunse Macchiavelli, guardandolo di sbieco.
Il giudice allargò le braccia, solenne.
– Quale migliore approdo finale? – sentenziò.
Fuori dal fabbricato viaggiatori della stazione una fila disordinata si dirigeva verso una corriera ferma sul lato opposto del piazzale, mentre il resto delle persone si andava disperdendo, chi a piedi, chi verso le auto parcheggiate.
Scipione si trattenne sotto la tettoia di ghisa e s'infilò gli occhiali da sole. Una sferzata di vento tutt'altro che caldo lo investí. Beppe lo raggiunse.
– Copriti, che da due giorni la temperatura s'è abbassata assai, – suggerí, aggiustandosi la sciarpa.
Macchiavelli s'abbottonò il cappotto.
– Io vado avanti, commissario, – fece Catalano, indicando una Millecento di servizio che Baiunco aveva già aperto. Subito appresso, tra un paio di taxi, qualche carrozza e una fila di oleandri a dicembre ormai sfioriti, era parcheggiata una Mercedes SL Pagoda Blu nuova fiammante, che non era difficile indovinare a chi appartenesse.
– Oh, tanto hai fatto che te la sei comprata.
La faccia soddisfatta di Santamaria bastò come conferma.
– Eh? Che ne dici?
– Ammazza che lusso.
– È appena arrivata. Dritta dritta dal salone di Ginevra dell'anno scorso –. Beppe c'era andato insieme a Primo. Alla trasferta avrebbe dovuto partecipare anche Scipione, se una rapina a mano armata in una gioielleria di piazza Barberini, con tanto di feriti, non l'avesse bloccato a Roma. L'unico caso importante che gli fosse mai capitato in tutta

la carriera, e che grazie al cielo lui e i suoi uomini avevano risolto perfino piú celermente di quanto fosse auspicabile.

– Primo me l'aveva detto, che t'eri fissato con quella macchina.

– Dovevo pur consolarmi in qualche modo.

– E di cosa? Di aver vinto il concorso per cui hai sgobbato sui libri per due anni e di essere diventato un giudice? – scherzò.

– Di esserlo diventato a Siracusa.

Scipione se li ricordava bene, i mari e i monti che invano Beppe aveva tentato di smuovere per scongiurare un ritorno nella città natia, che pur se tanto amata gli era sempre stata stretta. La diatriba familiare era stata combattuta a colpi di conoscenze e di influenze personali tra il padre, il giudice Santamaria senior, già presidente del tribunale di Siracusa, e lo zio materno, ambasciatore presso la Santa Sede. L'uno convinto che il figlio dovesse rientrare all'ovile e pronto a fornirgli degna collocazione in terra sicula, l'altro schierato col nipote e impegnato come poteva a spianargli la strada verso il tribunale di Roma.

Era evidente chi dei due l'avesse spuntata.

– Ma come? La Sicilia non era il «miglior approdo finale»?

– Per te che sei forestiero e di passaggio, e te la puoi godere in pace. Non è una differenza da poco, amico mio, credimi. Te lo dico da siciliano.

– Di passaggio, mo… – borbottò Scipione, dando voce alla sua piú grande paura.

– Tranquillo che non ti terranno qua a vita. Un funzionario di Pubblica sicurezza sei. Fermo troppo tempo nello stesso posto non ti ci lasceranno mai. Io invece… – Beppe scrollò le spalle. – Ma vabbe', che dobbiamo fare. La mia città è –. Recuperò la sua verve, o almeno cosí sembrò. – La tua Appia, piuttosto, quando hai intenzione di fartela mandare?

Scipione allargò le braccia, avvilito. Il pensiero della sua Lancia abbandonata in garage a Roma, mentre lui se ne stava appiedato in un paese sconosciuto in provincia di Siracusa, lo affliggeva da giorni.

– Se non avessi dovuto scapicollarmi di corsa qua, sarei venuto giú in auto. Adesso tocca organizzarsi per spedirla. In treno, probabilmente.

Catalano s'avvicinò al commissario.

– Dottore, le sue valigie sono sistemate in macchina –. Poi, rivolgendosi a entrambi: – Scusate se vi disturbo, purtroppo noi dobbiamo ancora passare dalla questura e poi rientrare a Noto.

Scipione si rese conto che stava abusando del riguardo che i suoi uomini gli dovevano. – Ma certo.

– Ci perdoni, Catalano, – fece Santamaria. – Ci siamo messi a chiacchierare e non abbiamo guardato l'orologio. In effetti il commissario si deve ancora presentare dal questore. Tra l'altro oggi s'attrunza pure dal freddo. Non è normale a dicembre, vero, maresciallo?

L'uomo confermò.

– Si attru…? – chiese Macchiavelli.

– Si gela, – tradusse Beppe.

Si scambiarono un altro abbraccio per salutarsi.

– Pigliala come un'esperienza diversa, amico mio. Vedrai che a Noto ti troverai bene, fidati. È una bella cittadina. E poi, se non altro, saremo vicini.

Il commissario si strinse nelle spalle. – E vabbe'. Fidiamoci.

Si era già accomodato sul sedile anteriore dell'auto di servizio, quando Beppe gli bussò sul finestrino. Scipione lo aprí.

– Oh, Scipio, mi stavo dimenticando la cosa piú importante. La vigilia di Natale sei invitato a casa nostra.

Stava per replicare che non avrebbe saputo come raggiungere Siracusa, ma Beppe alzò una mano a bloccare ogni possibile obiezione. – Non accettiamo rifiuti. A costo di mandarti un autista.

Poi s'allontanò salutando, senza piú voltarsi.

4.

– Presto si sbrigò, commissario. Il questore non aveva voglia di perdere troppo tempo?

– Sí, è stato cordialissimo, ma abbiamo sbrigato tutte le formalità in tempi molto brevi, – rispose Scipione. Il fatto che il questore fosse stato ben disposto nei suoi confronti, nonostante avesse lasciato intendere chiaramente che conosceva bene la sua storia, lo aveva sollevato.

Catalano imboccò la strada per Noto alla massima velocità che la modesta dotazione automobilistica del commissariato gli consentiva.

– Quante auto abbiamo? – chiese Macchiavelli. Qualcosa gli diceva che, per essersi presentato con la Millecento, il maresciallo non avesse granché a disposizione.

– Due.

– E l'altra che cos'è?

Catalano parve stupirsi della domanda.

– Una Millecento, – rispose, come se fosse ovvio.

Scipione non commentò. Del resto anche il parco macchine del commissariato Via Veneto non è che fosse poi cosí ben fornito, ma almeno una Giulietta l'avevano. Nulla a che vedere con quello della Mobile di Roma, che oltre a diverse Giulia vantava anche un'Alfa Romeo 1900 nera, meglio conosciuta come Pantera. Per non parlare della Ferrari 250 GT/E.

– Quarantacinque minuti al massimo e arriviamo, – assicurò Catalano.

Macchiavelli annuí. Ormai, dopo quasi ventiquattr'ore di viaggio, di cui quattro scarse di sonno, minuto piú minuto meno cambiava poco. La stanchezza, in quei casi, se ti assale lo fa di colpo e senza preavviso appena ti rilassi un attimo, la qual cosa per Scipione era lungi dall'accadere. Anzi, piú si avvicinava la meta, piú la tensione gli rendeva impossibile rilassare un solo muscolo. L'unica era distrarsi.

– Che mi racconta, Catalano? Qualche novità in commissariato? – chiese, accendendosi una Dunhill con la nonchalance di chi conosceva già la risposta. Noto è una sede tranquilla, gli aveva assicurato il maresciallo fin dal primo contatto telefonico. E Beppe lo aveva confermato. Invece.

– Sí, una, dottore. Una denuncia di scomparsa, fresca fresca di stamattina. Per questo avevo fretta di rientrare.

Macchiavelli si drizzò sul sedile.

– Proprio di stamattina?

Catalano annuí.

– Giusto qualche minuto prima che uscissi. Una donna venne da noi a denunciare la scomparsa del marito.

– Da quanto tempo? – Scipione cercò di dissimulare l'agitazione che lo stava assalendo col tono piú fermo che poté.

– Due giorni, quasi.

– Potrebbe essersi allontanato volontariamente?

– Al momento non lo sappiamo. Anzi… Baiunco, – Catalano si voltò un attimo verso il sedile posteriore, – che ti disse Mantuso quando lo chiamasti?

Incastrato tra una delle due valigie grandi e la piccola, che per come se la teneva cara il commissario chissà che valori doveva contenere, l'uomo riuscí a fare capolino.

– Picca e nenti. Il brigadiere andò alla banca a interrogare gli impiegati, ma nessuno gli seppe dire qualche cosa.

– Ca certo, – commentò il maresciallo, irritato. – Niente sanno, niente videro, non c'erano e se c'erano dormivano.

– Quindi la persona scomparsa lavora in banca, – dedusse Scipione.

Catalano recuperò il contegno. – Sí, commissario. Si chiama Brancaforte Gerardo, anni quarantadue. È il direttore della Banca Trinacria. Una persona abbastanza conosciuta a Noto, – si fermò lí, ma si capiva che avrebbe voluto aggiungere qualcosa.

Scipione lo incalzò. – Conosciuta in senso positivo o in senso negativo?

Il maresciallo alzò le spalle.

– Mah, che le debbo dire. Voci sul conto di Brancaforte in giro ce ne sono assai, uno stinco di santo sicuramente non è. Di concreto però non è mai uscito nulla. Incensurato, ben inserito in società. Un uomo rispettabile, insomma, dedito alla famiglia e al lavoro –. Gli sfuggí un sorrisetto, che Macchiavelli intercettò. Non riuscendo a decifrarlo ritenne per il momento di soprassedere.

– Come si chiama il brigadiere che se ne sta occupando?

– Mantuso. Un ottimo elemento, commissario. Un ragazzo che con la divisa del poliziotto ci nacque, mi creda, – fece Catalano, orgoglioso.

Nel resto del viaggio, Scipione apprese una tale quantità di informazioni sul commissariato e sugli uomini che vi prestavano servizio che alle porte di Noto gli pareva di saperne meno di quando era salito in macchina. Quello che gli sembrava chiaro, e che lo sollevava non poco, era il ruolo centrale di Catalano, sulle cui capacità investigative era pronto a scommettere. Ventotto anni, origini agrigentine. Coniugato con una netina, padre di due figli piccoli e – a quanto si evinceva dai racconti domestici – genero piuttosto tollerante. L'altro pilastro del commissariato doveva essere quel Mantuso di cui il maresciallo aveva tessuto le lodi. Quanto all'appuntato Baiunco, Scipione non riuscí a collocarlo piú in là del ruolo di tuttofare. Dell'altra decina di poliziotti, tra guardie, guardie scelte e brigadieri di cui Catalano gli aveva elencato nomi e mansioni, non ricordava pressoché nulla.

– La Porta Reale, – annunciò il maresciallo, appena la Millecento imboccò un viale alberato in fondo al quale si ergeva un arco monumentale. – Porta Ferdinandea, per l'esattezza, ma tutti la chiamano Porta Reale. È l'ingresso ufficiale della città.

– Un Arco di Trionfo... come si dice? *Netino*? – commentò Scipione, colpito dalla maestosità del monumento.

Catalano non colse il paragone parigino. Passò sotto l'arco e imboccò una strada dritta, la cui prospettiva esibiva su entrambi i lati piú di un campanile.

– Qua inizia corso Vittorio Emanuele, la via principale di Noto –. Davanti a una scalinata rallentò e indicò un edificio annesso alla chiesa in alto. – San Francesco all'Immacolata. Prima il nostro commissariato era lí, nell'ex convento di fianco alla chiesa. Da qualche anno abbiamo cambiato sede. Quando arrivai io era già nei nuovi locali.

Il commissario si guardava intorno con lo stupore di chi si ritrova in un posto del tutto diverso da quello che si era figurato. Tra chiese, monumenti, monasteri e palazzi vari, nei dieci minuti che seguirono Scipione ebbe modo di riempirsi gli occhi.

– Purtroppo, come le dissi, l'alloggio assegnato al funzionario è disabitato da tempo e necessita di qualche intervento. Perciò mi sono permesso di cercarle una sistemazione alternativa.

– Il mio predecessore non ci abitava?

– Sul principio pure lui dovette sistemarsi altrove, poi quasi subito si azzitò con una ragazza di Siracusa e preferí affittarsi un appartamento lí e viaggiare tutti i giorni.
– E ovviamente i lavori di ristrutturazione non andarono piú avanti, – ne dedusse Scipione.
– Ovviamente, – confermò Catalano.
La Millecento raggiunse una parallela del corso principale e si fermò davanti a una casa antica che faceva angolo con delle scale. Il lato opposto della strada era occupato da un palazzo imponente, con tanto di stemma nobiliare.
Scipione scese dall'auto e seguí il maresciallo fino a un portoncino, mentre Baiunco scaricava i bagagli. Catalano pigiò su un citofono con un solo tasto.
– È una casa a pensione, gestita da una coppia. Persone perbene, le assicuro. Hanno in tutto tre alloggi, uno è quello che occuperà lei, in un altro ci abita da un anno il direttore delle Poste. Persona stimabilissima, vedrà. Il terzo al momento è vacante.
Macchiavelli annuí, distratto. L'attimo di sollievo che la vista della cittadina e dei suoi palazzi gli aveva regalato s'era spento nel quadretto che il maresciallo gli stava descrivendo con tanto entusiasmo. Quando giorni prima gli aveva comunicato di aver trovato una sistemazione alternativa, Scipione aveva immaginato un piccolo appartamento, magari anche piccolissimo e senza nessun comfort, ma indipendente. Tutto avrebbe pensato tranne che si trattasse di una «casa a pensione», con tanto di locandieri, magari anziani, e «stimabilissimi» pensionanti in cerca di conversazioni serali. Per uno come lui, abituato a una libertà sulla quale nemmeno la sua famiglia aveva alcuna voce in capitolo sin dal giorno in cui aveva raggiunto la maggiore età, una sistemazione come quella era un'ulteriore punizione. Meglio l'alloggio non ristrutturato. Ma Calogero Catalano,

al quale la solitudine non era mai piaciuta, aveva seguito il ragionamento contrario. Un uomo solo, scapolo, forestiero, dopo una giornata di lavoro aveva bisogno di qualcuno che si occupasse quantomeno della sua cena.

Salirono su per una scala stretta e ripida, i gradini alti e neri, un corrimano di ferro battuto. Sul pianerottolo, da una porta laterale, comparve un uomo.

– Avanti, avanti. Ben arrivato, signor commissario.

Non aveva piú di cinquant'anni. Testa pelata, viso rubicondo, espressione gioviale. Tese la mano verso il commissario, che gli restituí una stretta decisa.

– Scipione Macchiavelli.

– Corrado Verrazzo, tanto piacere, – scambiò una stretta anche con Catalano. – Accomodatevi, prego.

Li precedette all'interno della casa, che non differiva minimamente dall'idea che Scipione se n'era fatto in quei cinque minuti. Un ingresso piccolo, arredato con due poltroncine e un lungo attaccapanni. Un corridoio semibuio, sul quale si aprivano varie porte. La cucina grande, anteguerra, con tavolo di marmo e tendine fiorate al posto degli sportelli. A seguire una stanza da pranzo, a occhio della stessa epoca, ma arredata in modo piú pretenzioso, con credenze e quadri alle pareti. La porta successiva si apriva su un salottino con divani e poltrone. Al centro di una parete, un tavolino con una macchina da cucito e un mobiletto tondo con sopra una radio che senza dubbio aveva superato il sesto lustro. Poco piú in là, ad angolo con l'altra parete e a tiro di sguardo per chiunque entrasse nella stanza o semplicemente vi passasse davanti, un presepe di discrete dimensioni ricordava a tutti che era Natale. Al centro della parete opposta, di fronte a un divano, su un altro mobiletto stavolta squadrato, trionfava un televisore che Verrazzo si affrettò a indicare.

– Come vede siamo provvisti perfino di televisione.

Oltre a sembrare il piú vissuto, il salottino era anche l'unico ambiente nel quale Scipione avesse percepito un po' di calore in piú rispetto alla temperatura esterna. Merito senz'altro della stufa elettrica strategicamente piazzata accanto al divano.

Un paio di altre porte, stavolta chiuse, corrispondevano una alla camera occupata dal direttore delle Poste e l'altra al bagno «rimodernato», che Verrazzo mostrò prima di dirigersi verso una delle due stanze in fondo al corridoio. Doveva essere quella che aveva riservato al commissario. Scipione lo seguí dentro, assieme a Catalano.

– Eccoci qua. Senza offesa per nessun altro, questa è la stanza migliore che abbiamo. L'armadio è grande, la scrivania è spaziosa. E poi guardi che bella vista che c'è –. Verrazzo andò ad aprire le vetrate e invitò Scipione a uscire sul balconcino. Affacciava su un incrocio, tra una scalinata, via Cavour e una strada che scendeva giú fino a una chiesa con un grande sagrato davanti.

– Quante chiese ci sono a Noto? – gli venne spontaneo chiedere.

– Ah, e chi lo sa! Venti, trenta... Se contiamo tutta la diocesi di Noto arriviamo quasi a un centinaio –. Verrazzo fece un cenno col capo in direzione della discesa. – Lo vede il palazzo sulla sinistra? Quello è il seminario vescovile, annesso alla chiesa del Santissimo Salvatore. Dall'altro lato c'è il vescovado, ma da qui non può vederlo.

– Quindi Noto è sede vescovile?

Verrazzo sorrise. – Commissario, Noto è stata per secoli il fulcro di tutta questa parte di Sicilia, anche dopo che fu distrutta dal terremoto nel 1693 e poi ricostruita qui dov'è adesso. Nobiltà e clero sono sempre stati due fondamenti della città. O per lo meno... lo erano.

Macchiavelli sentí smorzarsi le note della quinta sinfonia

di Beethoven che aveva preso a echeggiargli nelle orecchie quando Catalano aveva pronunciato la parola «pensione». Un po' per l'immediata simpatia che Corrado Verrazzo gli aveva ispirato, un po' perché la stanza – temperatura a parte – era davvero la piú accogliente della casa, fingere di aver gradito la sistemazione col maresciallo gli costò assai meno fatica di quanto avesse immaginato.

Baiunco, che nel frattempo s'era caricato i bagagli su per la scala, comparve sulla porta ansimante. Un valigione per ogni mano. Scipione gliene tolse uno. Catalano e Verrazzo lo aiutarono con le altre valigie.

Il maresciallo era sulle spine.

– Dottore, se non ha piú bisogno, io me ne torno in commissariato. Lei si riposi un poco, che ha fatto un viaggio lungo. Ci vediamo domani mattina. Le mando Baiunco a prenderla alle otto.

Macchiavelli concordò. Lui prendeva servizio in via ufficiale il giorno dopo, e Catalano aveva dimostrato ampiamente di saper dirigere il commissariato.

Tra le «comodità» della pensione che Verrazzo continuava a elencare, c'era anche quella di poter usufruire del telefono, che si trovava in un angolo dell'ingresso su un tavolino pressoché nascosto dall'unico esemplare di albero di Natale presente in casa. Un finto abete spelacchiato di un metro d'altezza, con quattro palle rosse appese.

Scipione chiese se fossero comprese le telefonate interurbane. Doveva avvertire sua madre che era arrivato.

– Veramente non sarebbero previste, ma per lei, commissario, faccio volentieri un'eccezione.

Scipione lo ringraziò. Compose lo 04, dettò il numero alla centralinista e riattaccò, in attesa della comunicazione con Roma. Due minuti dopo il telefono squillò.

– Roma in linea, prego, parli.
La signora Carla Macchiavelli non lasciò che finisse.
– Scipio?
– Sí, mamma, sono io.
– Oddio, finalmente! Bello di mamma, come stai? Sei a Siracusa?
– No, sono già a Noto. In una pensione.
– E come ti trovi, amore di mamma? Fa caldo?
Scipione rimpiangeva il cappotto che s'era appena tolto.
– Macché, fa freddo e tira vento. Otto gradi.
Verrazzo gli aveva testé mostrato il termometro sul ballatoio della cucina. Precisissimo, diceva lui.
– Oh, mamma! In Sicilia? Otto gradi?
– Fuori e dentro casa, – gli scappò. Sperò che l'uomo non l'avesse ascoltato.
– E i riscaldamenti? Non ci sono i riscaldamenti? Copriti, mi raccomando. La canottiera di lana, te la sei messa? Ne hai tre nuove nuove, te le ho infilate in valigia io...
Verrazzo gli passò davanti, come per caso.
Scipione capí che doveva tagliare.
– Certo, mamma, stai tranquilla. Ora devo riattaccare.
– Chiamami, chiamami presto... – Si sentí parlottare dietro il telefono, una, due voci. Domitilla, Marco Aurelio. A Scipione si strinse la gola.
Salutò la madre e riagganciò.

Dopo aver fatto accomodare il commissario in cucina e avergli offerto pane e olive, per sopperire alla mancanza di cibo che certamente le ventiquattr'ore di viaggio gli avevano inflitto, Verrazzo aveva tirato fuori una scatola di dolci «tipici di Natale» e stava preparando il caffè, quando si sentí qualcuno entrare dalla porta d'ingresso e chiuderla con un colpo secco.

– Corrado, – urlò una voce femminile, con un tono piú alto di due terzi rispetto a quello che sarebbe servito. L'uomo aprí bocca per rispondere, ma non ne ebbe il tempo.

– Currau, unni sí? – ripeté la voce, piú vicina. I tacchi che battevano sul pavimento indicavano un passo pesante.

Verrazzo s'affacciò nel corridoio.

– Qua sono, Corradina.

Scipione si voltò divertito verso la porta. Corrado e Corradina. Se la figurò come la versione femminile del marito: bassa, rotonda, allegra. Ma la donna che fece irruzione in cucina era l'esatto opposto. Venti centimetri piú alta del marito per la metà del diametro. Spalle larghe, mascella squadrata che stonava con la capigliatura cotonata tinta di biondo, civettuola. Si lanciò verso di lui, che s'era alzato in piedi, gli afferrò la mano e gliela strinse con un vigore che rasentava lo stritolamento.

– Benvenuto, commissario!

Scipione resisté con fatica all'istinto di massaggiarsi le dita.

– Grazie, signora.

Corradina invase tavolo e sedie con tutto quello che si andava togliendo di dosso. Cappotto, cappello, guanti, un sacchetto di plastica pieno di medicine che sembrava avesse rapinato una farmacia.

– Appena in tempo arrivò, commissario… – dichiarò, afferrando la moka da quattro tazze appena tolta dal fuoco e versando il caffè a Scipione.

– In tempo per cosa, signora?

La donna lo guardò stupita.

– Ma perché, lei niente sa? – Si girò verso il marito, ma anche lui pareva non capire.

Macchiavelli iniziò a sentirsi in imbarazzo.

– A che cosa si riferisce, signora? – Avvicinò la tazzina alle labbra.

– Ma come, a che cosa mi riferisco? Ca al rapimento di Brancaforte!

Il caffè gli andò di traverso, iniziò a tossire. Verrazzo si precipitò a versargli dell'acqua.

– Il che? – chiese Scipione appena recuperò un po' di voce.

Corradina ebbe un'esitazione. – Non è che capii male ed è cosa dei carrabbineri?

Scipione si contenne a stento.

– Signora, mi spiega che cosa ne sa lei di Brancaforte e della sua scomparsa?

La donna si rinfrancò. No che non aveva sbagliato.

– Io? Quello che sanno tutti, che Gerardo Brancaforte fu rapito.

Il commissario la fissò incredulo. – Tutti sanno che è stato rapito... E chi gliel'ha detto?

– La mia commare Paolina Scimemi, che lo seppe dalla cameriera di sua zia, che è sorella del mezzadro del suocero di Brancaforte. Dice che tutto 'nta 'na botta uscí di casa e sparí. Certo, c'è macari chi dice che potrebbe essere finito dentro una scarpata con la macchina, considerato com'è guida spericolato, ma il vicino di casa sostiene che la macchina là è, parcheggiata al posto suo... Un amico disse alla moglie che potrebbe esserci pure una terza ipotesi... – Abbassò la voce, circospetta. – Potrebbe essersi allontanato... in buona compagnia, – ammiccò. – Insomma, mi capisce, commissario? – riprese il tono di prima. – Un altro amico suo dice che Brancaforte non stava tanto bene, capace che gli venne un malore in campagna. Ma niente, quella del rapimento sembra la piú probabile.

Scipione la fermò con un gesto della mano, piú pacato che poté. Nessuno parla, nessuno ha visto niente, aveva detto Catalano. Evidentemente, nelle ore perse per andare a prendere lui, la cosa doveva essere sfuggita di mano.

– E perché avreste dedotto che l'ipotesi del rapimento è la piú probabile?

– Ca ovvio, commissario: con i soldi che ha, tutti sono convinti che sicuramente lo rapirono! Dice che...

Macchiavelli non la lasciò finire. Andò nella sua stanza, afferrò il cappotto e la sciarpa e corse verso la porta.

Verrazzo lo inseguí, preoccupato.

– Commissario, ma dove va? La sa la strada?

5.

Le indicazioni di Verrazzo erano precise: «Scenda dritto per dritto dalla strada accanto alla cattedrale, percorra il corso verso destra, fino a una piazza grande. All'angolo del Teatro comunale prenda la discesa sulla sinistra ed è arrivato». Nonostante la stanchezza che, inutile negarlo, si stava facendo sentire, in dieci minuti scarsi Scipione riuscí a raggiungere il commissariato. La guardia di piantone lo fermò all'ingresso.
– Prego, ha bisogno di qualche cosa?
– Commissario Scipione Macchiavelli. Lei è?
L'uomo scattò sull'attenti.
– Guardia Spadaro, commissario. Ben arrivato –. Cosí rimase, immobile e in silenzio.
– Mi dice dove devo andare, per piacere? – lo smosse il commissario.
– Certo, certo. Primo piano. Avverto subito il maresciallo.
Scipione non fece in tempo a salire tutta la rampa che Catalano comparve, la faccia perplessa.
– Commissario! Che successe? Che ci fa qua?
Un uomo piú giovane sbucò subito dietro di lui. Scipione lo indicò.
– Il brigadiere…? – Schioccò le dita. No, non riusciva proprio a entrargli in testa.
– Mantuso, commissario. Francesco Mantuso.

Gli strinse la mano. – Lieto di conoscerla. Ci sono novità sull'indagine? – chiese, salendo gli ultimi gradini.
– Rispetto a mezz'ora fa? – domandò a sua volta Catalano. L'aveva lasciato alla pensione, tranquillo e determinato a farsi una dormita, e se lo ritrovava lí trafelato e agitato che pareva aver corso. Lo invitò a seguirlo e lo accompagnò verso l'ufficio del dirigente.
– Nessuna nuova ipotesi, nessuna pista da seguire? – insisté Macchiavelli rivolto verso Mantuso, che camminava un passo dietro il maresciallo.
– Mah, niente di concreto, commissario, – rispose il brigadiere. – Nessuno ha visto Brancaforte allontanarsi da casa, né dall'ufficio. I documenti personali sono nel cassetto in cui li tiene sempre, e cosí pure i soldi, la qual cosa farebbe escludere una fuga volontaria. La targa dell'automobile è già stata diramata alle volanti dell'intera provincia, ma al momento non abbiamo ricevuto segnalazioni.
Entrarono nella stanza che Macchiavelli avrebbe occupato da quel momento in poi. Spoglia e fredda come se non fosse utilizzata da anni.
– Prego, commissario –. Catalano gli cedette il passo e indicò una poltrona dietro una scrivania ingombra di carte. Poi andò ad aprire le imposte di una finestra.
Scipione si sedette.
– Quindi l'automobile non è parcheggiata al suo posto? – continuò.
I due poliziotti si guardarono.
– No… non è al suo posto, – rispose Catalano, sempre piú confuso.
– E la moglie o gli amici non hanno fatto cenno a qualche malore?
– Non mi pare… Mantuso, tu che hai redatto il verbale, hai sentito la signora parlare di malori?

– No, assolutamente. La signora ha dichiarato che il marito è in ottima salute.
– E nessuno ha accennato alla possibilità che sia stato... rapito? – chiese Macchiavelli.
La faccia stupita del brigadiere bastava come risposta.
– Rapito?
Catalano non si trattenne piú.
– Commissario, mi scusi, ma che successe nella mezz'ora in cui la lasciai solo?
Scipione rifletté se fosse meglio raccontare tutto, rischiando una brutta figura di fronte ai suoi uomini, o tacere e lasciarsi sfuggire cosí un'eventuale pista.
L'agitazione che leggeva negli occhi dei due poliziotti lo fece propendere per la prima. Il resoconto culminò in una risata generale, talmente liberatoria che il commissario non s'accorse nemmeno che il ghiaccio infine era stato rotto.

Mantuso aveva raccolto elementi a sufficienza per smontare una per una le fantasie che serpeggiavano indisturbate tra conoscenti e meno conoscenti di Brancaforte. Quelle che la signora Verrazzo aveva sbandierato come certezze assolute, facendosi bella davanti al commissario forestiero appena arrivato dalla capitale, in presenza del brigadiere e a domanda diretta posta ai detti conoscenti dello scomparso, s'erano rivelate flebili congetture che forse, chissà, ma magari mi sbaglio. Nulla che un poliziotto sveglio come Mantuso potesse considerare degno di nota. L'unico dato certo e incontrovertibile era che Gerardo Brancaforte da due giorni era sparito senza lasciare traccia.
Catalano ormai era entrato in confidenza.
– Parliamoci chiaro, commissario: Brancaforte, come le dissi, non è uno stinco di santo. Gente che potrebbe avercela con lui, in città e fuori dalla città, ce n'è a tinchitè.

– Perché, che ha fatto?
– Che cosa parrebbe abbia fatto, – corresse il maresciallo, – si ricordi quello che le dissi: Brancaforte sulla carta è un galantuomo.
– Vabbe'. In teoria, che ha fatto?
– Sembra che piú di una persona si sia rivolta a lui per avere dei prestiti che la banca non aveva accordato.
– Prestiti bancari o prestiti personali?
– Le persone si rivolsero a lui per quelli bancari. Non essendo possibile ottenerli, Brancaforte glieli procurò lo stesso, ma al livello personale.
– Un cravattaro, insomma.
– Eh?
– Uno strozzino, un usuraio, come li chiamate qua?
– Usuraio, sí, – rispose Catalano.
– Doppiamente disonesto, se consideriamo che col lavoro che fa conosce la situazione economica di mezza Noto, – aggiunse Mantuso.
– Un vero galantuomo, non c'è che dire, – commentò Scipione.
– Soprattutto per come lo dipingono da stamattina, – concluse Catalano.
Macchiavelli tirò le somme.
– In poche parole, non abbiamo nessuna pista.
– Per il momento no. Ma mi creda, commissario: il sequestro di persona è la piú remota delle ipotesi. Questo non è territorio di banditi. Gli unici rapimenti che ogni tanto avvengono qui in zona sono quelli a scopo matrimonio, e in genere se ne occupano i carabinieri perché non riguardano mai il centro ma le aree rurali. O al massimo qualche paese vicino. Anche quelli, però, non sono affatto frequenti.
– A scopo matrimonio, diceva? – si stupí il commissario.

Catalano annuí. – Riparatore, naturalmente.
Scipione iniziò a capire.
– Immagino non consenziente.
– In genere no. Ma lo sa: la legge italiana... – Cambiò discorso. – In ogni modo, io farei cosí, se lei è d'accordo: domani procederei con la perquisizione della casa e dell'ufficio di Brancaforte, magari informando prima il pretore.
Scipione concordò.
– Vado io domani mattina presto in pretura, – si offrí Mantuso.
Piú i due si addentravano nei ragionamenti, piú Scipione si rendeva conto che avevano entrambi molta piú esperienza di lui nel condurre un'indagine. Nel curriculum di Catalano figuravano due casi di omicidio risolti quando si trovava a Latina, Mantuso invece era stato in servizio per due anni alla Mobile di Napoli. Nei quattro anni di servizio a Roma, l'unica vera azione di cui Scipione avesse memoria era quella della rapina in piazza Barberini; per il resto, o lí o all'ufficio passaporti, poco sarebbe cambiato.

Mantuso lo riaccompagnò alla pensione che s'erano fatte le otto di sera. L'unico segno tangibile delle feste di Natale cui si stava andando incontro erano i due alberi addobbati davanti al Teatro comunale, nella parte piú alta della piazza. Sul corso, poco illuminato, non c'era anima viva. Il brigadiere percorse in senso contrario la strada che Scipione aveva fatto a piedi. Un lungo edificio partiva dall'angolo della piazza e si estendeva per un intero isolato. Il buio non consentiva di vedere granché, ma a Scipione l'architettura sembrava barocca, come del resto quella di tutta la città. – Cos'è? – chiese, indicandolo.
Mantuso rallentò e s'abbassò con la testa per vedere attraverso il finestrino.

— Ah, quello. L'ex collegio dei Gesuiti. Dentro c'è il liceo classico.
— Un liceo classico cosí grande?
— Sí sí, grande e antico. Ci vengono studenti pure dai paesi vicini.

L'edificio terminava in una chiesa, che Scipione immaginò annessa al collegio.

— Ma guarda, un'altra chiesa, – osservò, scherzando.
— Stavolta però senza scalinata.
— S'abitui, commissario. Noto è clericale assai, chiese ce ne sono un angolo sí e un angolo no.

Macchiavelli gli sorrise.

— Mantuso, forse lei dimentica da quale città vengo io. Altro che clericale: papale.
— Vero è, non ci avevo pensato. Mi scusi.
— E di che. Si figuri che anche le pietre per terra, a Roma, si chiamano sampietrini.

Il brigadiere rise. – Bella città, Roma.

— No, Mantuso, Roma non è una bella città. È la città piú bella del mondo, – lo corresse Scipione, non senza quel groppo in gola che si ripresentava a cadenza oraria.

— Mi sarebbe piaciuto se due anni fa, dopo Napoli, mi avessero trasferito lí –. Mantuso alzò le spalle. – Invece mi mandarono qua.

— Non è siciliano, lei?
— Sí. Sono originario di Gela.
— Qui anche lei è forestiero, dunque.
— Mezzo commissariato è forestiero. Pure il maresciallo Catalano. Lo pigliano tutti per netino perché s'accasò con una ragazza di Noto, ma lui è di Agrigento. È stato per parecchio tempo fuori, prima di arrivare qua.

— Sí, me l'ha raccontato –. Tra le migliaia di informazioni con cui il maresciallo l'aveva mitragliato durante il viaggio da Siracusa, c'erano anche quelle sulle sue origini.

Mantuso rallentò.

– Questa è la banca in cui lavora Brancaforte, – indicò un edificio basso, buio.

Sul marciapiede opposto un bar, che aveva l'aria di essere il piú centrale della città, era ancora aperto. Un gruppo di uomini ne stava uscendo. – Ecco, quei tre davanti al *Caffè Sicilia* sono amici suoi.

Scipione li seguí con lo sguardo. Quelli se ne accorsero e accennarono un saluto. Uno di loro si toccò il cappello, abbozzando un inchino.

– Il ragioniere Arturo Calanna, – riferí Mantuso, anticipando la domanda del commissario. – Famoso per il suo senso dell'umorismo. E per la sua attitudine al consumo di liquori.

– Sono amici stretti, col Brancaforte?

– Stretti stretti non lo so. Buoni conoscenti, credo. Prima lavorava alla Banca Trinacria anche Calanna, oramai è in pensione. Gli ho fatto qualche domanda stamattina, ma non cavai un ragno dal buco. Non incontra Brancaforte da parecchi giorni, a quanto dichiara. Gli altri due invece sono soci del circolo che lo scomparso frequenta quotidianamente, i nomi ce li ho segnati sul taccuino. Nessuno però si è chiesto come mai non si sia fatto vedere in questi due giorni. O, quantomeno, nessuno dice di esserselo chiesto. Nella realtà... – Concluse con un'occhiata che a saperla interpretare valeva piú della conclusione stessa.

Sveglio, il brigadiere Mantuso, non c'era che dire. Tra lui e Catalano, Scipione doveva ammettere che almeno la sua sorte ingrata gli aveva concesso due buoni sostegni.

– Immagino i voli pindarici che nella realtà devono aver animato le conversazioni, – commentò.

– Vedo che in poche ore ha già capito come funziona, commissario. Non ne dubitavo.

Scipione sentí in imbarazzo. Era la seconda volta che percepiva da parte dei suoi uomini una stima che, in tutta franchezza, non riteneva di meritare.

– Non ci voleva poi tanto, – minimizzò. Era la verità, del resto. Forestiero o no, esperto o no, gli erano bastati i cinque minuti con la signora Corradina per rendersi conto del contesto nel quale le indagini si sarebbero svolte. E di quanto sarebbe stato difficile per lui raccapezzarcisi.

Mantuso passò tra la cattedrale e il palazzo municipale, che nella penombra sembravano due giganti assopiti. Salí lungo via Cavour, costeggiando il sagrato della chiesa che si vedeva dal balcone della pensione, e si fermò davanti al portoncino dei Verrazzo.

– Ora si vada a riposare, dottore, che è in giro da ieri. Domani mattina alle otto viene a prenderla Baiunco. Io invece andrò in pretura, – e indicò un punto in fondo alla strada.

Scipione annuí, distratto, fissando quel punto.

Fece segno a Mantuso, impegnato in un'inversione di marcia, di fermarsi.

– Dottore, che fu?

Il commissario si chinò sul finestrino aperto.

– Dica a Baiunco che non c'è bisogno di venire. In pretura domani ci andiamo insieme.

Corrado Verrazzo era sul pianerottolo, sulle spine.

– Dottore Macchiavelli, io sono mortificato veramente. Certe volte Corradina non si rende conto...

Scipione lo interruppe. – Signor Verrazzo, non si preoc-

cupi. Sua moglie non ha fatto niente di male. Dovevo solo disporre alcune verifiche.
– Sarà stanco morto.
– Be', morto proprio morto no, ma stanco direi di sí.
Da qualche ora aveva smesso di percepire la stanchezza, però sapeva che era questione di attimi. Anche tutto il freddo che continuava a sentire ovunque era segno della carenza di sonno cui non era abituato.
Verrazzo s'accorse che il commissario non si era tolto il cappotto.
– Mi permisi di portarle in camera una stufa elettrica. È piccola, purtroppo, perché se no salta il contatore e poi sono problemi per riattaccarlo. Corradina le mise una coperta in piú ai piedi del letto.
– Grazie. Le confesso che gliel'avrei chiesta io.
– Eh, lo sa come sono 'ste case antiche. Muri spessi, sí, ma quando c'è freddo c'è freddo. Non c'è sistema di riscaldarle.
– E dei termosifoni? – azzardò Scipione.
Verrazzo gli rispose ridendo. – Eh, sí, ca certo. I termosifoni!
Lo accompagnò nella sua stanza. Una stufetta Ecat verde a due resistenze era piazzata a un lato del letto.
– Visto? Ora si sta meglio.
Scipione si stava giusto domandando se fosse accesa o no. Non sarebbe stato né educato né tantomeno utile, però, far notare che la temperatura della stanza non sembrava aver subito variazioni, dal momento che Verrazzo aveva già chiarito che piú di quel piccolo supporto non poteva dargli. Tanto valeva fare buon viso e apprezzare le premure che, con ogni probabilità, nei suoi confronti dovevano essere state particolari. Ed espiare, giorno dopo giorno, le colpe che l'avevano portato fino a lí.

– Ma certo, grazie.
– Corradina le tenne in caldo la cena. Se vuole accomodarsi, a tavola in questo momento c'è anche l'altro pensionante.

Scipione accettò. Non se n'era accorto, eppure iniziava ad avere fame. Dal pranzo di sua madre del giorno prima, non aveva piú fatto un pasto completo. Anche nella carrozza ristorante del treno, la sera, aveva spizzicato qualcosa senza riuscire a finire il poco che aveva ordinato.

Appena Scipione entrò nella saletta da pranzo, la signora Corradina mollò una zuppiera sul tavolo e gli andò incontro.

– Commissario! Madre Santa che scanto che ci fece pigliare quando se ne scappò cosí di corsa. Ma che successe? – Lo stava quasi agganciando per un braccio.

– Corradina, – la riprese Verrazzo, inibendola, – e che facciamo, ricominciamo?

La donna si ricompose.

– S'accomodi, commissario.

L'uomo che era seduto a tavola si asciugò la bocca col tovagliolo e si alzò. Nero di capelli, alto, allampanato. Sul colorito pallido spiccavano due baffetti che parevano dipinti con l'inchiostro.

– Piacere, Ugo Comitini.
– Scipione Macchiavelli.

L'uomo si risedette e attese che anche lui prendesse posto. In religioso silenzio, gli occhi nel piatto, ricominciò a pescare lentamente col cucchiaio in una brodaglia indistinta. Indifferente.

La signora passò con la zuppiera dalla parte del commissario. Gli riempí il piatto dello stesso minestrone che stava mangiando il Comitini. Non aveva un gran sapore, ma almeno era qualcosa di caldo, che però ebbe il solo potere di aprirgli del tutto lo stomaco. Il pane e il caciocavallo, proposti da Verrazzo, vennero in aiuto aggiustando il tiro. Poi, per concludere bene, un dolcetto natalizio che chiamavano *faccione*, ricoperto da una glassa rosa e marrone e con dentro la marmellata di cedro, e un mandarino per farsi la bocca buona. Il vino di casa con cui fu accompagnato il tutto stroncò Scipione definitivamente.

Dieci minuti dopo, sepolto sotto una montagna di coperte, crollò nel sonno piú profondo che avesse mai conosciuto.

6.

Il caffè della signora Corradina non differiva per qualità dal minestrone della sera prima. Lungo, ribollito, con un vago sentore di bruciato. Come la sera prima fu Verrazzo a venire in aiuto di Scipione. Vestito di tutto punto e con un pentolino fumante in mano.
– Vuole aggiungere un poco di latte, commissario?
– Grazie, sí, Corrado –. Cosí gli aveva chiesto di chiamarlo.
– Lei, dottore Comitini?
L'uomo rifiutò. In silenzio masticò un biscotto e finí il suo caffè. Poi s'alzò, salutò e se ne andò.
Corradina si avvicinò a Scipione, guardinga.
– Un tipo sui generis, il dottore Comitini. Vero, commissario?
– Un po' taciturno, forse –. Altroché. Era strano forte. 'Na sagoma, l'avrebbe definito Primo.
– Si deve figurare che abita qui da un anno sano, ma di lui ancora non riuscii a sapere niente. Se è sposato, oppure se ha la zita. Magari è vedovo, e ppi chistu è accussí triste. O ha qualche disgrazia in famigghia. Si deve figurare che...
Verrazzo la fermò. – Corradina! Il commissario ha cose piú importanti da fare che stare a sentire a ttia.
La donna si tirò su sbuffando dalla sedia accanto, sulla quale s'era accomodata per parlare piú da vicino, e sparí

oltre una porta di servizio che conduceva chissà dove. Una lavanderia, forse.

A Scipione scappò un sorriso.

Corrado gli passò una scatola smaltata con dentro dei biscotti secchi e gli versò il latte nella tazzina.

– Vedrà che cosí s'aggiusta, – disse, sottovoce.

Riempí una tazza grande di latte per sé, la bevve d'un fiato e se la riempí di nuovo.

– Come dormí? La stufa fece il suo dovere? – s'informò.

– Si stava benissimo, grazie, – assicurò Scipione.

Tutto sommato era stato sincero. Un miglioramento, sia in termini di temperatura sia in termini di umidità, lo aveva innegabilmente avvertito. La mattina, mettendo i piedi per terra, non aveva patito lo stesso freddo della sera precedente, quando s'era infilato nel letto sfinito e quasi tremante. Forse il merito era ascrivibile alla dormita, che l'aveva rimesso in sesto, o forse la stufetta era riuscita nell'impresa titanica di scaldare una stanza che piccola non era.

Bevve l'ultimo sorso di caffè, che col latte s'era aggiustato davvero, e mangiò due biscotti. Mancavano cinque minuti all'appuntamento con Mantuso e lui era ancora senza cravatta. Si alzò e Verrazzo lo seguí a ruota.

– Dove se ne va di buon'ora, Corrado? – gli chiese.

– E dove me ne dovrei andare, commissario. A scuola.

Scipione si stupí. – A scuola?

Corrado rise. – Non come alunno, – specificò.

– Ah, quindi lei insegna?

– Sissignore. Lettere, alla scuola media.

– Pensavo che la pensione fosse la sua attività.

Alzò le mani. – La pensione è attività di Corradina. Io collaboro.

Alla guida della Millecento non c'era Mantuso, ma Catalano.

– Maresciallo, che ci fa lei qua? – disse Scipione salendo in auto.

– Buongiorno, dottore. Ma niente, convenimmo con Mantuso che era meglio se in pretura la prima volta ce l'accompagnavo io.

La gerarchia non andava scavalcata.

– In effetti, ha ragione.

Il maresciallo ingranò la marcia e partí.

– Come si sta trovando dai Verrazzo?

– Bene, bene.

– Gli raccomandai un occhio di riguardo.

– Me ne sono accorto. La ringrazio, maresciallo.

– L'importante è che la sistemazione la soddisfi. Per com'è combinato l'alloggio riservato al funzionario, penso che non sarà abitabile ancora per un bel po'.

– Dove si trova di preciso la pretura? – chiese Scipione.

– Alla fine di via Cavour, dalla sua pensione ci si arriva pure a piedi in cinque minuti.

– È una pretura mandamentale, giusto? – Prima di partire s'era informato.

– Sí, commissario.

– E il carcere mandamentale, dove si trova?

– A Noto alta –. Rallentando, Catalano gli mostrò un'altra salita tutta gradini simile a quella sotto il balcone della pensione. – In fondo a questa scalinata, sulla sinistra. Anche il penitenziario si trova a Noto alta.

Scipione spostò lo sguardo nella direzione che indicava Catalano.

– Tutta una salita, 'sta città, – osservò. Mentre si accendeva una sigaretta continuò a guardarsi intorno. Incredibile. S'era tormentato per giorni all'idea di doversi trasferire in quel posto, aveva passato notti intere a immaginare gli scenari piú tragici, e ora che era lí invece si sentiva quasi rilassato. Se non fosse stato per quel caso spinoso che s'era ritrovato tra i piedi appena arrivato, il suo umore avrebbe superato di gran lunga ogni piú rosea aspettativa.

Catalano se ne accorse.

– Un altro pare, commissario. Ieri sera, mi scusi se mi permetto, era provato assai. Riuscí a riposare?

– Direi di sí, ho dormito dieci ore di fila.

– Beato lei! Io è tanto se ne faccio sei, ma sempre in due intervalli.

– Che ha, soffre d'insonnia?

– Ma quannu mai. Ho due picciriddi di tre mesi, gemelli. La notte per loro non esiste. Mangiano e fanno bisognini come se fosse mezzogiorno, certe volte tutti e due assieme. Quella mischina di mia moglie da sola non ce la fa.

– E bravo Catalano. Gemelli. Due maschi o un maschio e una femmina? – Dato che il maresciallo aveva parlato al maschile, l'opzione del doppio fiocco rosa non era contemplata.

Un sorriso orgoglioso anticipò la risposta.

– Due maschi.

Percorrendo via Cavour, Scipione notò che anche lí i palazzi e le balconate barocche non mancavano. Ne contò almeno tre.

– Catalano, mi levi una curiosità: questi palazzi a chi appartengono?

– Alle famiglie nobiliari netine. O, per meglio dire, a ciò che ne resta.

– Quello davanti alla pensione?

– È di proprietà del marchese Travina. Persona simpaticissima. Ci vive insieme alla moglie e a due figli.

– E questo? – Scipione ne indicò uno che, a occhio e croce, occupava un intero lato di un'altra discesa che arrivava sul corso. A giudicare dalle balconate e dal portone, sembrava il piú sontuoso della città.

– Qui ci sta la principessa.

– Una principessa? – si stupí il commissario.

– Donna Eleonora Varzè di Sant'Angelo. Vedova del principe Sant'Angelo, la famiglia piú importante della zona.

La discesa successiva brulicava di gente e di botteghe da una parte e dall'altra, giú fino al corso. La *calata del mercato*, spiegò il maresciallo mentre accostava lungo il marciapiede poco piú avanti. Subito dopo, all'angolo, c'era la pretura.

Occhiali sul naso e giornale in mano, il pretore mandamentale Emanuele De Bartolomeis se ne stava seduto dietro una scrivania, in una stanza sottodimensionata rispetto al mobilio che conteneva. Una parete intera era occupata da uno schedario di legno, di quelli a cassetti. C'erano due vetrine piene di faldoni, alcuni dei quali risalenti a chissà quale epoca, una libreria e un tavolino con una sedia, presumibilmente usata dal cancelliere.

Scipione fece per presentarsi, ma non ne ebbe bisogno.

– Venga avanti, commissario Macchiavelli, s'accomodi, – disse il pretore, abbassando flemmaticamente il quotidiano che stava leggendo e facendogli segno di avvicinarsi. Con la stessa flemma allungò la mano.

– Benvenuto.

Il commissario gliela strinse.

– Grazie, signor pretore.

– Maresciallo, – fece De Bartolomeis, in risposta al saluto di Catalano.

Indicò le due sedie davanti a lui.

– Bella accoglienza le ha riservato la città di Noto, – cominciò. – Neanche il tempo di prendere servizio e ha già sulle spalle una bella gatta da pelare.

Scipione allargò le braccia, simulando una sicurezza che si sentiva ben lontano dal possedere. – Rischi del mestiere, signor pretore.

– Eh, già. Del suo come del mio, d'altronde, – rispose De Bartolomeis con un sospiro, aprendo il fascicolo che aveva davanti. – Perciò: Brancaforte Gerardo, – lesse, abbandonando i convenevoli. – Data di scomparsa presunta, 19 dicembre 1964. Denuncia presentata in data 21 dicembre da Brancaforte Maria Laura, nata Vizzini, il... eccetera eccetera –. Sollevò gli occhi. – Ha avuto modo di studiare il caso, commissario?

– Sí. Ieri pomeriggio, appena arrivato.

Solerte, sembrava voler dire lo sguardo del pretore.

– E che idea si è fatto?

– Al momento nessuna. Le informazioni raccolte dal brigadiere Mantuso non ci dicono granché. Nessuno sembra aver nulla da dichiarare, sebbene siamo a conoscenza del fatto che tutti sanno e che ne parlano.

– Si capisce, – commentò il pretore, poi fece una pausa. – Come prevede di muoversi?

– Abbiamo bisogno di esplorare piú direzioni, per acquisire qualche dettaglio dirimente, innanzitutto per capire se possa trattarsi di allontanamento volontario. O per escluderne la possibilità.

Scipione si congratulò con sé stesso. Il linguaggio sembrava riuscire gradito al pretore, che concordò.

– Da dove intende iniziare?

– Il maresciallo Catalano aveva già programmato di far perquisire l'ufficio e l'abitazione di Brancaforte. Mi trovo pienamente d'accordo con lui.

A Cesare quel che è di Cesare. Non gli pareva corretto intestarsi le idee altrui.

– Certo. Ma mi dica, commissario, qualche elemento da cui partire ce l'ha? Gerardo Brancaforte è il direttore della banca principale della città, un uomo conosciuto e dotato di solida posizione. Mi riesce assai difficile immaginare che possa aver deciso di abbandonare la famiglia e sparire –. L'imperturbabilità che il pretore aveva conservato fino a quel momento mutò in disappunto, come se qualcosa nel discorso lo infastidisse.

– Riesce difficile anche alla moglie, da quello che mi dice il brigadiere Mantuso, il quale ha redatto il verbale della denuncia.

– E lei personalmente, in base alla sua esperienza, la reputa un'ipotesi plausibile?

Eccone un altro: la sua esperienza. Che doveva dirgli?

Imbastí un ragionamento ad alta voce. – Mah, signor pretore, basandomi su quanto mi hanno riportato i miei uomini, – guardò Catalano, che lo fissava attento, – escluderei la fuga per motivi passionali.

– Ed escludiamola –. Il pretore lo disse, ma non sembrava esserne convinto.

– Una possibilità è che, per qualche ragione, Brancaforte abbia temuto di essere denunciato per una qualche attività illecita che magari ha compiuto. In questo caso, però, prima o dopo dovrebbe saltar fuori qualcuno intenzionato a danneggiarlo.

– E in caso di sparizione involontaria? Che cosa ritiene possa essergli accaduto?

Scipione inseguí un'idea. – Un incidente d'auto? Magari in un punto poco visibile da chi passa accanto, e per questo non ancora denunciato. Oppure un malore –. Le altre ipotesi implicavano l'intervento di terzi, compresa quella piú tragica, che chissà per quale motivo dal risveglio non faceva che frullargli nella testa. Scipione la menzionò. De Bartolomeis accolse questa e le altre ipotesi con la stessa indifferenza con cui un attimo dopo averli salutati riprese placido la lettura del giornale.

– Commissario, che facciamo? Andiamo noi due in banca o preferisce che vada con Mantuso? – chiese Catalano, risalendo in auto.

– Andiamoci adesso, ma prima passiamo a prendere Mantuso, – risolvette Macchiavelli. Sei occhi erano meglio di quattro, specie se due – i suoi – erano poco allenati. L'unica perquisizione mai compiuta nella sua carriera era stata quella nella cantina di un ricettatore. Era durata cinque minuti. La merce rubata era tutta lí, in bella vista, compreso il collier di diamanti di un'attrice americana, derubata in un momento di ubriachezza da un sedicente autista cui s'era affidata per arrivare all'*Hotel Parco dei Principi*, dove alloggiava. E dove, per ringraziarlo, aveva invitato Scipione a raggiungerla. Il resto della storia di poliziesco non aveva nulla.

Recuperarono il brigadiere, che nel frattempo non se n'era stato con le mani in mano. Aveva fatto un salto al circolo frequentato dal Brancaforte. Innanzitutto aveva interrogato i camerieri, per poi rivolgersi agli unici due soci presenti: il professore Barra e il cavaliere Rasà, entrambi in là con gli anni ma dotati di cervello fino. E loquaci piú di quanto lo stesso Mantuso si sarebbe mai aspettato.

Dal sedile posteriore dell'auto di servizio, riferí al commissario e al maresciallo quello che aveva appreso.

– Dunque: Brancaforte non si fa vedere al circolo da piú di una settimana. Il cavaliere Rasà sostiene di aver notato, l'ultima volta che l'ha incontrato, un certo nervosismo. Ad-

dirittura sembra che abbia abbandonato il tavolo da gioco a metà partita. Dovette pigliare il suo posto il cavaliere.
– Che tipo di gioco? – chiese Macchiavelli.
– Poker, – rispose Catalano. – A soldi, ovviamente.
– E stava vincendo o perdendo, quando se ne andò? – Scipione non sapeva come la cosa potesse entrarci con la scomparsa, ma la domanda gli era venuta spontanea.
– E io qua volevo arrivare, commissario, – disse invece Mantuso, compiaciuto. – Proprio questo stupí il cavaliere: che Brancaforte avesse in mano carte eccezionali, tant'è vero che Rasà vinse.
– Quindi a richiamarlo a casa, o chissà dove altro, dev'essere stato un motivo serio.
– È quello che pensai anch'io.
– Perciò l'ipotesi di una fuga per paura di qualcosa, come immaginava lei, commissario, potrebbe reggere, – intervenne Catalano.
Scipione alzò le spalle.
– Potrebbe.
Il maresciallo parcheggiò la Millecento davanti all'entrata della banca. Scendendo dalla macchina Scipione rivide il bar all'angolo di fronte che la sera prima era ancora aperto.
– Catalano.
– Dica, commissario.
– Lo fanno buono il caffè al... – lesse l'insegna: – *Caffè Sicilia*?
– Certo. Buonissimo.
– Venite, allora. Vi offro un caffè, che stamattina è come se non l'avessi preso.
Il bar si estendeva su due sale, una dietro l'altra. La prima era piena di tavolini disposti a pettine, un paio dei quali erano occupati da due gruppi di tre uomini ciascuno. A un tavolino piú defilato sedeva un signore dall'aria distinta,

immerso nella lettura di un giornale. Davanti aveva una tazzina da caffè e un piattino con sopra un dolce bianco contornato di verde. All'ingresso dei poliziotti, i sei si zittirono di colpo. Scipione sentí addosso gli occhi di tutti, compresi quelli del signore seduto di lato. Che gli sorrise.

– Il marchese Travina, il suo dirimpettaio, – gli sussurrò Catalano.

Scipione abbassò la testa accennando un saluto. L'uomo rispose allo stesso modo.

Il bancone era di fronte, nella seconda sala. Dietro la cassa c'era una donna di mezza età. Ordinarono i caffè, che Catalano e Mantuso tracannarono con l'indifferenza di chi è già al secondo della giornata, mentre Scipione se lo gustò come se non ne bevesse da un anno.

– Che dolce sta mangiando il marchese? – chiese.

Il maresciallo non fece in tempo a rispondere.

– Cassatina, – si sentí. La donna alla cassa fissava il commissario.

– Grazie, – le rispose Macchiavelli, avvicinandosi.

– La vuole macari lei, commissario?

Scipione iniziò a sospettare che a Noto tutti sapessero già chi era.

– No, grazie. Un'altra volta.

La donna lo guardò delusa.

– Peccato, era frisca frisca –. Avviò il registratore di cassa. – Tri cafè: 150 lire.

Scipione pagò e uscirono.

– Ma veramente accussí scarso è il caffè dai Verrazzo? – chiese Catalano, in confidenza, mentre attraversavano la strada.

Il commissario si girò con la faccia di chi quella confidenza aveva deciso di ricambiarla. – 'Na ciofeca, Catala'. 'Na ciofeca che non si può capire.

7.

Il ragionier Costa, addetto alla cassa numero uno nonché persona, a detta dei colleghi, assai vicina al direttore, aprí la porta dell'ufficio di Brancaforte con cautela, quasi avesse paura di trovarci dentro un fantasma.
– Da venerdí pomeriggio, quando il direttore se ne andò, non c'è entrato nessuno, – si affrettò a precisare.
L'ufficio era ordinato. La scrivania sgombra, le carte meticolosamente impilate su un tavolino. I tre poliziotti si guardarono intorno. Catalano fissava angolo per angolo, in cerca di qualcosa che indicasse da dove iniziare, Mantuso annusava l'aria come un segugio. Macchiavelli cercò di rifarsi alle nozioni apprese alla Scuola superiore di polizia, e a quel poco che aveva imparato nei mesi passati al fianco del commissario capo Saltorelli alla questura centrale, prima di ritrovarsi a dirigere la *dolce vita* del commissariato Via Veneto. Puntò per prima la scrivania di Brancaforte: un portapenne, uno sparticarte, un sottomano di cuoio usurato. Una cornice d'argento con una classica fotografia di famiglia: la moglie e due bambine – piú uno o una ancora in fasce – erano sedute in posa su un divano. Lui era in piedi dietro, le mani appoggiate sullo schienale, e aveva due bambini di età diversa rispettivamente alla sua destra e alla sua sinistra. Scipione aprí il sottomano. Fogli di carta intestata della banca, buste, corrispondenza relativa alla filiale della Banca Trinacria di Noto.

Catalano aveva aperto uno dei cassetti dello scrittoio e stava frugando dentro. Tirò fuori di tutto, dal nastro adesivo, alle forbici, al temperamatite. Osservò perplesso il righello che teneva in mano.

– Ma che se ne farà un direttore di banca di un righello? – si chiese.

Mantuso s'era soffermato su uno schedario e lo stava spulciando foglio per foglio.

– Trovasti cosa? – s'informò Catalano.

Il brigadiere fece segno di no con la testa, concentrato. Si fermò un attimo, esaminò di nuovo il mobile.

– Mantuso, c'è qualcosa che non ti torna? – gli domandò Macchiavelli.

– No, no. È la forma di 'sto schedario che non capisco, – scosse il capo. – Ma niente, uno schedario è. Dentro non c'è granché d'interessante.

A Scipione sarebbe piaciuto avere ben chiaro che tipo di indizio fosse utile a un'indagine del genere, ma purtroppo non ci riusciva. Andava a naso, aprendo cassetti e spostando libri contabili nella speranza, fino a quel momento vana, che qualcosa gli saltasse agli occhi tanto da diventare, come aveva detto prima al pretore, *dirimente*. Ma non saltò fuori nulla, né per lui né – e questo lo consolava – per quei due sbirri nati che erano Catalano e Mantuso, i quali avevano controllato persino sotto il tappeto.

Il ragioniere era rimasto fuori dalla porta, in disparte.

– Signor Costa, – lo chiamò Scipione, mentre uscivano dall'ufficio, – lei cosa può dirmi del dottor Brancaforte? – Il ragioniere era assente il giorno prima, quando Mantuso aveva sentito gli altri colleghi.

L'uomo allargò le braccia. – Mah, e che le debbo dire io, commissario...

– Lo conosce bene, non è cosí?

Costa si schermí. – Bene, ora... Giocavamo assieme quand'eravamo picciriddi... Poi lui si laureò, fece carriera e prese il posto da direttore qua a Noto, e cosí ci ritrovammo. Ma lui era il direttore e io un semplice impiegato. La vecchia confidenza oramai s'era persa.
– Vabbe', ma confidenza o no, lo conosce da tempo.
– Questo sí.
– E di recente come le è sembrato? Ha mai avuto la sensazione che fosse diverso, non so, magari nervoso? – Se l'idea era che Brancaforte potesse essersi eclissato volontariamente per paura di qualcosa, un segnale anche minimo doveva averlo dato.
– Nervoso no. Forse... – l'uomo esitò. – L'ultima volta che lo vidi, venerdí, pareva che avesse fretta. Sí, ecco, fretta, – esitò ancora. – Una fretta un poco esagerata, come se...
– Come se qualcuno lo inseguisse, – concluse Catalano.
– Eh, sí. Come se... Insomma, non lo so se era proprio cosí, ma a ben pensarci pareva pure... tanticchia scantato –. Buttò fuori l'aria.
Aveva sputato il rospo.
– E questo avveniva venerdí pomeriggio, – disse Scipione.
– Venerdí, sí. Il direttore se ne andò assai prima della chiusura. Pure questo, se vi può interessare, tanto normale non era.
– Senta, ragioniere: si ricorda per caso se, quando è uscito, Brancaforte aveva qualcosa in mano? – Chissà perché, Macchiavelli immaginava che l'uomo, nell'intenzione di sparire, dovesse aver portato con sé qualcosa. Sempre che l'intenzione fosse stata quella e che qualcuno non lo stesse davvero inseguendo.
– Certo. Il direttore camminava sempre carico di roba. Innanzitutto la sua borsa, china china di libricini, carte e

cartuzze, e poi qualche sacchetto. Certe volte macari cose da mangiare che doveva portare a casa alla moglie, accattate qua davanti da *Scorsonelli*.

– Ha salutato come al solito oppure lei ha notato qualche differenza?

– Sí, come al solito. Però, ora che ci penso... può essere pure una cosa che non c'entra niente, eh... prima di uscire si fermò davanti agli sportelli e ci taliò uno per uno, a me e ai colleghi. Parve come se volesse parlare, ma alla fine non disse niente.

Un po' come stava facendo il brigadiere Mantuso, che da cinque minuti scrutava gli schedari lungo il muro dietro le casse, che erano identici a quello della direzione.

Quando uscirono, poco dopo, le botteghe del corso erano aperte e in giro c'era piú gente.

– Lei che ne dice, commissario?

– Che ne dico, maresciallo. La fretta, la paura. La probabilità che Brancaforte se la sia svignata c'è. Come c'è la possibilità che chiunque fosse a metterlo in agitazione, o a spaventarlo, l'abbia raggiunto, – aveva ragionato sulla base di quanto la sua mente aveva costruito in quelle prime, sciaguratissime, ventiquattr'ore di dirigenza del commissariato di Noto. La città tranquilla, dove non doveva succedere niente.

– E l'abbia ammazzato, in poche parole, – sintetizzò Mantuso.

Scipione nascose il terrore che la sola ipotesi gli metteva addosso dietro gli occhiali da sole. – Tutto è possibile, Mantuso.

Catalano si limitò ad annuire.

Un gruppo di uomini che passava davanti a loro distrasse l'attenzione di Scipione dai gravi pensieri. Camminavano lungo il marciapiede della banca, armati di strumenti musicali; in coda al gruppo, un uomo piú anziano, l'unico che non portava in mano nulla.

– Catalano, quelli chi sono?

– La banda musicale, e il maestro Mulè che la dirige. Staranno andando a fare le prove a Palazzo Ducezio –. Indicò il Municipio.

Scipione fece qualche passo in quella direzione. Catalano e Mantuso lo seguirono.

– Perché, cosa c'è a Palazzo Ducezio?

– Sicuramente uno di questi pomeriggi ci sarà qualche concerto.

– Per Natale? – chiese Macchiavelli.

– Be', forse sarà in occasione del Natale, ma la banda musicale suona spesso. Nelle belle stagioni, che poi da noi significa la maggior parte dell'anno, suonano lí, al Palchetto della musica. In questi giorni, col vento che si mise a camurría, avranno preferito la sala degli specchi del municipio.

Scipione andò avanti, quasi senza accorgersene. Si ritrovò ai piedi della scalinata maestosa della cattedrale, con la facciata immensa scolpita in quella stessa pietra dorata con cui, probabilmente, era stata costruita tutta Noto. Di fronte c'era il nominato Palazzo Ducezio, che il giorno prima Scipione aveva visto quasi di sfuggita, stupendosene come continuava a fare da quando aveva messo piede in città. Regale, sontuoso, piazzato lí, faccia a faccia con la cattedrale, come a voler commisurare il sacro con il terreno. Andò ancora avanti. Vide uno slargo, di fianco alla chiesa. Alberi a destra e a sinistra, e in fondo un palco di ferro, a semicerchio. La banda si stava dirigendo lí.

– Maresciallo, mi sa che nonostante il freddo il concerto lo faranno al Palchetto della musica.

Catalano fece segno di sí, distratto.
– Commissario, la macchina però è dalla parte opposta, davanti alla banca, – suggerí gentilmente.
Scipione si rese conto di aver camminato un po'.
– Scusi, Catalano, m'ero perso.
– Eh, lo so, ai forestieri Noto fa quest'effetto.
Il commissario allungò il passo.
– Andiamocene a casa di Brancaforte.

Il portone dei Brancaforte si trovava in una delle tante salite che Scipione aveva incrociato. La casa faceva angolo con un vicolo. Mentre Catalano si apprestava a suonare il citofono, il battente si aprí. Ne uscí un uomo di bella presenza sui trentacinque o poco piú, che si fermò davanti a loro.
– Il commissario Macchiavelli? – chiese.
– In persona.
– Avvocato Corrado Ferrara, sono un amico di famiglia dei Brancaforte –. Assunse un'aria costernata. – Questa storia di Gerardo ci lascia tutti sgomenti. La povera signora Maria Laura è affranta.
– Faremo di tutto per venirne a capo e ritrovarlo.
– Grazie, commissario, siamo nelle sue mani, – concluse. Salutò e si congedò.
Maria Laura Brancaforte era, se possibile, piú prostrata del giorno prima. Composta, pettinata, occhi verdi che sembravano scavati in un viso di cera i cui lineamenti non tradivano i canoni della bellezza. Le mani poggiate in grembo contorcevano un fazzoletto con una forza che sembrava dettata dalla disperazione. Tre notti insonni, cinque figli cui badare, e il pensiero costante di Gerardo suo che chissà dov'era. Scipione le comunicò che dovevano dare un'occhiata – il termine perquisire gli parve

troppo duro – ai posti in cui il marito teneva le sue cose. Uno studio, se c'era, una scrivania, dei cassetti.

– Me lo dica, commissario, me lo dica chiaro e tondo. Che se vedova sono, da vedova mi vado a vestire –. Si premette il fazzoletto sulle guance, singhiozzando.

Dalla stanza accanto al salottino in cui li aveva ricevuti comparve una donna poco piú anziana, piuttosto avvenente, vestita integralmente di nero.

– No, no, Lauretta mia, e che fu? – si precipitò a confortarla.

– In lutto mi vado a mettere, zia Mena, in lutto.

– Ma non lo dire manco per scherzo! To' marito torna, questione di giorni. 'Sa che impedimento ha avuto. Ma vedrai che il commissario te lo riporta a casa.

Quel ragionamento, del tutto illogico, pose Scipione davanti alla cruda realtà. La possibilità che Gerardo Brancaforte tornasse tra le braccia della moglie, da qualunque angolazione la si vedesse, gli pareva sempre piú remota.

– Signora Filomena, buongiorno, – la salutò Catalano.

– Buongiorno, maresciallo, – rispose la donna, poi si girò verso Scipione. – Lei è il commissario nuovo che viene da Roma?

– Sono il commissario Scipione Macchiavelli.

– Filomena Busso Vizzini. Il mio povero marito era lo zio di Maria Laura.

Scipione si rivolse alla Brancaforte.

– Signora, avrei bisogno di farle alcune domande mentre i miei uomini dànno un'occhiata allo studio di suo marito –. Guardò Filomena. – Le dispiacerebbe indicarglielo?

– Ma certo, ci penso io.

Catalano fece cenno a Mantuso di muoversi e insieme seguirono la donna.

Maria Laura tirò su col naso e alzò la testa.

– Mi dica, commissario.
Scipione si stava chiedendo cosa avrebbe domandato il commissario capo Saltorelli, in una situazione del genere, ma la memoria non lo aiutò. Doveva improvvisare.
– Nei giorni scorsi ha mai avuto la sensazione che suo marito fosse turbato?
– Turbato? Non so –. La Brancaforte si sforzò di ricordare. – Ora che mi ci fa pensare, una cosa strana me la disse.
– Ovvero?
– Mi chiese se ad accompagnare i bambini a scuola ci andavo sola.
– E lei che gli rispose?
– Che veniva sempre anche Turidda, – e spiegò: – Turidda è la nostra cameriera.
– Lei non gli ha chiesto perché lo voleva sapere?
– No, veramente. Gli risposi e basta. Però, riflettendoci ora, un poco preoccupato pareva.
– Non le ha raccontato per caso di pensieri particolari che aveva al lavoro, o magari nella gestione delle proprietà?
La donna fece un mezzo sorriso che Scipione non seppe interpretare.
– Mio marito non mi racconta mai niente del suo lavoro, e men che meno delle campagne. Non sono cose che possono interessarmi, – si fermò. – Secondo lui, – aggiunse a bassa voce, quasi tra sé e sé.
Scipione capí.
Gli venne in mente che l'unica parente dello scomparso con cui avevano avuto a che fare era lei.
– Ha avvertito i parenti di suo marito? – le chiese.
– I parenti? E quali, commissario? Mio suocero morí che Gerardo aveva manco vent'anni, mia suocera ci lasciò l'anno scorso, pace all'anima sua. Fratelli non ne ha. Lo zio, fratello di suo padre, è morto l'anno che ci sposam-

mo. Era signorino. La zia, sorella sempre di suo padre, non l'ho mai conosciuta perché era già morta quando io e mio marito ci fidanzammo. La sua famiglia noi siamo, io e i picciriddi, – s'accorò.

In quel momento si sentí il pianto di un neonato provenire dalla stanza accanto.

La donna s'alzò, con un'energia mai mostrata fino ad allora. – Mi scusi un momento –. Chiamò: – Turidda!

Scomparve dietro una porta, da cui prima aveva fatto capolino una donna che teneva in braccio un fagotto, e il pianto finí di colpo.

Pochi minuti dopo la signora Brancaforte riemerse dalla stanza accanto a passo svelto.

– Mi perdoni, commissario, sa com'è con i bambini cosí piccoli... – Si risedette. – Cosa mi stava chiedendo?

Guardandola cosí animata, Scipione s'accorse che doveva essere perfino piú giovane di quello che aveva immaginato.

Riprese da dove aveva lasciato.

– Suo marito, dunque, non ha nessun parente? Nemmeno lontano, magari fuori Noto?

– Solo una cugina. Vive a Caltagirone. Ma non hanno buoni rapporti... – La donna esitò nel dirlo, come se si trattasse di un argomento scomodo.

Scipione decise di approfondire.

– Per quale motivo?

Com'era prevedibile la signora tentennò.

– Non lo so di preciso... Cose vecchie. Forse questioni ereditarie, – scosse il capo. – Mi capisca, commissario. Di certi argomenti a mio marito non piace parlare, e nemmeno a me a essere sincera.

– Signora, purtroppo però in questo momento suo marito è scomparso. Lei vuole che noi la aiutiamo a ritrovarlo, giusto?

– Certo!
– Allora metta in conto che mi dovrà parlare anche di questioni che non ama affrontare. Tutto può essere utile.

La donna annuí. E si decise a raccontare: – Litigarono perché quando lo zio morí lasciò ogni cosa a Gerardo, senza ricordarsi dell'altra nipote, figlia della sorella. Ma lo sa com'è: lo zio buonanima era un uomo all'antica, Gerardo era il nipote maschio e perciò gli sembrò naturale lasciargli tutta la robba –. Non era chiaro se lo ritenesse naturale anche lei oppure no. Gli occhi non parlavano granché.

Gli venne in mente una domanda che forse avrebbe dovuto fare per prima.

– Signora, lei non sa dove fosse diretto suo marito quando è uscito, sabato mattina?
– No, commissario.
– E nessuno qui in casa se ne ricorda?
– No, purtroppo.
– Potrebbe chiamare la cameriera?
– Certo. È di là con mio figlio piccolo. Gli altri, per fortuna, sono a scuola o all'asilo.

La chiamò.

Turidda comparve da una porta laterale. Piccola, capelli neri striati di grigio e raccolti, età indefinibile. Abbassò la testa in un saluto e rimase in silenzio.

– Il commissario deve farti una domanda.
– È una domanda semplice, non si preoccupi, – disse Scipione. – Vorrei solo sapere se ha idea di dove dovesse andare il dottor Brancaforte quando è uscito sabato mattina.

La donna guardò la signora, poi si guardò i piedi.

– Avanti, Turidda, se ti ricordi qualche cosa è importante, – la incitò Maria Laura.
– Forse... Però non m'arricordo precisamente.
– Signora, anche se non è precisa non fa nulla.

– Ci pensai assai. L'unica cosa ca m'arricuordu è che doveva accattare una medicina per Vicenzino ca avi un pocu di tosse.

– Vero! Lo sciroppo per Vincenzo, – confermò la Brancaforte.

– Quindi doveva andare in farmacia, – desunse Scipione. – E quale farmacia?

– Questo posso dirglielo io, commissario, perché noi ci serviamo sempre dalla stessa, – intervenne Maria Laura. – È la farmacia Marineo.

– Doveva comprare lo sciroppo, ma non l'ha fatto, – concluse il commissario.

– Cettu ca l'accattò! – disse Turidda, infervorata. – Ci mancasse autru! Chi lassava 'u picciriddu senza miricina? Don Gerardo nun l'avissi fattu mai! – Maria Laura le fece segno di calmarsi.

Macchiavelli non aveva capito una parola. L'unica cosa che gli fu chiara era l'assoluta deferenza della donna nei confronti di Brancaforte.

– Gerardo ripassò da casa apposta per lasciare lo sciroppo, – spiegò la signora.

Scipione congedò Turidda, che se ne tornò sollevata nella stanza accanto, rivolgendogli una riverenza e delle parole che, ancora una volta, lui non capí.

– Voscenza 'bbinirica.

In quel momento rispuntò Catalano, con una borsa di cuoio in mano e la signora Filomena appresso.

– Signora Brancaforte, mi perdoni.

Maria Laura si voltò.

– Maresciallo, mi dica.

– Lei sa dove suo marito tiene la chiave del cassetto centrale della scrivania?

La donna cascò dalle nuvole.

– Del cassetto? No. Ma perché, non è aperto?
– No, è chiuso a chiave.
Maria Laura si alzò, perplessa.
– Strano mi pare... Non lo chiude mai.
Scipione si alzò a sua volta. Seguí il maresciallo e la signora nello studio di Brancaforte. Scrivania di legno scuro, monumentale, poltrone di cuoio nocciola, due librerie piene di edizioni antiche rilegate in pelle. La scrivania aveva cinque cassetti, quattro dei quali erano aperti. Mantuso stava spulciando delle carte che doveva aver trovato all'interno, tra cui il passaporto di Brancaforte che aveva appoggiato su un sottomano di cuoio.

Scipione lo aprí. Era valido. Per curiosità guardò i timbri: Francia, Svizzera, Austria. Lesse le generalità: Brancaforte Gerardo Maria, nato a Noto il 4 gennaio 1922.

– Vede, commissario, il cassetto centrale: è chiuso e la chiave non c'è, – gli fece osservare Catalano.

– Sicuro che non vi cadde per terra? – chiese Maria Laura. – La chiave, che io sappia, una sola è. E dovrebbe aprire tutti i cassetti.

Mantuso estrasse quella del cassettino su cui stava lavorando.

– Questa?
– Eccola, sí, – esultò la signora. – Li apre tutti.
– Tutti tranne quello centrale, abbiamo provato, – rispose Mantuso.

Maria Laura si agitò.

– Non è possibile. Questa scrivania la conosco bene perché era di mio papà. Riprovate, per cortesia, – insisté, rivolta al commissario.

Scipione prese la chiave e cercò di inserirla. Forzandola un po' entrava ma, com'era prevedibile, non girava.

— Ha ragione il brigadiere, signora, non apre, — confermò.

La donna allargò le braccia.

Catalano le mostrò la borsa che teneva in mano.

— Suo marito la usa per andare al lavoro?

— Sí.

— Sabato perciò, quando uscí, non ce l'aveva appresso.

— No, questo me lo ricordo.

Il maresciallo la aprí: all'interno c'erano solo un pacchetto di Marlboro smezzato e un fazzoletto usato. L'esatto contrario di come l'aveva descritta il ragioniere della banca.

— Di solito è molto piena?

— Mah, io non lo so. Penso di sí. Che se la porta appresso vuota?

— Infatti. E secondo lei il contenuto dove può essere?

La donna alzò le spalle.

Catalano scambiò un'occhiata con il commissario.

Con un criterio logico che al momento gli sfuggiva, ma che i suoi uomini giudicarono azzeccato, Scipione si chinò a osservare la serratura.

— È diversa dalle altre, — comunicò rialzandosi. — Suo marito deve averla cambiata.

— E perché mai avrebbe dovuto, mi scusi? La scrivania sua è, nessuno ci mette le mani —. Maria Laura pareva quasi risentita.

— Non so. Forse per evitare che i bambini la aprissero? — considerò il commissario, cosí, tanto per dirne una. Era ovvio che, per evitare le incursioni di un bambino, una chiave sola bastava e avanzava. Ma la donna in quel momento sembrava aver bisogno di risposte.

— Questo che significa, che ora per aprirlo dovete scassare il mobile? — s'intromise la signora Filomena.

Catalano e Mantuso fissarono Macchiavelli. A lui toccava decidere. Sulla loro opinione non potevano esserci dubbi.

Scipione indugiò in un rapidissimo ragionamento. La sparizione di Brancaforte, malaugurato o meno che fosse il suo epilogo, originava da circostanze delle quali la moglie doveva essere all'oscuro. Affari che l'uomo doveva condurre per conto proprio, tra i quali s'inquadrava alla perfezione lo strozzinaggio di cui si mormorava. A fronte della valigetta vuota, restava solo quel cassetto serrato come possibile nascondiglio di eventuali prove.

– Mi dispiace, – si limitò a rispondere.

Maria Laura non protestò. Si portò le mani ai lati del volto, scuotendo il capo.

Filomena invece diede voce ai pensieri di entrambe.

– 'A bedda scrivania di Alfonso. Peccato.

Scipione intuí che Alfonso fosse il padre di Maria Laura, il cognato della signora, proprietario in origine del mobile.

Mantuso si mise all'opera. Tentò dapprima con un cacciavite, poi con una graffetta, ma niente. Alla fine smontò la serratura pezzo per pezzo e la forzò finché non cedette.

Nel cassetto c'era poca roba, ma un oggetto saltava agli occhi immediatamente.

– Commissario, guardi qua.

In un angolo era poggiata una pistola, con accanto una confezione di proiettili. Mantuso la tirò fuori.

– San Currau beddu! – esclamò Filomena. – Una rivoltella possiede Gerardo? – S'era girata verso Maria Laura, che sembrava sgomenta.

– Signora, lei era a conoscenza di quest'arma?

La donna fece segno di no.

– Quindi non sa nemmeno se è regolarmente denunciata?

– No, ma... perché non dovrebbe essere denunziata? – Il tono passò dall'incerto all'offeso.

– Suo marito ha il porto d'armi?
– Penso di sí. Va a caccia.
– Perciò possiede anche dei fucili?
– Sissignore, sono in un armadio, al piano di sotto.
– Questa ce la portiamo noi, – comunicò Catalano, involtando pistola e proiettili in un fazzoletto.

Mantuso nel frattempo s'era rimesso a scartabellare. Il cassetto conteneva un'agenda, un quaderno, una pila di fogli tenuti insieme da un elastico, una mazzetta di banconote da diecimila lire in una busta. Gli occhi di Scipione caddero su un foglietto spiegazzato e ripiegato, confinato in un angolo. Allungò la mano e lo prese. Le parole erano scritte con lettere ritagliate da un giornale.

«Non la farai franca ancora per molto. Attento a dove metti le mani».

– Mizzica, commissario, ma questa lettera anonima è, – fece Catalano.

Scipione la fissò sconcertato. Non ne aveva mai vista una dal vivo in vita sua. Maria Laura intanto s'era seduta e Filomena la sventolava con un cartoncino.

– Signora Brancaforte, lei ne sa nulla? – chiese Macchiavelli.

La donna scosse il capo.

– Commissario, ma secondo lei se ne avesse saputo qualche cosa non gliel'avrebbe detto? – s'inalberò la zia.

Scipione passò la lettera a Catalano e lui la inserí nell'agenda che Mantuso aveva infilato in un sacchetto, insieme ai fogli e alla busta con i soldi.

– Portiamo via tutto.

Catalano e Mantuso scesero giú, accompagnati dalla citata Turidda, a controllare l'armadio che conteneva i fucili. Tre dovevano essere, stando a quanto dichiarava la signora Brancaforte. Che dalla lettera anonima in poi s'era ammutolita. Nemmeno un altro pianto del figlio riuscí a smuoverla. La zia prese Scipione in disparte.

– Commissario, mi dica la verità. Cosa pensate che sia successo a Gerardo?

– Non lo sappiamo, signora. Ma le assicuro che stiamo facendo tutto il possibile per ritrovarlo –. Vivo o morto, stava per aggiungere, ma si frenò.

I due poliziotti tornarono confermando che i fucili erano tre.

– A questo punto direi che togliamo il disturbo, almeno per il momento, – comunicò Macchiavelli.

L'una barcollante, l'altra impegnata a sostenerla, le due donne li accompagnarono alla porta. Nel corridoio che conduceva all'ingresso, Maria Laura Brancaforte s'affloscio sul pavimento.

8.

Salvo reali motivi di forza maggiore, da quando s'era sposato il maresciallo Catalano non mancava mai di tornare almeno dieci minuti a casa per pranzo, da Annetta sua che lo aspettava trepidante. Dopo giorni in cui il peso della responsabilità l'aveva inchiodato in commissariato dalla mattina alla sera, in assenza di urgenze e col beneplacito del commissario Macchiavelli, Calogero poté di nuovo onorare la tavola della moglie.

Scipione invece si infilò nel suo ufficio, seguito da Mantuso. Ancora una volta non sentí la necessità di togliersi il cappotto. Meno male che quella mattina, memore del pomeriggio precedente e delle raccomandazioni di sua madre, aveva aggiunto un gilet all'abito spezzato che aveva indosso.

– Ammazza che freddo che fa qua dentro, – commentò, strofinandosi le mani. Aprí gli scuri per illuminare l'ambiente, che gli parve persino piú spoglio. Un lievissimo sentore di muffa suggeriva che la stanza fosse anche umida. Si guardò intorno: nemmeno l'ombra di un termosifone.

– Sí, c'è piú freddo del solito, – confermò il brigadiere.

– Fuori o dentro?

Il brigadiere colse l'ironia e sorrise.

– Uguale, commissario.

– Mi levi una curiosità, Mantuso, – disse Scipione, sedendosi dietro la scrivania – È una mia impressione o le case qui sono tutte senza riscaldamenti?

Anche dai Brancaforte, piú che un paio di stufe elettriche Scipione non aveva visto. E pure lí aveva fatto fatica a spogliarsi del cappotto.

– Non è una sua impressione. Le case dotate di riscaldamenti si contano sulla punta delle dita, – rispose il brigadiere, mentre tirava fuori dalla borsa gli oggetti requisiti in casa Brancaforte. Li appoggiò sulla scrivania del commissario, accanto alla pila di carte che Nuzzi gli aveva lasciato da firmare.

Scipione starnutí.

– Ma vedi te se uno se deve raffredda' in Sicilia, – borbottò.

– Non si preoccupi, commissario, ora procuriamo una stufa –. Mantuso s'affacciò nel corridoio. – Baiunco, – chiamò.

L'appuntato comparve.

– Vai nella stanza in fondo al corridoio e portami una stufa per il commissario.

– Subito, brigadiere.

Baiunco sparí lungo il corridoio, diretto in una stanza-deposito.

Mantuso rientrò e afferrò un sacchetto che aveva lasciato in un angolo.

– Commissario, mi sono permesso di comprare una scaletta col salame anche per lei e le portai una gazzosa.

– Una... *scaletta*?

– È un panino. L'ho fatto imbottire col salame, spero che le vada bene.

Scipione si rese conto di non aver minimamente pensato al pranzo. A Roma non aveva mai avuto bisogno di curarsene. Se la mattinata era stata tranquilla – e la maggior parte delle volte lo era, dato che il grosso dei reati in zona avveniva nelle ore serali, se non notturne – a un certo orario usciva e raggiungeva Primo in una trattoria del centro. Oppure andava a casa dei suoi. Solo in rari casi, se si creavano piú seccature del normale che lo costringevano a rimanere in ufficio, erano i suoi uomini a procurare supplí e tramezzini.

Mantuso doveva aver capito. Se non se ne fosse occupato lui, il commissario sarebbe rimasto digiuno fino a sera.
– Eccome se mi va bene. La ringrazio, brigadiere.

Il ragazzo abbassò il sacchetto. – Ma s'immagini, commissario. Però la prego, non mi dia del lei.
– Va bene.

Mantuso tirò fuori due involti e due bottigliette di gazzosa. La «scaletta» aveva la forma di una *s* schiacciata e allungata. Era imbottita all'inverosimile, cosicché la gazzosa sparí in cinque minuti. In supporto ulteriore, dovettero attingere a una bottiglia d'acqua che ogni giorno il brigadiere riempiva per averla sempre pronta in ufficio.

Baiunco comparve armato di una stufetta, vetusta che in confronto quella di Verrazzo era moderna.
– Spiramu ca funziona, – disse, infilando la spina malridotta nella presa al lato della scrivania.

E che non s'incendi tutto, aggiunse mentalmente Scipione. Per fortuna il cimelio si accese senza problemi, le resistenze si scaldarono e iniziarono a emanare un fievole calore. Il tempo di una sigaretta e Scipione finalmente si tolse il cappotto.

Mantuso fissava pensoso il quaderno requisito dal cassetto di Brancaforte.
– A me pare un libro contabile.

Scipione agitò il mazzo di foglietti che stava esaminando.
– E queste, a occhio e croce, sembrano cambiali, – gliele passò. – Veda un po' se le cifre corrispondono.

Il brigadiere le raffrontò, fece segno di sí.

– Ha ragione, commissario, sono cambiali.
Scipione prese in mano l'agenda e la sfogliò, saltando i giorni.
– Appuntamenti, – commentò.
Mantuso si sporse verso di lui.
– Vediamo?
Il commissario cercò la data del 19 dicembre. Era segnato un solo nome.
– Olivas F. ore dodici, – lesse a voce alta.
In quell'esatto momento entrò il maresciallo Catalano.
– Olivas F.? – ripeté, sorpreso.
– Oh, maresciallo, bentornato, – lo accolse Scipione alzando gli occhi.
Catalano s'avvicinò e si sedette accanto a Mantuso.
– Dove lo lesse quel nome, commissario? – chiese.
– Nell'agenda di Brancaforte. Avevano appuntamento il giorno in cui l'uomo è scomparso.
Il maresciallo si strofinò la fronte. – Brutta faccenda.
Scipione mise giú l'agenda.
– Brutta da quale punto di vista?
– Tutti, commissario –. Il maresciallo si puntò in avanti sui gomiti verso Macchiavelli. Mantuso lo imitò. – Se per Olivas F. si intende Ferdinando Olivas, il fatto che il suo nome si trovi menzionato lí dentro determina due circostanze, in entrambi i casi camurriuse. La prima è che, se interpreto bene il suo pensiero, commissario, dovremo convocare il soggetto in questione qui in commissariato, o per lo meno interrogarlo.
Scipione confermò.
– Direi di sí.
– Ecco: già questo, considerato il tipo, non sarà cosa semplicissima.
– E perché mai?

– Perché don Ferdinando Olivas si sente un poco un padreterno. Ha parenti che ricoprono alte cariche, sua moglie si chiama Paladino e appartiene a una delle famigghie piú in vista della città.
– Perché «don»? Ha un titolo nobiliare?
– No, nessun titolo nobiliare. È che qui l'uso del «don» è allargato alle persone di qualche riguardo, anche se non sono nobili. Uno come lui se lo convochiamo andrà a scomodare il pretore, se non addirittura il questore, a Siracusa.
– Allora non lo convochiamo, – si lanciò Scipione, – ci andiamo a parlare direttamente, senza preavviso. Due chiacchiere informali –. Magari non s'intendeva di indagini difficili, ma un pallone gonfiato con aspirazioni da padreterno sapeva in che modo trattarlo. Anche troppo bene, visto come gli era finita...
– Questa può essere una buona idea, – concordò Mantuso.
Catalano ci meditò sopra.
– E la seconda? – gli chiese Scipione.
– La seconda che cosa?
– La seconda circostanza... come l'ha definita?
– Ah, sí. La seconda camurría è che se il nome di Olivas si trova nell'agenda di Brancaforte...
– Nonché nel libro contabile, – aggiunse Mantuso, mostrando una pagina del quaderno. – E perciò immagino anche... tra le cambiali –. Cercò in mezzo ai foglietti e tirò fuori quello corrispondente.
– Significa che Brancaforte gli ha prestato dei soldi, – concluse il commissario.
Catalano assentí, convinto.
– Dunque, nonostante il nome e i parenti, Olivas non naviga in buone acque, – dedusse Scipione.
Il maresciallo si distese sulla sedia. – Questo non mi sorprenderebbe, – insinuò, la faccia di chi la sapeva lunga.

– Perché? Che si dice su di lui? – Il commissario ci aveva messo un giorno scarso a capire che il grosso delle indagini sarebbe passato attraverso i canali non ufficiali delle dicerie. La cosa non gli garbava troppo, vista la fantasia galoppante di cui i netini sembravano dotati, ma gli toccava adeguarsi.

– Diciamo che non è mai stato un amministratore oculato del suo patrimonio. Né ha mai contribuito a rimpinguarlo.

– Gioco d'azzardo?

– Gioco, bella vita, viaggi. Si deve immaginare che come 'ngiuria lo chiamano Fefè Santropè.

Scipione piú ascoltava e piú si sentiva sollevato. Avere a che fare con un tipo del genere per lui era come giocare in casa. Se ripensava alla gente che, per lavoro o per diletto, aveva incontrato negli ultimi anni, altro che Fefè Saint-Tropez.

– Un viveur, – commentò.

Catalano lo guardò incerto.

– Gli piace godersi la vita, – riformulò Macchiavelli.

– Avoglia!

Scipione osservò di nuovo, uno per uno, il quaderno, l'agenda, le cambiali, la lettera anonima. Prese in mano la pistola, la tirò fuori dal fodero.

– Una vecchia Colt, – annotò.

Mantuso, troppo giovane per ricordare, si stupí. – Un'arma americana.

Al commissario e al maresciallo invece non parve cosí strano.

– 'A stissa che usavano gli americani quando sbarcarono, – disse Catalano.

Macchiavelli annuí.

– Verosimilmente è proprio una di quelle –. La girò da

una parte e dall'altra, fissandola meditabondo. Poi si mise a studiare la mazzetta di banconote.
– Che pensa, commissario? – chiese Catalano.
Scipione stava seguendo un ragionamento e a naso gli pareva che filasse. Decise comunque di sondare prima l'opinione che, senza dubbio, s'era fatto il maresciallo.
– Mi dica che ne pensa lei, – replicò, – cosí vediamo se siamo d'accordo.
Catalano la prese come una prova cui il commissario lo stava sottoponendo.
– Debbo essere franco?
– E se no che glielo chiedevo a fa'?
Il maresciallo si raddrizzò sulla sedia.
– Secondo me, uno che scappa perché si scanta che possano fargli qualche cosa, se possiede una rivoltella com'a chista minimo minimo se la porta appresso.
Scipione annuí, dentro di sé soddisfatto. A quel punto poteva continuare lui.
– Esatto. E probabilmente si porta dietro anche i soldi. Questo purtroppo non depone bene.
– No, non depone bene per niente, – concordò Catalano.
– Perciò Brancaforte sabato uscí pensando di stare fuori per poco tempo, – fece Mantuso.
Scipione riprese il ragionamento.
– Prima è andato in farmacia a comprare lo sciroppo per il bambino ed è passato da casa per portarlo alla moglie, poi è uscito di nuovo. Che ore s'erano fatte nel frattempo? Undici e mezzo, mezzogiorno?
– L'orario in cui doveva incontrare Olivas, – disse Catalano, con un sospiro che tradiva contrarietà.
– Si rassegni, maresciallo: Olivas è il primo con cui dobbiamo parlare. Il secondo è il farmacista. Magari si ricorda qualcosa che ha notato quella mattina, o che Brancaforte

ha detto, – decretò Scipione, stupendosi di sé stesso. Si alzò. – Andiamo subito.

Catalano e Mantuso si alzarono a loro volta, incerti.

– Dove? – chiese il maresciallo.

– Come, dove? A casa di questo Olivas e poi dal farmacista.

– Ora? – I due poliziotti controllarono entrambi l'orologio. Erano le quattro meno cinque.

Scipione li guardò perplesso.

– Sí, ora. Perché, c'è qualche problema? – Stai a vedere che aveva sbagliato in qualcosa? Sperò non si trattasse di un errore procedurale.

– No, è che alle quattro del pomeriggio è assai probabile che gli Olivas stiano riposando.

– Ah, capisco –. Il commissario aveva sospirato di sollievo: la procedura non c'entrava. – Vabbe', facciamo al contrario: prima il farmacista, poi Olivas.

9.

– Dove si trova questa farmacia? – chiese Scipione davanti alla Millecento. S'era reso conto che quella mattina avevano spostato l'auto tre volte per distanze che a piedi avrebbero percorso in pochi minuti.
– In via Cavour, a due passi dalla sua pensione.
Un'altra distanza minima.
– Possiamo andare anche a piedi, – suggerí. Aveva bisogno di muoversi, non era abituato a starsene seduto per delle ore.
I due non sembravano entusiasti della proposta.
– Tutta in salita è, commissario, – motivò Catalano.
– E sta per piovere, – aggiunse Mantuso.
Scipione alzò gli occhi. Qualche nuvola si stava addensando, il cielo non era chiaro come prima, ma da lí a piovere.
– Come no, un diluvio universale –. Scosse il capo e salí in macchina. – 'Nnamo va.
Catalano partí, salí fino alla piazza del teatro e di colpo si fermò. Scipione s'era distratto a guardare le statue nel giardinetto dov'erano i due alberi alti illuminati e per poco non finí sul cruscotto.
– E che è, maresciallo?
– Scusi, dottore, ma… – indicò con un cenno un carabiniere a cavallo che stava attraversando.
Beppe gliel'aveva detto, che la compagnia dei carabinieri di Noto era grandina. Non s'era sbilanciato sul capitano,

la qual cosa aveva convinto Scipione che o non lo conosceva, o non doveva averne una grande opinione.
– Pure i cavalli, – pensò a voce alta.
Poco dopo passarono davanti alla caserma, che prendeva un isolato dall'angolo col corso, lungo una discesa, fino a una piazza con un'immancabile chiesa.
– Però, non se la passano mica male. Scommetto che il capitano l'alloggio ce l'ha.
Catalano si limitò a fare segno di sí.
– E come ti sbagli.
– Ma commissario, pure lei l'alloggio ce l'ha, – si piccò il maresciallo. – Basta finire quattro lavori.
Scipione intuí che per Catalano la rivalità con l'Arma doveva essere una questione di principio. – Sto scherzando, – disse sorridendo.
– Se è per quello, dai carabinieri pure il maresciallo ha l'alloggio, – lo stuzzicò Mantuso, ridacchiando.
Catalano lo guardò in cagnesco. – Io non sono forestiero, non mi serve nessun alloggio, – specificò.
Svoltò per una delle vie parallele al corso, la percorse tutta e risalí dalla strada che spuntava all'angolo con la chiesa di San Francesco, che Scipione aveva visto il giorno prima arrivando a Noto. Quella con la scalinata, accanto alla quale era stato il vecchio commissariato.
– Non ho capito dove siamo, – fece il commissario, studiando l'edificio alla sua sinistra.
– Alle spalle del seminario vescovile siamo, dottore, – spiegò Catalano. Prese una salita e sbucò all'incrocio con via Cavour, che Scipione riconobbe.
L'insegna con la croce era lí, quasi all'angolo. Il maresciallo si fermò, con grande stridio di freni, proprio davanti alla farmacia Marineo. Tre delle sei persone in atte-

sa al banco si voltarono in simultanea. Appena videro che dall'auto stava uscendo il nuovo commissario, si girarono anche le altre tre. Di colpo scese il silenzio.

Scipione si rese conto di essere al centro dell'attenzione.

– Marescia', un'altra volta un po' meno spettacolo, – mormorò a mezza bocca.

– È colpa dei freni della Millecento, commissario.

– Vabbe', va', andiamo a parlare col farmacista.

– La, – gli sussurrò Catalano, trattenendolo un attimo.

– La che?

– *La* farmacista, – lo guardò negli occhi, – femmina è.

Scipione si meravigliò. – Ah –. Non che a Roma non avesse mai incontrato una donna titolare di farmacia, ma non si aspettava di trovarne una lí.

In camice, dietro il banco, di persone ce n'erano tre: un uomo e due donne.

– Oh, maresciallo! – salutò l'uomo, abbandonando subito la sua posizione. Sulla sessantina, alto, sorridente, s'avvicinò ai poliziotti con la mano tesa.

– Il commissario?

Scipione gliela strinse.

– Scipione Macchiavelli.

– Piacere, davvero tanto piacere, dottore, – continuò l'uomo. – Sono Bruno Marineo.

– Piacere mio, – lanciò un'occhiata a Catalano. Sicuro che non s'era confuso?

– Prego, si accomodino –. Marineo li invitò a seguirlo nella stanza accanto, un piccolo disimpegno con un divanetto e varie sedie. – Non le nascondo che ci aspettavamo una vostra visita, commissario.

– Sí?

– Be', Gerardo Brancaforte è stato qui da noi sabato mattina. A quanto si dice, da quel momento è scomparso. O si tratta di vox populi?
– No, purtroppo la notizia che ha sentito è vera.
Marineo scosse la testa.
– Ma vedi un po'.
– Lei ricorda di aver notato qualcosa di strano, quando Brancaforte è stato qui quella mattina?
– In realtà io con Gerardo non ci ebbi a che fare per niente. Mi stavo occupando di altro e poi lui entrò chiedendo di mia figlia.
– Sua figlia?
– Sí, mia figlia Giulia, – disse, compiaciuto. – È lei la titolare della farmacia, oramai da quattro anni.
No, Catalano non s'era confuso.
– E cosa voleva il signor Brancaforte?
– Uno sciroppo per la tosse, adatto ai bambini. Ma aspetti, le chiamo mia figlia cosí parla direttamente con lei –. Aprí una porticina che dava sul retro del bancone. Uscí e rientrò subito.
– Un attimo e arriva, – si risedette. – Di là ci resta mia moglie, – sorrise, – che non è farmacista, ma a forza di aiutare, prima me e ora Giulia, in trentadue anni diventò piú esperta di una farmacista vera.
Non passarono nemmeno due minuti che la porta si aprí e Giulia Marineo fece la sua apparizione.
– Scusatemi, ma la cliente era anziana e non si decideva ad andarsene.
Alta, castana, occhi chiari dei quali era difficile definire il colore, allegri, il camice aperto su un maglione e un paio di pantaloni che nemmeno con il massimo dell'impegno avrebbero potuto mascherare la bellezza di chi li portava. Per logica di studi universitari e di anzianità di

lavoro – quattro anni alla facoltà di Farmacia, piú i quattro da titolare – Giulia doveva per forza aver superato i venticinque, ma Scipione avrebbe giurato che non arrivava a trenta.
– Buonasera, dottoressa, – salutò Catalano. Mantuso gli fece eco.
– Maresciallo, brigadiere, – rispose lei con un cenno per ciascuno.
Scipione si stava riprendendo con fatica dalla sberla che gli era parso di ricevere. Tutto avrebbe creduto, tranne di trovarsi davanti quel capolavoro di donna. Un'eventualità che non solo non aveva messo in conto ma che, dati i suoi recenti trascorsi e l'epilogo disastroso che avevano avuto, almeno per il momento avrebbe preferito evitare. Si sforzò di mantenere l'aplomb del commissario di Pubblica sicurezza interessato solo alla sua indagine.
– Dottoressa, buonasera, – abbassò il capo in un saluto.
Giulia gli tese la mano, sorridendogli con la stessa cordialissima affabilità che poco prima, senza provocargli la stessa vibrante ebbrezza, gli aveva riservato il padre.
– Il famoso commissario Macchiavelli, immagino.
– In persona.
Il sorriso le si aprí ancora di piú.
– Ma lo sa che da due giorni a Noto non si parla d'altri che di lei?
– Addirittura? E a cosa devo tutto questo interesse? – le sorrise, con finta noncuranza.
– Be', capirà: il nuovo commissario, arrivato dritto dritto dalla capitale. Per di piú appena in tempo per risolvere un grattacapo non da poco –. Si abbandonò su una delle sedie, accavallando le gambe. – A Noto, – precisò.
– Gioia mia, il commissario aveva bisogno di farti alcune domande, – disse Marineo.

– Mi dica, commissario, come posso aiutarla?

Scipione si risedette dov'era prima, guarda caso davanti a lei. Per darsi un tono tirò fuori dal cappotto, che anche stavolta e per i medesimi motivi non s'era tolto di dosso, il portasigarette.

– Si può fumare qui dentro? – domandò.

– Come no, certo, – rispose il dottor Marineo.

Scipione fece il gesto di offrirne una a tutti. L'unica ad accettare fu Giulia. Il commissario le allungò il portasigarette, sorpreso. Chissà perché, s'era convinto che le donne in Sicilia non fumassero.

– Dottoressa, suo padre mi ha detto che sabato mattina, quando è venuto in farmacia, Brancaforte ha chiesto espressamente di lei. Ricorda qualcosa, magari un dettaglio che l'ha colpita?

– Sinceramente no, commissario. Gli serviva uno sciroppo antitussigeno pediatrico, che preparo io. Mi ha raccontato che uno dei suoi figli non stava bene, che aveva passato la notte a tossire, e che sua moglie non aveva chiuso occhio.

– Le sembrava per caso che avesse fretta?

Giulia si strinse nelle spalle, i due angoli della bocca all'ingiú, come durante una riflessione che non produce risultati.

– Mah, no. Non in modo particolare –. Si accigliò appena, poi diresse le due dita che stringevano la sigaretta verso un ipotetico punto da centrare. – Anche se, a voler proprio cercare il pelo nell'uovo, un piccolo segno di insofferenza lo diede quando alla signora Inzirillo cadde la borsa per terra mentre stava presentando le ricette del medico. Ti ricordi, papà?

Marineo si dovette concentrare.

– Fu quando la Inzirillo ci bloccò la farmacia per mezz'ora?

Giulia fece segno di sí. Spense il mozzicone in un posa-

cenere poggiato su un tavolino di lato e lo porse al commissario.
– Dentro la borsa c'era qualcosa a cui teneva. Qualcosa come una catenina di battesimo. Insomma, finché non si trovò questa catenina, la signora non permise a nessuno di calpestare il pavimento davanti alla cassa. Il dottor Brancaforte la scavalcò, sbraitando, e pretese di pagare subito lo sciroppo.
– Come se avesse fretta, dunque, – concluse Scipione.
– Sí, credo si potesse interpretare cosí.
– Per il resto? Non gli sentí dire niente che facesse pensare a una ipotetica volontà di fuga?
– Una fuga pianificata, dice? – domandò Giulia, rigirandosi la collana di perle tra le dita di una mano, il gomito poggiato sull'altro braccio.
– È una delle ipotesi che stiamo vagliando.
La donna scosse il capo. – Oddio, dovrei cercare di ricostruire l'intera conversazione. Non è facile. La gente, sa, mi racconta tante cose anche personali, che a volte quel bancone mi pare una specie di confessionale –. Rise. La testa leggermente piegata all'indietro, il collo allungato.
Scipione sbandò per un attimo, ma si rimise in carreggiata.
– Capisco. Se per caso dovesse riuscirci...
– Glielo riferisco immediatamente, non dubiti, dottor Macchiavelli –. Era tornata seria. Gli occhi limpidi, sicuri. Occhi di cui, il commissario ne era certo, poteva fidarsi al cento per cento. E non solo perché quella donna gli piaceva come forse mai gli era accaduto. Se c'era una dote innata che Scipione poteva vantare, e che purtroppo di rado gli capitava di sfruttare, era quella di riconoscere a pelle le persone oneste. Poche, difficili da incontrare. Giulia Marineo, il commissario ci si sarebbe giocato qualunque cosa, era una di loro.

Erano appena passate le cinque, ma fuori era già buio.

– I giorni piú corti dell'anno, – recitò Catalano, riprendendo il suo posto alla guida della Millecento. Scipione, assorto, non rispose.

– Il fatto che Brancaforte si mise a sdilliriare contro una vicchiaredda perché lo intralciava mi pare un chiaro segno che fretta ne doveva avere assai, – ragionò Mantuso, dal sedile posteriore.

– In effetti, uno come lui non è tipo da male parti di questo genere. Poi proprio contro la Inzirillo, una signora accussí gentile. Un santo non è, ma manco malarucato. Anzi, è sempre ossequioso. Per perdere la pazienza in quel modo significa che tanto in sé non doveva essere. Lei che ne dice, commissario?

Scipione aveva ascoltato distrattamente, ma il discorso gli era chiaro.

– Mi sembra abbastanza evidente che Brancaforte fosse spaventato da qualcosa.

– Dalla lettera anonima, magari, – suggerí Mantuso.

Catalano fece la faccia dubbiosa. – E secondo te per una tinta lettera anonima uno lascia moglie e cinque figli e sparisce?

– Dipende, – intervenne il commissario, imponendosi di archiviare la felice parentesi della farmacia.

– Da che cosa, dottore?

– Da quanto gravi e pericolose siano le questioni a cui quella lettera si riferisce.

– Questo è vero. Però, anche in quel caso, sempre di lettera anonima si tratta. Uno può darle credito fino a un certo punto. Altrimenti saremmo rovinati.

– Perché, sono molto frequenti?

– Che cosa? Le lettere anonime? – Catalano rise. – Uno sport regionale sono.

Scipione s'incuriosí.

– Cioè?

– Una specie di tradizione, commissario. Vero è che c'è lettera anonima e lettera anonima, a seconda dell'intento con cui viene scritta, ma in linea generale la maggior parte contiene solo malevolenze usate per intimidire il prossimo. Spesso sono questioni di corna. Che poi, tolto qualche raro caso di onore ritenuto seriamente oltraggiato, per lo piú finiscono nel dimenticatoio.

Un saggio era in grado di scrivere in proposito, il maresciallo.

– E quella ricevuta da Brancaforte, a quale categoria di lettera anonima appartiene? – domandò il commissario, non senza una punta di divertimento.

– Difficile a dirsi. Dato il soggetto, l'intimidazione potrebbe riguardare sia i soldi sia eventuali corna.

– E, secondo lei, il signor Olivas che stiamo per interrogare potrà aiutarci a dirimere questo dubbio?

– Debbo essere sincero, commissario?

– Arieccolo! Certo, maresciallo.

– Penso proprio di no.

L'abitazione degli Olivas non distava molto né dalla farmacia Marineo, né dalla pensione di Verrazzo né, a conti fatti, dal commissariato stesso. A Scipione pareva di girare sempre intorno allo stesso punto. In macchina, per di piú.

Il portone si aprí con un ritardo compatibile col tempo che la donna di servizio doveva averci messo ad avvertire i padroni della visita inattesa. I poliziotti salirono due rampe di scale, nere come quelle dei Verrazzo ma tre vol-

te piú larghe, prima di arrivare a un portoncino d'ingresso sprangato.
Catalano premette un pulsante, antico come l'edificio. Un campanello suonò. La stessa donna che s'era affacciata al balcone poco prima venne ad aprire.
– Desiderano?
– Il signor Ferdinando Olivas è in casa? – chiese Scipione.
Il piccolo spostamento in giú del capo della ragazza poteva significare tanto un sí quanto un no.
– Chi debbo dire?
Il commissario guardò Catalano e Mantuso. Entrambi in divisa. La faccia del maresciallo esprimeva rassegnazione.
– Commissario Scipione Macchiavelli, Pubblica sicurezza.
La ragazza non fece una piega.
– Attendete un attimo.
Tornò quasi subito.
– Prego, per di qua, – indicò.
La seguirono attraverso un corridoio, a metà del quale era sistemata una consolle con sopra un telefono, un vaso di fiori finti e un paio di portafotografie. Subito dopo, sulla destra, una porta era aperta. La ragazza disse loro di entrare *nello studio*, don Ferdinando li avrebbe raggiunti lí.
Ferdinando Olivas arrivò da una porta laterale e mosse qualche passo verso di loro. Statura media, stazza pure. Capelli grigi con stempiature profonde ed evidente riporto. Occhiali alla Onassis. Vestito di tutto punto come se fosse lí lí per uscire.
– Signor Olivas, buonasera, sono il commissario Scipione Macchiavelli.

L'uomo gli tese una mano, molle.
- Ah, sí, - rispose, - benvenuto a Noto, commissario -. Si girò verso Catalano: - Maresciallo, - e degnò Mantuso di un breve cenno di saluto. - Prego, prego, accomodatevi, - indicò un angolo con divano e poltrone. Il resto della stanza era arredato come uno studio: scrivania antica, mobilio di pregio, tappeti, tende di broccato. I ritratti alle pareti raccontavano genealogie da esibire.
- Le confesso che non mi aspettavo una sua visita, tant'è vero che stavo per uscire, - disse Olivas, rivolto al commissario.

Scipione si mise comodo, accavallò le gambe. Una conversazione, ecco quello che doveva sembrare.
- Lei mi perdonerà, signor Olivas, se ho voluto disturbarla a casa, ma non mi pareva il caso di convocarla in commissariato per una chiacchierata.
- Dica pure. In che cosa posso esserle utile?
- Suppongo che lei sia a conoscenza della scomparsa del dottor Gerardo Brancaforte, su cui io e la mia squadra stiamo indagando.
- E chi non lo è? In una città cosí piccola, anche uno starnuto diventa di pubblico dominio -. Il sorriso sprezzante di chi si ritiene al di sopra delle dinamiche di provincia.
- Già. Purtroppo questo non aiuta le indagini, anzi, spesso finisce per intralciarle -. Scipione stava divagando apposta.
- Lo immagino. Ma mi dica, mi dica come posso aiutarla.

Preferiva andare al sodo, don Olivas.
- Certo, non perdiamo altro tempo. Dall'agenda di Brancaforte risulta che sabato mattina a mezzogiorno avesse un appuntamento con lei. Conferma?

L'uomo rimase interdetto.

– Sabato mattina a mezzogiorno, – stirò le labbra in un sorriso, – sí, dovevamo incontrarci, però non si presentò.
– Di che cosa dovevate parlare?
Olivas s'irrigidí.
– Commissario, potrei sapere di che natura è la sua visita?
– Come le ho detto, si tratta di una chiacchierata del tutto informale.
– Ma io non ho nulla da dirle. Anzi, mi stupisco che abbia pensato di venire a disturbarmi a casa solo perché le risulta che avessi un appuntamento con il direttore della mia banca. Non è il modo.
Scipione capí che la strategia della conversazione era sbagliata. Con uno come Olivas ci volevano i fatti.
– Ha ragione, non è il modo. La prossima volta la convocherò in commissariato. Per oggi, ormai, è andata cosí, – allungò la mano verso Catalano. – Maresciallo, vuole darmi l'agenda e i fogli? – Il maresciallo eseguí.
Scipione prese una cambiale.
– Questa è sua? – chiese.
Il pallore terreo dell'uomo indicava non solo che era sua, ma che non sospettava minimamente potesse averla in mano la polizia. Rimase in silenzio.
– Il suo nome figura anche nei libri contabili, diciamo cosí... personali, di Brancaforte. Immagino non sia una coincidenza.
L'uomo si alzò e andò a chiudere la porta.
– Commissario, per piacere. Evitiamo di farci sentire da mia moglie.
– Le ha prestato dei soldi? – domandò Scipione, diretto.
Olivas scrollò le spalle, infastidito.
– Si è trattato di un prestito a titolo puramente amichevole. Attraversavo un periodo di scarsa liquidità e, piutto-

sto che chiedere alla banca, Brancaforte si offrí di aiutarmi lui. Gli avrei restituito fino all'ultima lira.
Scipione lo guardò incredulo.
– Davvero? E a che tasso d'interesse?
L'uomo sobbalzò.
– Ma nessuno! Gliel'ho detto, si trattava di un prestito in assoluta amicizia.
– Ah, ecco. Be', deve avere molti amici, il dottor Brancaforte. Il suo libro contabile è pieno di aiuti analoghi a quello che ha dato a lei. Un filantropo.
– Questo io non posso saperlo. Perché non vi rivolgete agli altri? Io non ho altro da dirvi.
– Ci rivolgeremo a tutti, ma vede: purtroppo l'appuntamento, il giorno in cui è scomparso, Brancaforte ce l'aveva con lei. Ecco perché, mio malgrado, mi trovo a doverla disturbare per primo.
– Le ho già detto che all'appuntamento Brancaforte non venne.
– E lei?
– Io cosa?
– Lei ci andò?
– Certo che ci andai.
– Al *Caffè Sicilia*?
L'uomo esitò.
– Dov'era l'appuntamento? – lo incalzò Scipione.
– Fuori Noto.
– Fuori Noto dove?
Olivas perse il controllo.
– Santa pace, ma che importanza ha?
– Lei intanto mi risponda.
– A San Corrado di Fuori, nella mia casa estiva.
– Doveva darle altri soldi? – insisté Macchiavelli.
– No, dovevo restituirglieli io. La avverto, commissa-

rio, che non dirò piú una sola parola, se non in presenza del mio avvocato, – sibilò Olivas.
Scipione finse di cascare dalle nuvole.
– Del suo avvocato? E perché?

Catalano era esilarato.
– Commissario, è stato un grande.
Scipione si prese il complimento. La verità era che aveva improvvisato, ma non era necessario specificarlo.
– Ora almeno sappiamo dove doveva andare Brancaforte quella mattina.
– Lei ci crede che Olivas non lo incontrò? – domandò Mantuso.
Il commissario aprí le braccia.
– Che ti devo dire, Mantu'. No. O almeno non al cento per cento.
– Manco io.
– Ovvio che non possiamo crederci fino in fondo, – fece Catalano. – L'importante è che Olivas pensi che gli crediamo. Se è in buona fede, se ne starà tranquillo con due piedi in una scarpa, se invece non ci ha detto tutto, inizierà a muoversi. E noi lo scopriremo. Come ci organizziamo, commissario? Chi gli mettiamo alle calcagna?
Scipione non seppe cosa rispondere. Ricordava a stento il nome degli uomini che il pomeriggio prima si erano presentati.
– Non lo so, Catalano, veda lei. Uno sveglio.
Il maresciallo si voltò un istante verso il sedile posteriore, per poi tornare con gli occhi sulla strada.
– Sveglio sveglio, commissario?
Scipione capí dove voleva arrivare.
– Sveglio sveglio, – confermò.

Catalano non proferí nome, si limitò a rivolgere un'altra occhiata a Mantuso. Che non si scompose.
- Almeno posso scegliere io chi mi deve affiancare? - sospirò il brigadiere.
- Ne hai facoltà, - accordò Scipione.
- Allora voglio Giordano.
- Buona scelta, - convenne il maresciallo. - Quello è un picciotto che promette bene.
- A forza di stare appresso a me, - azzardò il brigadiere, ridendosela sotto i baffi.

Scipione si divertí a guardare Catalano contrariato. Per il maresciallo, figurare come il miglior mentore per i «picciotti» che riteneva in gamba era un punto d'onore.

Rientrarono in commissariato alle sette passate. Mantuso andò a cercare Giordano e lo condusse nella stanza di Macchiavelli che, chiusa e con la stufetta accesa dal dopopranzo, miracolosamente era diventata confortevole. Al punto che il commissario s'era perfino tolto il cappotto.

- Vicebrigadiere Michele Giordano, - si presentò il ragazzo, tradendo una punta di emozione. Mingherlino, biondo, occhi azzurri. I lineamenti infantili in un volto che dimostrava assai meno dei ventidue anni che risultavano dalla sua anagrafica. Mantuso lo sovrastava di almeno venti centimetri in altezza e anche come stazza.

Scipione lo investí ufficialmente del ruolo che il brigadiere aveva chiesto di assegnargli.

- Mi raccomando: Olivas non deve accorgersi che lo stiamo seguendo. Stategli dietro tutto il tempo, dalla mattina a quando rincasa la sera. Ce l'abbiamo un'auto civetta?
- L'altra Millecento, è blu e non è contrassegnata.
- Bene, allora usate quella.
- Iniziamo subito, commissario, - propose Mantuso.

– No, da domani all'alba. Stasera Olivas usciva con la moglie, non credo che seguirlo servirebbe a granché.
– Concordo, – intervenne Catalano. – Considerato il periodo, capace che vi finisce a fare la posta fino a notte fonda davanti a qualche Circolo a Siracusa, o magari a Ragusa. O davanti a qualche casa dove hanno organizzato una serata da gioco natalizia.
Scipione stava congedando la truppa quando Spadaro bussò ed entrò.
– Commissario, mi scusi.
– Mi dica, Spadaro.
– Al centralino c'è una telefonata per lei, da Roma.
Scipione guardò l'orologio.
– Sarà mia madre. Avrà chiamato alla pensione e Corrado le avrà detto che non ero ancora rientrato. Me la passi.
Catalano, Mantuso e Giordano uscirono in fretta, appena in tempo prima che il telefono del commissario squillasse.
Scipione rispose subito. La linea era disturbata.
– Pronto, – sentí gracchiare. – Pronto, mamma, sei tu?
L'unica parola che riuscí ad afferrare fu: – No.
Forse era sua sorella.
– Domitilla? – Niente.
Di colpo la linea s'aggiustò.
– Scipio?
Il commissario rimase in silenzio.
– Scipio, ci sei? – Una voce calda, quasi sussurrata. Inconfondibile.
– Ginevra? – bisbigliò.
Stupito, atterrito, infastidito. Scipione non riuscí a capire quale dei tre sentimenti prevalesse in quel momento.
– Finalmente. Come stai? – Era accorata.
– Bene. E tu? – rispose freddo, anche piú di quanto avrebbe voluto. Non la vedeva e non la sentiva da quel-

la sera malaugurata. Sembrava un secolo, invece non era passato nemmeno un mese.

– Io... cosí. Non scoppio di gioia.

Scipione aveva ripreso il controllo.

– Perché mi hai chiamato?

– Come, perché? Volevo sapere come stavi. Ero cosí in pena...

– Per cosa? Per il viaggio in treno? – la provocò.

– Smettila, ti prego, – lo implorò, – mi sento già tanto in colpa per quello che è successo.

Scipione ebbe un moto di fastidio. Incredibile come non riuscisse piú a provare nulla per lei. Fastidio, sí, forse era quello che prevaleva.

La sentí singhiozzare. No, non era nemmeno giusto trattarla cosí male. In fondo, era stato lui per primo a sbagliare, ad avvicinarsi al fuoco piú di quanto il buonsenso gli consigliasse.

– Non devi. L'errore non è stato tuo.

– Errore... Cosí lo consideri? Un errore?

Scipione faticò a rimanere calmo. Non poteva farci niente, povera Ginevra, ma la sua voce gli provocava disagio.

– Ginevra, per piacere. Sto lavorando. Non ho piú nulla da dirti. Non mi cercare piú.

– Ma... come? Scipio, – la sentí chiamare mentre riattaccava la cornetta.

L'appuntato Baiunco se ne stava al palo, davanti alla stanza del capo, in attesa che uscisse.

– Commissario, – scattò, appena lo vide.

– Baiunco, che ci fa ancora qua?

– Il maresciallo disse che debbo riaccompagnarla alla pensione.

Scipione chiuse la porta del suo ufficio.

– No, grazie, non si preoccupi. Preferisco fare due passi.
– Ma è tutta salita, commissario.
Chissà perché le salite terrorizzavano tanto i suoi uomini.
– E che sarà mai. Un po' di movimento fa bene ogni tanto, lo sa?
– Ma accussí... a stomaco vuoto?
Il commissario sorrise.
– Buonanotte, Baiunco.
L'uomo lo salutò, quasi costernato.
Scipione lasciò il commissariato e prese a camminare piano. Con le mani in tasca, salí fino alla piazza deserta. Contemplò i due enormi alberi illuminati, testimoni spietati dell'infelice Natale che avrebbe dovuto trascorrere. L'inquietudine con cui aveva convissuto per giorni, e che dall'arrivo a Noto pareva essersi incredibilmente dissipata, in seguito a quella telefonata era ricomparsa di colpo. Scipione si sedette su una panchina di ferro, tirò fuori lentamente una sigaretta, altrettanto lentamente l'accese. Gli piaceva quella piazza. Il giardino con la fontana e le due statue, sormontate dalle conifere gigantesche, la parte piú alta della piazza con la chiesa e la salita perpendicolare che presumibilmente portava in via Cavour. Il portone del Teatro comunale, che fino ad allora aveva visto sprangato, quella sera era aperto e l'interno era illuminato. Sotto il colonnato, dietro alla cancellata aperta, c'erano tre persone che chiacchieravano fumando. Incuriosito, il commissario s'alzò, attraversò la piazza e s'avvicinò. I tre si zittirono.
– Buonasera, – li salutò.
– Buonasera, – risposero, guardandolo con diffidenza.
Scipione pensò fosse meglio presentarsi.
– Sono Scipione Macchiavelli. Il nuovo commissario.
I ragazzi cambiarono espressione, sollevati.

– Piacere, commissario! – sorrisero.
Uno gli allungò la mano per primo.
– Sono Vincenzo Travina. Siamo dirimpettai, mi pare.
– Lei è il figlio del marchese?
– Sí. L'ha già conosciuto?
– No. Ci siamo incrociati stamattina, ma non ci siamo presentati.
– Accadrà quanto prima. Mio padre ci tiene molto ad accogliere i forestieri che si trasferiscono a Noto, dice che bisogna farli sentire a casa propria.
A uno a uno, gli tesero la mano anche gli altri due.
– Corrado Montefalco.
– Giovanni Gullo.
– C'è uno spettacolo in corso? – domandò Scipione, indicando il portone aperto.
– Ah, no, nessuno spettacolo. I miei amici qui stanno allestendo il teatro per la festa di capodanno, – spiegò Vincenzo.
– Una festa in un teatro? – si stupí il commissario.
– È una tradizione. A capodanno o a carnevale, le feste da ballo si fanno qui. Del resto, la cornice merita. Venga, le faccio vedere –. Lo invitò a seguirlo e Scipione gli andò dietro.
Entrarono dall'unica aperta delle tre porte a vetri, oltrepassarono un ingresso con colonne su due pareti e sette lampadari al soffitto. Attraversarono un'altra di tre ulteriori porte a vetri, l'unica sormontata da tende drappeggiate.
Travina gli indicò dei gradini, a destra e a sinistra. – Di qua e di là si accede ai palchi –. Gli cedette il passo. – Prego.
Scipione si ritrovò nell'ambiente ovattato di un teatro ottocentesco, piccolo ma sfarzoso. Velluti rossi, stucchi, dorature. Lo specchio perfetto della città che lo ospitava.
– Ha ragione, marchese. La cornice merita eccome, –

osservò la platea. – Solo mi chiedo dove sia lo spazio per una festa.
– Le poltrone vengono coperte con dei tavolati, e la platea si trasforma in sala da ballo –. Travina accompagnò la spiegazione con un gesto.
– Ingegnoso, – commentò il commissario, ammirato.
Tornarono indietro.
– Piuttosto, lei a capodanno che fa? – chiese Travina, quando furono di nuovo in piazza.
– Io? – chiese Scipione, colto alla sprovvista. – Ah, non ne ho idea. Sono appena arrivato.
– Lo so. E so anche che s'è dovuto mettere al lavoro subito.
– Eh, già.
– Allora, se non ha altri impegni, ci farebbe piacere averla alla nostra festa, – propose Montefalco.
Scipione ringraziò il ragazzo per l'invito e, mentalmente, Beppe Santamaria che gli aveva consigliato di infilare in valigia lo smoking. Non si sa mai, aveva detto. Quel «non si sa mai», che sul momento gli era sembrato un'ipotesi remota, ora iniziava a essergli chiaro. Come chiare gli sembrarono d'un tratto le allusioni del giorno prima alla stazione. Poteva andarti molto peggio. Forse Beppe aveva ragione.

Vincenzo Travina insisté perché facessero la strada insieme. A piedi, nonostante i due amici avessero offerto loro un passaggio in macchina.
– Lei allora non teme le salite, – disse Scipione.
– Le salite?
Il commissario rise.
– Lasci perdere, parlavo tra me e me.
– No, no, mi incuriosisce. Che c'entrano le salite?

Scipione glielo spiegò, e rise anche l'altro.

Camminarono lentamente, Travina chiacchierando senza sosta, Scipione beandosi della conversazione briosa che in un attimo gli aveva risollevato l'umore. A dispetto dell'apparenza, che lo faceva sembrare piú giovane, Vincenzo aveva ventisette anni, tre in meno del commissario. E, cosa che Scipione trovò sorprendente, conosceva Beppe Santamaria.

A metà del corso parevano già vecchi amici. In via Cavour si davano del tu.

10.

Il giorno seguente passò senza novità. Mantuso e Giordano tallonarono Ferdinando Olivas dalla mattina alla sera, senza cavare un ragno dal buco. Catalano fece qualche ricerca sui nomi che comparivano nel libro contabile di Brancaforte.

– Commissario, non immagina quanti insospettabili ci sono qua dentro. Gente che mai uno penserebbe debba chiedere soldi a strozzo. Piú una decina di poveri cristi, che magari si indebitarono per sposare la figlia o per aggiustarsi la casa.

Scipione diede voce a un timore che iniziava ad assalirlo e, in qualche misura, ad atterrirlo.

– Senta, maresciallo, secondo lei Brancaforte può essere finito in qualche guaio grosso? O magari aver fatto affari con delinquenti di quelli seri –. Fece una pausa. Non era facile nemmeno dirlo. – Che ne so? Mafia?

Catalano si mise a ridere.

– Mafia? A Noto? Commissario, non è possibile.

– Perché, Catala', siamo in Sicilia. Se lo ricorda cos'è successo l'anno scorso?

– E chi se lo scorda, commissario. A Ciaculli. Ci rimisero la vita quattro carabinieri, due uomini dell'esercito e uno dei nostri –. Scosse il capo. – Ma mi creda: qui non siamo a Palermo, – ribadí, convinto. – E manco ad Agrigento –. E se lo diceva lui, che era agrigentino. – Lo sa come la chiamano la provincia di Siracusa? Provincia babba. Significa ingenua, priva di malizia. Nel gergo nostro, priva di organizzazioni mafiose. Un'ingiuria che in questo caso diventa un complimento.

'Sta cosa della provincia babba gliel'aveva già raccontata Beppe, quando la tegola del trasferimento in Sicilia gli era cascata in testa terrorizzandolo. Se lo ricordava bene lui, quello che aveva sentito raccontare dal capo della polizia, ex prefetto di Palermo, esperto di mafia siciliana come pochi. Le parole di Beppe l'avevano tranquillizzato allora, come quelle di Catalano fecero in quel momento.

– Sí, in effetti questo lo sapevo anch'io. Ma siamo sicuri che Brancaforte non avesse contatti con altre persone, al di fuori della provincia?

– No, commissario, non penso proprio.

Eppure Brancaforte, per la quarta notte consecutiva, non aveva dato notizie di sé.

Scipione se ne stette in ufficio fino alle cinque del pomeriggio. Lesse tutti i giornali possibili e immaginabili, compreso quello regionale che il giorno prima aveva riportato la notizia della scomparsa di Brancaforte. Dopo dodici scrutini le elezioni presidenziali erano ancora in fase di stallo, con Leone che in seguito alla rinuncia di Fanfani aveva aumentato i suoi voti. Con rammarico il commissario apprese che tre giorni prima all'Olimpico la Roma, senza Manfredini in campo, aveva pareggiato con la Juve.

Alle cinque e mezzo, vinto dall'inoperosità di quella giornata, riprese la via verso la pensione. A metà strada si fermò in una cabina telefonica e diede fondo ai gettoni che s'era procurato per interurbane che non andarono a buon fine. Primo non era in casa, sua madre nemmeno. L'unico della famiglia con cui riuscí a scambiare due parole fu Marco Aurelio, suo fratello diciassettenne.

Passò il resto della serata a imparare da Verrazzo giochi di carte siciliani, smangiucchiando dolci natalizi e bevendo marsala. Alle nove, dopo *Carosello* come i bambini, Scipione era già sepolto sotto la solita montagna di coperte.

La vigilia di Natale iniziò con lo stesso andamento flemmatico del giorno prima. Dopo due giorni di subbuglio, tra la denuncia di scomparsa da un lato e l'arrivo del nuovo dirigente dall'altro, in assenza di novità concrete, il commissariato s'era riassestato su quelli che dovevano essere i ritmi abituali.
Scipione se l'era presa con calma. I Verrazzo erano usciti presto, cosí lui aveva potuto dribblare il caffè che Corradina aveva lasciato nella moka «da scaldare». Comitini invece ne aveva ingoiata una tazza e mezzo senza batter ciglio, ruminando biscotti in silenzio. Solo alla fine, costretto dall'occasione, l'uomo s'era speso in un risicatissimo augurio; lui il Natale lo avrebbe trascorso al suo paese, un posto di cui Scipione non aveva registrato il nome.
Il commissario passò buona parte della mattinata a firmare la montagna di pratiche che il suo predecessore aveva generosamente lasciato in sospeso. Da svariati segnali che Scipione aveva intercettato, era piuttosto evidente che di questo Nuzzi gli uomini non dovevano conservare un'opinione granché lusinghiera.
Alle dieci e mezzo la mancanza del caffè cominciava a farsi sentire. Stava giusto meditando se arrivare fino al *Caffè Sicilia*, quando Spadaro si presentò alla sua porta.
– Commissario, mi scusi. C'è una telefonata interurbana per lei, da Roma.
Scipione si preoccupò.
– Chi è? – domandò stavolta, diretto.
– Avvocato Valentini, – scandí Spadaro prontamente,

memore del lisciabusso che il commissario gli aveva riservato per non essersi informato prima di girargli la chiamata.

Scipione sorrise.

– Me lo passi.

Aspettò che squillasse e alzò il ricevitore.

– Ahò, Valentini, mai che ti si possa trovare in casa. Ma dove te ne vai, a tutte le ore?

Primo si fece una risata.

– E che te devo di', amico mio. C'ho una vita frenetica.

– Sí, come no. Trabocchi di impegni.

– Non ci crederai, ma ieri l'impegno ce l'avevo per davvero. A Rebibbia.

– Ammazza, bel posticino. Ma non eri civilista tu?

– Infatti la causa per cui seguivo il mio cliente era civile. Peccato che nel frattempo l'abbiano beccato mentre corrompeva un testimone. Lí per lí, ad assisterlo in carcere ci sono andato io, ma ho già passato la palla, – si fermò, poi aggiunse, – a tuo padre.

Scipione fece un sorriso amaro. Non commentò.

– Non l'hai sentito, vero?

– No.

– Vedrai che gli passa. Il tempo di digerire la mazzata, che pure per lui è stata forte. Dagli tempo.

– Lo so.

Primo cambiò tono, divagò. – Stasera vigilia in casa Santamaria, eh!

– Già! Per fortuna, – data la malinconia che lo stava assalendo.

– Ho sentito Beppe, dice che ti viene a prendere lui, oggi pomeriggio.

– Per forza. Appiedato come sono, che doveva fa'? Mi prende oggi e domani mi riporta. Guarda tu, che complicazioni.

– Vabbe', mo ci organizziamo per portarti giú la macchina.
– Per questo t'avevo chiamato ieri. Hai saputo come si fa per spedirla in treno?
Primo esitò un attimo.
– Scipio, io a 'sta storia del treno ci ho pensato bene. Ti costa un sacco di soldi, e non sai mai se succede qualcosa.
– Ma non mi pare che ci sia un'alternativa.
L'amico esitò ancora.
– Senti un po'... e se te la portassi giú io?
– Tu? E come? – chiese Scipione, sorpreso.
– E come? Mi metto alla guida e vado verso sud. Sempre dritto, prima o poi arrivo.
– Non scherzare, sono piú di due giorni di viaggio.
– Ma tanto in questo periodo non ho molto lavoro. Parto dopo Santo Stefano, Beppe mi dice dove fermarmi a dormire e al massimo il 30 sono lí. Poi c'è pure Camilla, che insiste per accompagnarmi. Lei dice che le servirebbe per il giornale, anche se secondo me... – non concluse. Ma Scipione capí lo stesso.
Camilla era la sorella minore di Primo, viveva a Milano e faceva la giornalista per «Annabella». Da anni era innamorata persa di Beppe Santamaria che, per rispetto nei confronti dell'amico, non aveva mai approfittato della cosa e s'era tenuto a debita distanza. Scipione era sicuro che l'improvviso interesse di Camilla per la Sicilia col giornale non c'entrasse nulla, ma gliene fu grato in ogni caso.
– Che ti devo dire, amico mio: grazie infinite.
Rimasero d'accordo che si sarebbero risentiti dopo Natale.

Rallegrato dalla buona notizia, Scipione optò per i due passi fino al *Caffè Sicilia*. Chiamò Catalano e gli propose di accompagnarlo.

Il maresciallo accettò. Obtorto collo, gli toccò farsela a piedi.

– Grazie, commissario. Il caffè che mi pigliai stamattina oramai si perse nella notte dei tempi, per quanto era presto! I miei figli fecero l'opera tutta la notte, prima uno poi l'altro. Quella mischina di Anna si alzò come minimo dieci volte. Alle quattro e mezzo mi susii pure io, per solidarietà. Mi vippi una moka sana, per restare sveglio.

– Ma bravo Catalano, – lo elogiò Scipione, sorpreso.

– Faccio quello che posso fare! Da mangiare ai picciriddi certo io non posso dargliene, per ovvi motivi, però almeno non la lascio sola.

– Nessun padre si sognerebbe di alzarsi per supportare la moglie.

Catalano sogghignò. – Secondo mia suocera dovrei dormire in un'altra stanza, per non svegliarmi. E per aiutare Anna dovrebbe trasferirsi lei a casa nostra.

– E immagino che lei sia molto d'accordo, – scherzò Scipione.

– 'Nsamaddio, commissario! Mia suocera è buona e cara, ma ognuno a casa sua. Ad aiutare Annuzza meglio se ci viene di giorno.

Quando entrarono al *Caffè Sicilia* si ripeté la solita scena, alla quale ormai Scipione si stava abituando. Le voci abbassate, gli occhi puntati su di lui. Chi aveva già avuto modo di conoscerlo si affrettò a salutarlo. Il ragioniere Costa della Banca Trinacria, l'avvocato Ferrara incrociato sotto casa dei Brancaforte. Un uomo anziano, molto distinto, che camminava appoggiandosi a un bastone, incrociandolo si fermò e lo salutò.

– Commissario Macchiavelli, benvenuto.

– La ringrazio.

– Giacomo Paladino, – si presentò.

Scambiarono due parole prima che l'uomo si avviasse verso l'uscita.

– Il suocero di Olivas, – gli sussurrò Catalano in un orecchio.

– Ah, è lui? – fece Scipione, sorpreso. – Una persona ben diversa dal genero.

A un tavolino di lato erano seduti Vincenzo Travina con i soliti due amici e altri due uomini, uno dei quali era il marchese suo padre.

– Scipione! – lo chiamò Vincenzo, alzandosi subito e facendogli segno di sedersi con loro.

Macchiavelli s'avvicinò.

– Buongiorno a tutti, – salutò, rimanendo all'impiedi.

– Accomodati, prendi qualcosa con noi, – ribadí Vincenzo.

– Grazie, ma sono insieme al maresciallo Catalano, e siamo in servizio. Siamo entrati giusto per un caffè.

– E non ve lo potete prendere assieme a noi il caffè? Chiamiamo il maresciallo.

Tanto fece, tanto insisté, che Scipione e Catalano cedettero.

Gullo e Montefalco si presentarono al maresciallo. Gli altri due invece non conoscevano il commissario, se non di vista.

– Mio padre, – presentò Vincenzo.

Il marchese tese la mano, Scipione gliela strinse.

– Commissario Macchiavelli, finalmente ci conosciamo. Da dirimpettaio mi sentivo in difetto nei suoi confronti per non averle ancora dato il benvenuto nella mia città.

Vincenzo gli presentò l'altro. Un uomo sui trentacinque, alto, coi capelli biondo cenere e gli occhi azzurri. – Francesco Varzè, mio caro amico, nonché futuro cognato.

– Molto lieto, commissario.

Il caffè durò piú del previsto. Prima di uscire dal commissariato Scipione aveva raccomandato a Spadaro di chiamarli al *Caffè Sicilia* semmai avesse avuto qualcosa di urgente da dirgli, durante il poco tempo in cui sarebbero stati fuori. Ma non si fece sentire nessuno. Scipione si divertí ad ascoltare ogni sorta di pettegolezzo, benevolo perlopiú, il cui soggetto era rappresentato di volta in volta dalla persona che in quell'esatto momento stava uscendo dal bar. Dell'avvocato Ferrara, ad esempio, apprese che era andato via da Noto quand'era ancora ragazzo, aveva studiato a Milano e aveva fatto una carriera di tutto rispetto, diventando l'avvocato di importanti industriali. Si trovava in città da poco tempo e di passaggio.

Il marchese Travina, come aveva detto Catalano, era un uomo dotato di rara simpatia e amabilità. Il che lo rendeva gradito alla compagnia del figlio e dei suoi amici. Anche stavolta aveva davanti un piattino con un residuo dello stesso dolce bordato di verde che Scipione aveva notato due giorni prima.

Dovette accorgersi che Macchiavelli lo stava guardando, tanto che intervenne. – Commissario, l'ha mai assaggiata una cassatina? – e la indicò.

– Non ancora.

– Ah, no! Questa è una gravissima mancanza. Maresciallo, ma come? Tre giorni che il commissario è qua, e ancora non gliene ha offerta una? Bisogna ovviare assolutamente –. Fece segno al cameriere di avvicinarsi e ordinò una cassatina per il commissario.

Scipione non ebbe nemmeno il tempo di tentare un rifiuto. Il dolce arrivò e dal proposito iniziale di assaggiarne un pezzetto finí con il mangiarlo per intero.

– Eh, che mi dice? Non è un capolavoro?

– Concordo in pieno.

– Sente la ricotta com'è lavorata bene? E la pasta reale, – seguitò il marchese, non pago. – Io debbo confessarle che cedo spesso alla tentazione.

Vincenzo sorrise sornione. – Spesso è un termine riduttivo, papà.

Il marchese ammise che il figlio non aveva tutti i torti.

Prima di salutarli, il commissario ne approfittò per chiedere a Montefalco, che formalmente era l'artefice dell'invito al capodanno in teatro, se fosse possibile portare con sé due amici venuti da Roma. Gli risposero di sí in quattro, con voce unanime, marchese compreso.

– Dovrebbe venire anche il nostro comune amico Santamaria, – aggiunse Vincenzo.

Il che, semmai Scipione avesse avuto qualche dubbio, lo eliminava ipso facto.

– Chi, il neogiudice? – s'informò il marchese.

– Sí, papà. Lui e il commissario sono amici da molto tempo, vero, Scipione?

Macchiavelli confermò.

Il commissario e Catalano stavano giusto uscendo dalla porta a vetri del caffè, quando in senso contrario vi entrò Olivas. Vedendoli, l'uomo si bloccò per un attimo.

Scipione accennò un saluto. – Signor Olivas.

Quello rispose toccandosi il cappello e abbassando impercettibilmente la testa. Proseguí dritto e andò a sedersi con altri due uomini, non prima di aver ossequiato il marchese Travina.

Scipione e il maresciallo si diedero un'occhiata intorno senza troppa enfasi, in cerca di Mantuso e Giordano. Individuarono la Millecento blu, ferma poco piú avanti, in corrispondenza del Palchetto della musica. Si guardarono bene dall'avvicinarsi. Piuttosto ripresero la strada verso il commissariato.

– Temo sia un pedinamento inutile, – sentenziò Catalano.
– Sí, sono d'accordo, maresciallo. È meglio che rientrino in commissariato, facciamoli avvertire via radio dalla centrale operativa.
– Va bene, – disse Catalano. Poi si voltò, risolente sotto il baffetto biondo. – Comunque, commissario, le debbo fare i miei complimenti. Subito s'ambientò!

Mantuso e Giordano, come previsto, rientrarono a mani vuote. Scipione si rese conto che non aveva senso tenere tutti lí al completo anche la vigilia di Natale, e congedò chi non era di turno. Catalano se ne andò a pranzo a casa dove, in vista della cena natalizia, sua moglie Anna aveva riunito la madre e due zie e, a suo dire, stava preparando cibo per un reggimento.
Il commissario lasciò a una delle guardie il numero di telefono di Santamaria, dove avrebbero potuto rintracciarlo dalla sera in poi. Lentamente, salita dopo salita, se ne tornò alla pensione. Ripensando all'osservazione scherzosa di Catalano, ammise che in effetti non ci aveva messo molto a fare qualche conoscenza. A detta del maresciallo, Noto era rinomata per l'accoglienza calorosa che riservava ai forestieri. Lui, poi, non era una persona qualunque.
Anche alla pensione dei Verrazzo la cucina s'era popolata di donne intente a impastare sul tavolo di marmo: la signora Corradina, le sue due sorelle, la cognata e una nipotina tredicenne. Corrado gliele presentò una per una. Per curiosità, Scipione chiese cosa stessero preparando.
– Scacce, commissario.
Verrazzo gli spiegò che si trattava di focacce tipiche della zona, farcite in vario modo, che tradizionalmente venivano sfornate in grande quantità per la cena natalizia.
– Lei favorisce con noi, commissario?

– No, grazie, Corrado. Stasera sono invitato a Siracusa, da amici, e ci resterò fino a domani.

– Oh, mi fa piacere! – se ne uscí Corradina. – Mi scunceva il cuore a pensare che doveva passare le feste solo solo, lontano dalla famiglia. Alla tavola nostra era il benvenuto, eh, intendiamoci, ma una cena con gli amici è tutta un'altra cosa! Vero? – chiese, rivolta alle altre, e le donne concordarono. – Ma la verità: che è creanza, trasferire una persona lontano da casa sua giusto giusto a Natale? Io non capisco veramente...

– Corradina! – la bloccò Verrazzo.

Scipione ebbe la netta sensazione che di lui e del suo anomalo trasferimento proprio sotto Natale – a chi non sembrava assurdo? – in quella cucina se ne fosse già parlato.

Corrado gli propose di unirsi al pasto «frugale» a base di pane, salame e ricotta che stava consumando in beata solitudine nella sala da pranzo. Scipione rifiutò gentilmente la proposta. La cassatina che gli aveva offerto il marchese non s'era ancora spostata di un millimetro e in quel momento non sarebbe riuscito a ingerire nient'altro.

Si ritirò nella sua stanza. Tirò fuori il vestito grigio che avrebbe indossato quella sera, la cravatta bordeaux, le scarpe inglesi fatte su misura che, visti i tempi magri, aveva coscienziosamente deciso di tenere da conto destinandole alle occasioni speciali. Guardò l'orologio: Beppe sarebbe arrivato alle sei e mezzo, mancavano ancora tre ore. Si tolse giacca e cravatta, s'infilò un cardigan di lana pesante – provvidenzialmente messo in valigia da sua madre «perché non si sa mai» –, si sdraiò sul letto e tirò su una delle coperte accessorie ripiegate ai piedi. Afferrò l'ultimo numero di «Tex», collana gigante, comprato qualche settimana prima e ancora intonso. *Il tranello*. Un paio di pagine piú tardi, dormiva profondamente. Si svegliò di

soprassalto nemmeno mezz'ora dopo, il fumetto che gli copriva la faccia, disturbato da rumori che solo con qualche secondo di ritardo identificò come colpi alla porta. Intontito si alzò e andò ad aprire.
Corrado Verrazzo gli comparve davanti, costernato.
– Commissario, mi deve scusare. C'è il maresciallo Catalano al telefono. Dice che è urgente assai.
Scipione ebbe la sensazione raggelante che la sua vigilia avrebbe preso una piega assai diversa da quella che aveva immaginato. All'improvviso sveglio, raggiunse veloce l'ingresso, dov'era il telefono.
– Maresciallo.
– Commissario, mi perdoni, purtroppo ho una notizia che non le piacerà –. Esitò. – Hanno trovato Brancaforte.
Scipione non ebbe dubbi.
– Morto?
– Morto, – confermò Catalano.
– Dove?
– A San Corrado di Fuori, vicino all'Eremo.
Il commissario trasse un respiro profondo.
– Venga a prendermi subito.
Chiuse il ricevitore.
– Corrado, dovrei fare una chiamata, – comunicò senza voltarsi.
Sollevò la cornetta e compose il numero di Santamaria.

11.

Scipione salí sulla Millecento con la sigaretta già accesa, senza aspettare che l'auto si fermasse del tutto.
– Maresciallo, mi racconti dall'inizio. Chi l'ha trovato?
Catalano ingranò la marcia e ripartí.
– Un picciotto.
– Quando?
– Tre ore fa, circa.
Scipione si contrariò. – Tre ore? E perché non ci ha avvertito subito?
– Il giro fu un poco lungo, commissario. Prima il ragazzo corse a chiedere aiuto nella chiesa, che era aperta. Il parroco di San Corrado, don Ignazio, quando vide che l'uomo era morto chiamò i carabinieri. Lo sa, di solito sono loro che si occupano dei fatti che avvengono nelle zone al di fuori della città. Il maresciallo Paolino, appena arrivato, riconobbe Brancaforte e ci chiamò.
– Peggio che andare a Roma passando per Acquappesa, – borbottò Scipione.
– Che dice, commissario? Non la sentii.
– Niente, era una citazione. Il maresciallo...
– Paolino.
– Paolino, si trova ancora lí?
– Penso di sí. Mantuso dovrebbe essere già sul posto. Intanto mandò Giordano di nuovo sotto casa di Olivas. Il fatto che abbiano trovato il cadavere giusto giusto a

San Corrado di Fuori, dove Brancaforte lo doveva incontrare...
– Dà da pensare.
– Eccome. Ah: prima di venire a prenderla mi sono permesso di portarmi avanti col lavoro, e chiamai pure in pretura.
Scipione si fece dubbioso.
– Non credo che un caso di omicidio sia di competenza della pretura –. Ne era quasi sicuro, per la verità, ma Catalano non era uno sprovveduto.
– No, certo, commissario. La competenza infatti passa alla procura di Siracusa. Prima però lo dobbiamo accertare, che di omicidio si tratti. Il maresciallo disse che, per com'è cumminato il cadavere, non si capisce. Dev'essere lí da giorni.
– Da sabato, – disse il commissario, nascondendo un brivido. Non era sicuro della reazione che avrebbe avuto al cospetto di un cadavere, per di piú malridotto. Il timore di fare una brutta figura iniziò ad assalirlo.
– Probabilmente sí.
Scipione era certo che non ci fosse granché da verificare. L'idea che Brancaforte fosse stato ucciso, seppur tenuta scaramanticamente alla larga, lo accompagnava dal momento in cui aveva preso in mano la lettera anonima, due giorni prima.
Catalano uscí dal lato alto della città e prese una strada extraurbana tutta curve. A destra una parete di roccia, a sinistra una sorta di canyon profondo. In mezzo la Millecento, lanciata alla massima velocità dal maresciallo che sembrava non stare piú nella pelle.
Scipione s'appese alla maniglia sopra il finestrino.
– Ah marescia', – protestò, – e che è tutta 'sta fretta? Non lo vede lo strapiombo?

Catalano rallentò leggermente. – Stia tranquillo, commissario, conosco la strada metro per metro. Una volta mia suocera mi costrinse a farmela a piedi, appresso all'urna di San Corrado. Dal Santuario giú all'Eremo fino a Noto.
– Mamma mia, e che aveva combinato per punirla cosí?
– Al contrario! Dovevo ringraziare il santo che mi aveva permesso di ottenere il trasferimento qua, – fece una mezza risata.
– Sí, come no: santo ministero da Roma.
– Per mia suocera San Corrado è piú potente perfino del ministro dell'Interno. Un po' come San Gerlando ad Agrigento. È il patrono della città.
– Ah, ecco, ora capisco, – disse il commissario.
– Che cosa?
– Ho conosciuto piú Corradi e Corrade qui in due giorni che nel resto della mia vita, doveva esserci un motivo.
– Tra poco ne conoscerà un altro.
– Chi?
– Il picciotto che rinvenne il cadavere. Testa Corrado, si chiama.

La breve divagazione era conclusa, ma a Scipione era servita parecchio per stemperare l'ansia che la prospettiva dell'incontro col cadavere gli aveva messo addosso, e che a ogni costo non doveva trasparire.

La strada passava attraverso un borgo di villette, per lo piú, di varie epoche e dimensioni. Tutte sprangate, nessuna illuminata.

– Questo posto sembra disabitato, – osservò Scipione.
– Sono case estive, commissario. In questa stagione qua non ci viene nessuno.
– Be', nessuno proprio nessuno non direi, – obiettò il commissario.
– Sta pensando a Olivas?

- E a Brancaforte.
Incrociarono tre strade sulla sinistra, che s'inoltravano scendendo in mezzo alle case, e un paio sulla destra che salivano in mezzo alla campagna. Catalano svoltò nella terza strada, la piú larga, che finiva in una piazzetta dove si ricongiungeva con le altre due. In fondo si intravedeva una costruzione, piú giú una pineta. Sulla destra, il sole stava tramontando dietro una collina, nel cielo rosa ancora terso però si stava addensando qualche nuvoletta bianca foriera di pioggia. La luna iniziava a comparire, e per fortuna sarebbe stata quasi piena.
Il maresciallo s'infilò in una stradina stretta in discesa che pareva scavata nel costone, delimitata da pini e da vegetazione varia. Un tornante dopo l'altro, scendeva giú. In alcuni punti la Millecento faceva fatica a curvare.
- Catala', siamo sicuri che ci passiamo? Non è che rimaniamo incastrati qui? - si preoccupò Scipione.
- Tranquillo, commissario. L'ho fatta tante volte, 'sta strada. Certo, con la Cinquecento viene meglio, ma anche con questa macchina non c'è problema.
- Ma non ce n'è una migliore? - s'informò Macchiavelli. Al calare della notte, ripercorrerla sarebbe stato parecchio inquietante.
- Purtroppo no.
Arrivarono in quella che Catalano continuava a chiamare «la Cava». Il maresciallo entrò nel piazzale che si apriva sulla sinistra, dov'erano parcheggiate una gazzella dei carabinieri e la motocicletta con cui era arrivato Mantuso.
Scipione scese dall'auto guardandosi intorno, nel quasi buio dell'imbrunire. Pareti di roccia, vegetazione, in sottofondo un gorgoglio che sembrava di acqua. Sporgendosi dalla ringhiera davanti alla quale avevano parcheg-

giato, si vedeva una scala che scendeva giú sotto il livello del piazzale, in una sorta di sottopassaggio. L'acqua scorreva attraverso una fontanella laterale, sormontata da un altarino. Sulla destra, un po' distante, s'intravedeva una chiesa.

Mantuso era insieme al maresciallo dei carabinieri e al suo attendente, se ne stavano ai piedi di una salita fatta di gradoni rocciosi.

Scipione e Catalano li raggiunsero.

– Buonasera, commissario.

– Ciao, Mantuso.

– Maresciallo Salvatore Paolino, – si presentò l'uomo, portando la mano alla fronte.

– Maresciallo, – lo salutò Macchiavelli.

Catalano ovviamente lo conosceva bene.

Scipione si fece forza. – Allora, dove si trova il cadavere?

– Venite –. Mantuso si avviò verso i gradoni. – Occhio vivo, che si scivola. Lo scalone è pieno di lippo, – raccomandò. – Muschio, – tradusse, guardando il commissario.

Scipione e Catalano salirono guardinghi, il maresciallo per il *lippo* e il commissario per allontanare quanto piú possibile l'incontro. Che, nel quasi buio, arrivò a sorpresa, preannunciato da un odore talmente forte da fargli temere di vomitare da un momento all'altro. Invece non avvenne. Mentre si teneva il fazzoletto premuto sul naso, con le torce di Catalano e di Mantuso che illuminavano, gli comparve davanti il corpo senza vita di Gerardo Brancaforte, riverso bocconi sul terriccio. Il cappotto scostato dalle spalle, un lembo incastrato sotto una gamba piegata in modo innaturale. La testa azzannata da chissà quale degli animali che s'aggiravano lí intorno. Scipione lo osservò con una imperturbabilità che mai avrebbe sospettato di possedere. Si chinò fino a terra, facendosi luce con un'altra torcia che il carabiniere gli aveva passato. Cercò di scorgere quanto si poteva del viso di Brancaforte. Intravide una zona scura sulla fronte.

– Un colpo d'arma da fuoco? – si chiese a voce bassa. Catalano lo sentí.

– Penso anch'io, commissario.

Scipione si rialzò. Per quello che si poteva intuire, dato il buio, la salita doveva condurre da qualche parte.

– Leviamoci di qua, commissario, che oramai si fece buio e chissà quanti insetti ci sono, – suggerí Catalano.

Nel piazzale, oltre alla Millecento e alla gazzella dei carabinieri, non c'erano altre auto.

– L'auto di Brancaforte dov'è? – chiese Scipione.

– Non c'è, commissario, – rispose Mantuso.

– E come è venuto fin qui?

– Secondo me ce lo portarono, – ipotizzò Catalano.

– Da vivo o da morto? – domandò Scipione, piú a sé stesso che al maresciallo.

– Questo ce lo diranno il medico legale e la polizia Scientifica. Li avvertisti, vero, Mantuso?

– Certo, maresciallo. La Scientifica deve venire da Siracusa, ma oramai dovrebbero essere quasi arrivati. Il medico pure.

– Il ragazzo che l'ha trovato? – chiese Scipione.

– Mi sono permesso di mandarlo via, commissario. Era troppo scosso, mischineddo. Aveva vomitato macari l'anima. Pigliai le generalità e gli dissi di presentarsi domani mattina in commissariato.

– Che ci faceva qui, la vigilia di Natale?

– Ufficialmente?

– Che vuol dire ufficialmente, Mantu'?

– No, dico, la versione che può confermare? Era venuto per portare un'offerta al Santuario. Siccome c'era una

bella giornata, gli venne per testa di farsi un pezzo di sentiero a piedi.
– Quale sentiero?
– La salita in mezzo alle rocce, dove è stato trovato Brancaforte, porta a un sentiero che alla fine arriva su, alla piazza di San Corrado di Fuori.
D'istinto Scipione alzò gli occhi verso il costone di roccia.
– E ufficiosamente? – chiese Catalano.
Mantuso sogghignò. Abbassò la voce.
– Ufficiosamente era assieme a una carusa, pure lei aveva detto alla famiglia che stava andando al Santuario. Tutti e due abitano nelle campagne, qua vicino.
Scipione aveva intuito subito quale fosse l'inghippo. Su situazioni come quella avrebbe potuto scrivere un manuale.
– La ragazza era ancora qua, quando è arrivato il maresciallo Paolino? – chiese, pragmaticamente.
– No.
– E prima, quando lui ha chiamato il prete?
– Ovviamente no, commissario. Il caruso la mandò via subito. Si fidò di me, forse perché mi vide quasi coetaneo suo, e mi volle dire la verità. Aveva paura che la scoprissimo da soli e potessimo creare problemi alla ragazza.
Scipione ci rifletté un attimo.
– Vabbe', per adesso teniamoci la versione ufficiale.
Catalano concordò.
– Meglio, commissario. Se il padre viene a sapere che s'era appartata con un picciotto, male le finisce. A lei e macari al picciotto. Ma male male, ah. Capace che ci ritroviamo un altro cadavere sul groppone.
– Addirittura!
– Addirittura.
– Allora speriamo che non ci sia mai bisogno di tirarla in mezzo.

– Ah, commissario, per domani mattina convocai pure don Ignazio, il parroco del Santuario, assieme al monaco che era con lui quando Testa andò a chiedere aiuto. Macari loro, mischini, erano un poco sconvolti, – aggiunse Mantuso.

– Hai fatto bene –. Lavorare con due poliziotti come quelli era una benedizione.

Una Fulvia bianca comparve dalla strada e scese fin nel piazzale.

– Il pretore, – annunciò il maresciallo Paolino, a voce alta.

Uscí per primo un autista, che si mise a controllare la macchina angolo per angolo.

Scipione andò incontro a De Bartolomeis appena sceso.

– Buonasera, signor pretore.

– Buonasera, commissario. Allora che mi dice?

– Dobbiamo aspettare la conferma dal medico legale, ma a occhio sembrerebbe un colpo d'arma da fuoco.

De Bartolomeis non nascose il sollievo.

– Omicidio, quindi.

– Presumibilmente –. Scipione sperò non avesse avvertito l'ironia che gli era venuta spontanea.

– Eh, io lo sospettavo. Infatti ho già avvertito la procura di Siracusa. L'indagine a questo punto passa a loro –. Ci mancava poco che si sfregasse le mani.

L'autista s'avvicinò.

– Signor pretore, controllai il paraurti, è tutto a posto.

– Va bene, – rispose De Bartolomeis, infastidito. E, rivolto a Scipione, spiegò: – Quella strada al buio è pericolosa. Stavamo rimanendo incastrati.

Si tenne a debita distanza dal morto, accanto a Macchiavelli, finché il medico legale non arrivò e confermò quello che Scipione e Catalano avevano già intuito.

– Colpo d'arma da fuoco, diretto sulla fronte.

Felice di essersi tolto dalle mani quel grattacapo, il pretore abbandonò il campo diretto verso la cena di Natale che aveva temuto di dover saltare. Stabilito che il caso era appannaggio del commissariato, il maresciallo Paolino e il suo appuntato lo seguirono a ruota. Due minuti dopo arrivò il furgone della polizia Scientifica. La prima scena del crimine che Scipione avesse mai visto nella sua vita, e che il buio probabilmente gli aveva reso meno traumatizzante, s'illuminò a giorno manifestandosi in tutta la sua crudezza.

Scipione dovette compiere uno sforzo smisurato per avvicinarsi di nuovo, almeno quel tanto necessario per ascoltare le prime impressioni che i colleghi e il medico volevano comunicargli. Quando finalmente risalí in auto insieme a Catalano si sentiva distrutto come se avesse corso una maratona.

Il maresciallo insisté in ogni modo.
– Commissario, ma che deve fare da Verrazzo? Venga da noi. Ad Anna farebbe tanto piacere.
Scipione non si lasciò convincere. L'unico bisogno che avvertiva, imperioso, era quello di infilarsi in una vasca da bagno e restarci dentro fino a quando non fosse riuscito a togliersi di dosso quell'odore che Dio solo sapeva come aveva fatto a sopportare senza batter ciglio.
– Grazie, maresciallo, ma mi creda: sono stanco, non sarei di compagnia.
Se qualcuno dei suoi conoscenti romani l'avesse sentito dichiararsi stanco e inabile a un'uscita serale, avrebbe riso a crepapelle per un'ora. Scipione Macchiavelli, detto il Paparazzo. Frequentatore abituale della vita notturna, avvezzo agli incontri piú vari, alle serate piú strampalate. Attore di uno degli scandali piú bollenti mai consumatisi

nel perimetro di quella via Veneto della quale la sua carica, invece, gli avrebbe imposto di tutelare l'ordine. Il decoro, Macchiavelli, l'onorabilità.
Catalano lo riscosse dai pensieri.
– Commissario? Tutto bene?
– Sí, Catalano, non si preoccupi. Tutto bene.
– Sta riflettendo sul caso, vero?
Scipione preferí illuderlo che fosse cosí.
– Mantuso non si muoverà da lí fino a quando la Scientifica non avrà completato.
– Sentiremo anche che cosa racconterà Olivas.
– Stavolta lo convocheremo in commissariato?
Bella domanda. Cosa sarebbe stato piú corretto? Andò per logica: una visita di cortesia a un sospettato per omicidio? No, non gli sembrava una procedura adeguata.
– Direi proprio di sí, Catalano. S'incarichi lei personalmente di chiamarlo appena monterà in servizio.
Catalano recepí l'ordine annuendo. Senza piú insistere sull'invito, lo accompagnò alla pensione.
La famiglia Verrazzo, fratelli, sorelle e cugini compresi, era ancora riunita in sala da pranzo. Scipione fece fatica a schivare l'assalto di Corradina, che dietro un'apparente preoccupazione per la sua cena natalizia mancata nascondeva l'irrefrenabile curiosità di sapere cosa fosse successo di tanto grave da scombinargli addirittura la vigilia. L'espressione sorniona con cui lo guardava Verrazzo gli fece capire che alla moglie non aveva raccontato nulla di quanto doveva aver sentito, stando vicino al telefono. Scipione gliene fu grato.
Corrado gli riferí che durante il pomeriggio sua madre aveva chiamato tre volte.
– Le spiegai che aveva avuto un'urgenza in commissariato, e che probabilmente sarebbe stato impegnato tutta

la serata, ma non aggiunsi altro. Per non sapere né leggere né scrivere, le consigliai di ritelefonare domani mattina presto. Che era piú probabile trovarla. Male feci?
– Ha fatto benissimo, Corrado, grazie.
L'idea del bagno caldo si rivelò impraticabile. Non sarebbe stato cortese, visto che Corrado gli aveva tenuto da parte la cena, né opportuno, dato che la vasca si trovava nell'unica toilette presente in casa. Lavatosi alla bell'e meglio mani, braccia e viso, al commissario non restò che accettare il piatto di *scacce*, la cui ottima riuscita suggeriva che la mano di Corradina, nella loro preparazione, fosse stata marginale. Peccato che Scipione, reduce dall'esperienza nauseabonda, non riuscisse a inghiottirne che una piccola parte.

In compenso, la compagnia variegata della famiglia Verrazzo, col suo brio festoso, lo riportò con prepotenza nel mondo dei vivi.

Quando i vivi, a mezzanotte meno dieci, mollarono in tronco carte e torroni per spostarsi in blocco verso la cattedrale per la messa di mezzanotte, Scipione riuscí finalmente a guadagnare la vasca che agognava da ore. Accese lo scaldabagno a gas, attese che l'acqua si riscaldasse e nel frattempo recuperò la confezione di bagnoschiuma che Verrazzo gli aveva lasciato. «Badedas: venticinque bagni con cinque vitamine». Secondo la pubblicità sui giornali doveva essere un vero dispensatore di energia e ottimismo. Per quanto lo riguardava, l'importante era che dispensasse abbastanza profumo da scalzare via quel tanfo orrendo che gli pareva di sentire ancora. Mezz'ora di abluzioni e una discreta quantità di colonia piú tardi, la missione era compiuta.

12.

Il giorno di Natale esordí con tuoni e fulmini che pareva si fosse aperto il cielo. La temperatura, che nei due giorni precedenti era leggermente risalita, era crollata di nuovo al di sotto della media.

Alle sette e mezzo, mentre Scipione era alle prese col piú brodoso caffè che avesse mai bevuto, il telefono della pensione squillò. Verrazzo andò a rispondere e tornò di corsa.

– Interurbana da Roma, commissario. Sua mamma è.

Scipione raggiunse l'apparecchio all'ingresso.

– Pronto?

– Scipio, finalmente. Buon Natale, amore –. La voce della signora Carla era accorata.

– Buon Natale, mamma.

– Ieri ho provato a chiamarti tante volte. Ma che è successo? Non dovevi andare a cena dal tuo amico Beppe?

Scipione le raccontò quello che era accaduto, senza scendere troppo nei dettagli.

– Oh, mio Dio, addirittura un omicidio!

Nonostante la linea fosse quella che era, Scipione riuscí a sentire i tafferugli che s'erano creati dietro il telefono.

– Ragazzi, non sento nulla, – disse sua madre.

Scipione sorrise. – Che è successo?

– Niente, Marco ha sentito omicidio e sta impazzendo per parlarti.

– E tu fallo contento.

La madre glielo passò. Dopo aver schivato una raffica di domande, Scipione riuscí a scambiare col fratello gli auguri di Natale.

Una per volta, sua madre gli passò anche le sorelle. Prima Augusta, la piú tranquilla della famiglia, sei anni piú giovane di lui, da cinque placidamente fidanzata con un neo-medico, ancora piú tranquillo di lei, e prossima alle nozze. E infine Domitilla, un anno piú grande di lui, quella con cui Scipione aveva una confidenza che con gli altri due, nonostante l'affetto, non ci sarebbe mai stata.

– Scipio.
– Ehi, sorella, buon Natale.
– Buon Natale, fratello. Oh, ma appena arrivato e già t'hanno messo a lavorare sodo.
– Che te devo di'. Meno male che a Noto non ammazzavano mai nessuno. Se vede che stavano aspettando me.
– Sai che ti dico? Meglio. Cosí quei tromboni bigotti dei tuoi superiori capiranno quanto vali, e che idioti sono stati.

Scipione sorrise.

– Obiettiva proprio, eh?
– No, è che conosco le tue potenzialità meglio di te.
– Speriamo tu abbia ragione, allora.
– Certo che ho ragione.
– E tu? Come va in studio?

Domitilla fece una risata.

– Domanda di riserva?

Scipione capí.

– Vabbe', ne parliamo un'altra volta.

La signora Carla si rimpossessò del telefono.

– Bello di mamma, ma almeno mangi bene?
– Certo, certo, – la rassicurò. Oddio, tra minestroni sconditi, ciofeche, frittate bruciate e altri capolavori della

signora Corradina, bene proprio bene non si poteva dire che mangiasse, ma con i rinforzi di Verrazzo tutto sommato di fame non sarebbe morto.

– Ora stacchiamo, mamma, se no ti costa un occhio.

– Per quanto mi riguarda anche tutti e due, pur di parlare un po' con mio figlio.

Scipione inghiottí il solito nodo che si ripresentava ogni volta.

– Mi devi passare qualcun altro? – le chiese.

La madre rimase in silenzio.

– No, amore. Purtroppo no.

Alle otto e venticinque il vicebrigadiere Giordano, su ordine del maresciallo, era già con la Millecento sotto la pensione del commissario.

Scipione entrò di corsa.

– Buon Natale, Giordano, – salutò, scuotendo l'ombrello fuori dall'auto nel vano tentativo di non allagarla.

– Buon Natale, commissario.

– Bel regaletto che ci siamo beccati, eh?

– Mamma mia, – commentò il ragazzo. – Mai l'avevo visto prima d'ora, un morto ammazzato.

– E quando l'hai visto? – chiese Scipione, spiazzato. A sua memoria, Giordano la sera prima era impegnato in un pedinamento.

– In casa di Olivas c'era troppa gente. Non era possibile che si muovesse. Siccome il numero suo alla pensione non ce l'avevo, chiamai il maresciallo Catalano. Era appena arrivato a casa e concordò che era inutile che rimanessi lí. Mi disse lui di raggiungere Mantuso a San Corrado. Non le nascondo che mi fece impressione assai, commissario.

– È il mestiere nostro, Giorda'. Tocca abituarsi –. Gli sembrava di parlare piú a sé stesso che al vicebrigadiere.

– Lo so, commissario, lo so. Per lei, con la sua esperienza, magari sarà piú facile. Chissà quanti gliene sono capitati.

Scipione s'accese precipitosamente una sigaretta. Un gesto che per superare l'imbarazzo funzionava sempre.

– A certe cose, caro Giordano, non ci si abitua mai, – recitò. Dove l'aveva sentita? Il tenente Sheridan?

Scipione aspettò che la pioggia rallentasse un attimo per uscire dall'auto e infilarsi in commissariato. Se ne andò dritto nella sua stanza e mise in azione la stufa, nuova e piú grande, che era riuscito a rimediare due giorni prima nel negozio di elettrodomestici sul corso. A malincuore si tolse il cappotto, che da bagnato avrebbe fatto piú danno che altro, e si piazzò in piedi davanti al calorifero.

Catalano lo raggiunse subito.

– Buon Natale, commissario.

– Buon Natale, Catalano. Com'è andata la cena?

– Bene. Annuzza si superò. Mi dispiace solo non poter fare onore al pranzo di mia suocera, oggi.

– Non disperi, maresciallo, magari ci riesce.

– Eh, commissario, lo so come vanno queste cose. Oggi sarà una giornata campale. Speriamo solo di non dover scattiare a Siracusa per parlare col sostituto procuratore. A quest'ora i nostri uomini avranno già eseguito il trasferimento degli atti dalla pretura.

Scipione non aveva considerato l'eventualità, ma tutto sommato non lo preoccupava.

– In quel caso dovrei andarci io. E potrebbe accompagnarmi benissimo Giordano o chi per lui.

Catalano quasi s'offese.

– Non lo deve dire manco per scherzo. Ci mancherebbe altro. Casomai la accompagno io personalmente.

– In ogni modo, non è detto che sia necessario. Può

darsi che il sostituto procuratore s'accontenti di una conversazione telefonica. Sarà Natale pure per lui, non crede?

– Dipende, – rispose Catalano, dubbioso.

– Da che cosa?

– Da chi ci capita.

Scipione allargò le braccia.

– Ci adegueremo, Catalano.

Dalla porta mezza aperta fece capolino Mantuso.

– Posso?

– Oh, Mantuso. Buon Natale, picciotto mio, – disse Catalano.

– Seh. Magnifico proprio, – replicò il brigadiere, che a giudicare dall'aspetto non doveva aver dormito granché.

– Siediti, Mantuso, – lo invitò Scipione.

Il ragazzo si accomodò sulla sedia davanti alla scrivania di Macchiavelli, che continuava a starsene in piedi vicino alla stufa.

– Com'è andata poi ieri sera? La Scientifica e il medico che hanno detto?

– Niente di importante, commissario. Il dottore conferma che la morte risale a vari giorni fa e che è stata causata dal proiettile in fronte. Se lo riterrà opportuno farà l'autopsia, ma non credo ci siano dubbi. I colleghi della Scientifica non trovarono quasi niente. L'unica cosa certa, secondo loro, è che a Brancaforte non l'ammazzarono lí. Forse c'è una mezza orma, ma... – fissò la finestra, con rassegnazione.

– C'era, – corresse Scipione.

– La pioggia sola ci mancava, – commentò Catalano, contrariato.

– Piuttosto, la macchina di Brancaforte è stata trovata? – chiese Scipione.

– Sí, la trovammo io e Giordano, ieri sera. Prima di riscendercene a Noto ci siamo fatti un giro dentro l'abitato di San Corrado di Fuori e l'abbiamo vista. Anzi, le cose giuste: Giordano l'ha vista. Era parcheggiata dietro un cancello, chiuso. Abbiamo letto il nome sul campanello. C'era scritto Brancaforte.

– Quindi era parcheggiata dentro casa sua.

– Commissario, spero che non s'arrabbi, ma mi sono permesso di saltare il cancello di mia iniziativa.

Scipione accennò un sorriso.

– Data la contingenza, non potevi fare altro.

Mantuso gli restituí il sorriso.

– E che hai notato, oltre il cancello? – chiese il commissario, sedendosi al suo posto. Catalano trascinò una sedia e si mise accanto al brigadiere.

– Allora: la macchina era aperta con le chiavi appizzate. Evitai di toccare l'interno, per non intralciare i colleghi della Scientifica quando dovranno esaminare le impronte digitali. Mi feci pure il giro della casa, ma era tutto sprangato. Però, se la macchina è parcheggiata lí, significa che Brancaforte lí si trovava. Lei che dice, commissario?

– Direi che è altamente probabile.

– La prima cosa da fare è perquisire la casa, allora, – dichiarò Catalano.

I due guardarono il commissario, in attesa di responso.

Scipione allungò una mano verso il telefono e alzò la cornetta.

– Mi chiami la procura di Siracusa, – disse alla guardia che era di turno al centralino.

Un attimo dopo il telefono squillò. – Commissario, la procura in linea.

– Buongiorno, sono il commissario Macchiavelli, dal commissariato Via Ven... – mannaggia all'abitudine. Si corresse: – dal commissariato di Noto. Dovrei parlare col sostituto procuratore di turno.

– Attenda, – rispose una voce di cui non era possibile dire se fosse solo annoiata o addirittura contrariata.

Lo lasciò in attesa per cinque minuti buoni. Scipione meditava di riattaccare quando finalmente qualcuno rispose.

– Sono il sostituto procuratore Termini, chi parla?

Scipione si presentò.

– Commissario, buongiorno. Contavo di sentirla in mattinata. Mi è stato appena assegnato un caso di omicidio su cui sta indagando.

– Ah, bene. Allora è lei che se ne occuperà.

– Non gliel'avevano ancora comunicato?

– No, non ancora.

Termini sospirò. – Che vuole farci. È Natale.

– Eh, già: è Natale, – replicò Scipione. Ed era pure il peggiore della sua vita.

Il magistrato non aveva ancora avuto il tempo di leggere le poche carte ricevute, brevi manu, dalla guardia del commissariato di Noto che la pretura aveva incaricato del trasporto. Carte che, oltretutto, fino a quel momento avevano riguardato una denuncia di scomparsa. Scipione lo informò minuziosamente sul ritrovamento del cadavere, e gli anticipò le osservazioni preliminari del medico e della Scientifica. Senza entrare nel dettaglio, gli riferí dov'era stata rinvenuta l'auto e dell'intenzione di perquisire la casa estiva di Brancaforte.

– Sí, mi sembra importante entrare il prima possibile e cercare di capire se c'è stato qualcuno di recente. O peggio ancora, visto che l'auto della vittima era lí, se il delitto sia stato addirittura commesso all'interno o nelle vicinanze della proprietà.

Scipione si compiacque tra sé e sé: anche lui, ragionando sul resoconto di Mantuso, aveva ipotizzato che l'omicidio fosse stato commesso lí.

Il magistrato non accennò alla necessità di vedersi di persona, anzi, gli lasciò la massima libertà d'azione e gli diede i suoi recapiti.

– Mi aggiorni se ci sono novità, – concluse.

Scipione si rialzò dalla poltroncina.

– La moglie di Brancaforte è stata avvertita? Erano d'accordo che l'avrebbe avvertita Catalano, appena lasciato il commissario alla pensione.

– Sí, ci passai prima di andarmene a casa, – rispose il maresciallo. Dall'espressione si capiva che doveva essere stata una visita difficile.

– Immagino come l'abbia presa.

– Per la verità fu meno drammatico di quanto pensassi. Secondo me oramai se l'aspettava, quella mischina. Voleva andare per forza sul posto, ma riuscii a dissuaderla. Le assicurai che non appena fosse stato possibile l'avremmo accompagnata noi a vedere suo marito.

– Speriamo che ci rinunci. Non è un bello spettacolo, – disse Scipione.

– Difficile mi pare, commissario. La signora sembra determinata.

– Comunque non la convochi qui, andiamo noi da lei. A che ora verranno il ragazzo e i preti?

– Verso le undici e mezzo, commissario. Ma non sono due preti. Uno è un monaco.

– Vabbe', il prete e il monaco. Quindi abbiamo il tempo di passare prima dalla Brancaforte.

– Direi di sí, – confermò Catalano.

Scipione si staccò definitivamente dalla stufa.

– Andiamo.

Maria Laura Brancaforte sembrava una sfinge. Vestita interamente di nero, sedeva al centro del divano tra due donne anche loro abbigliate come il lutto richiedeva, una delle quali era Filomena Vizzini. L'altra era la madre della vedova, la signora Rosaria Vizzini, che alle gramaglie per il marito morto due anni prima aveva aggiunto adesso quelle per il genero al quale, a detta dei presenti, era affezionata come a un figlio. Altre due donne sedevano sulle poltrone ai lati, protese come potevano verso Maria Laura, ora tenendole la mano, ora servendole un fazzoletto pulito. Di lato, come in disparte, tre uomini facevano capannello parlando sottovoce, le facce contrite. Uno era l'avvocato Ferrara.

Tutti indistintamente si zittirono quando il commissario Macchiavelli e il maresciallo Catalano fecero il loro ingresso scortati da Trisina, l'altra donna di servizio che lavorava dalla signora Brancaforte.

Filomena s'alzò subito. – Commissario, s'accomodi. Maresciallo, prego.

Le due donne sedute sulle poltrone si alzarono lentamente.

– Forse è meglio che leviamo il disturbo, – bisbigliarono, chinandosi tra Maria Laura e sua madre.

Gli uomini s'avvicinarono. Uno dei tre tese la mano a Macchiavelli.

– Commissario, permette? Arturo Calanna.

A Scipione il nome non riuscí nuovo. Dove l'aveva sentito?

– Il povero Gerardo era un mio caro amico, – si voltò verso una delle due donne, – e mia moglie è come una sorella per Maria Laura.

Una lieve zaffata di cognac, di prima mattina, gli fece tornare alla mente l'occasione. Quell'uomo l'aveva salutato toccandosi il cappello la prima sera, quando Scipione era passato con Mantuso davanti al *Caffè Sicilia*. Dedito al consumo di liquori, aveva detto il brigadiere.

Scipione gli strinse la mano.
– Scusate se vi interrompiamo ma, come immaginerete, abbiamo bisogno di parlare con la signora Brancaforte.
– Ma certo, si capisce.
Le due coppie ci misero tre minuti a battere in ritirata. L'avvocato Ferrara invece rimase.
Scipione si sedette sulla poltrona che la signora Filomena gli indicò.
Da quella posizione il viso di Maria Laura, sempre inclinato verso il basso, era piú visibile. Scipione s'accorse che era cambiato. La disperazione che tre giorni prima traspariva senza veli adesso sembrava ingabbiata in un'espressione dura, solcata ogni tanto da una lacrima subito asciugata con vigore.
– Signora Brancaforte, so che in questo momento non vorrebbe nessuno tra i piedi, men che meno dei poliziotti, purtroppo però abbiamo bisogno che lei ci aiuti come può a trovare l'assassino di suo marito.
La donna si limitò ad alzare gli occhi. Foschi, cerchiati da occhiaie che facevano un curioso contrasto con il verde delle iridi.
– Innanzitutto, volevo comunicarle che abbiamo ritrovato l'auto di suo marito, – proseguí Scipione. – È a San Corrado di Fuori, all'interno di una villetta che, secondo quanto si legge sul campanello, dovrebbe appartenere alla vostra famiglia.
Maria Laura ebbe un piccolo cambio di espressione. Da siderale, il suo sguardo si fece sorpreso. A giudicare dagli occhi, di colpo sgranati, sembrò spiazzata dalla notizia.
– A San Corrado? E che ci andò a fare?
– Non lo so. Magari lei può aiutarci a capirlo.
La donna scosse il capo.
– Ma no. Io proprio non so. D'inverno, in quella casa,

non ci andiamo mai –. Tacque, di nuovo rigida. – O almeno penso di non saperlo, – aggiunse, in un soffio.
– Che vuole dire? – la spronò Scipione.
Maria Laura girò gli occhi verso Filomena, che s'era seduta su una sedia accanto al commissario. A Scipione venne spontaneo voltarsi a guardarla. Se la ritrovò a pochi centimetri di distanza, tutta protesa verso di lui, sebbene gli occhi fossero sulla nipote, che sembrava parlarle con lo sguardo in un linguaggio a lui del tutto sconosciuto.
– Signora, c'è qualcosa che vorrebbe dirmi? – le chiese.
– Io?
– Lei. O forse la signora Brancaforte?
La mano della madre fece per afferrare il braccio di Maria Laura e lei con un movimento impercettibile lo allontanò. Aprí un cofanetto sul tavolino davanti e tirò fuori due foglietti spiegazzati. Li passò a Macchiavelli.
– Ecco, commissario.
Scipione dispiegò il primo. Da un rapido scambio di sguardi con Catalano, capí che il maresciallo aveva intuito subito di cosa si trattasse.
I ritagli di giornale erano simili a quelli della lettera trovata nella scrivania di Brancaforte. «Tuo marito ti tradisce sotto il tuo stesso tetto». Aprí la seconda: «Attenta a quello che fa tuo marito con la sua amante, prima che sia troppo tardi».
A Scipione venne spontaneo chiedere: – Quando sono arrivate?
Maria Laura fissò la madre.
– Mammà, vuoi rispondere tu?
La donna, che fino a quel momento non aveva proferito parola, si schiarí la voce. Terrea, l'espressione contrariata.
– La prima arrivò cinque giorni fa, la seconda due giorni fa.
– Cinque giorni fa significa il giorno in cui il dottor

Brancaforte è scomparso? – Scipione non se ne accorse ma il suo sguardo s'era indurito.

– Il giorno dopo.

– Signora Brancaforte, perché non ci ha detto niente quando è venuta a sporgere denuncia?

Maria Laura fissò la signora Rosaria. – Perché mia madre mi consigliò di non parlarvene, per non far scoppiare uno scandalo, e io stupida le diedi ascolto. Mentre magari a quest'ora, se solo vi avessi detto la verità... – Cedette di colpo. – Gerardo mio! Tutto gli avrei perdonato, tutto!

– Perché ha consigliato a sua figlia di non dirci di quelle lettere, signora Vizzini?

La donna esitò. Filomena le si sedette accanto.

– Rosaria, forza, non ti scantare. Il commissario è qui perché deve trovare chi ammazzò il povero Gerardo. Che è la stessa cosa che vogliamo noi. Dobbiamo dirgli quello che sappiamo.

Rosaria guardò un punto indefinito davanti a sé, impettita.

– L'onore della famiglia non dev'essere infangato.

Scipione faticò a capire quella frase criptica. Sperò nell'aiuto di Catalano, che scrutava la Vizzini con la faccia, tutt'altro che bonaria, di chi sa già quello che sta per sentire.

– A costo della vita, signora Vizzini? – chiese. Guardò il commissario, come per scusarsi dell'intromissione. Poi affrontò lo sguardo affilato della signora Rosaria, che non rispose.

Scipione cercò di interpretare il gioco di sguardi come meglio poteva. Si sentiva d'un tratto catapultato in un mondo di sordomuti, che si parlavano con gli occhi. S'innervosí.

– Signora Vizzini, il maresciallo le ha fatto una domanda, vorrebbe rispondere?

– La vita, la vita, maresciallo, – sbottò la Vizzini. – La vita è chidda di chi resta. E se si fosse risaputo di quelle lettere, i miei nipoti bollati a vita sarebbero rimasti. I figghi di chiddu ca scappò con la sua... – si frenò appena in tempo prima di diventare volgare.

– E invece ora sono orfani, – recriminò Maria Laura.

Scipione iniziava a perdere le staffe. Quel battibecco familiare lo infastidiva.

– Lei dunque ora è convinta che se l'avessimo saputo, magari, avremmo potuto salvarlo, – disse a Maria Laura.

– Almeno avreste avuto qualche cosa su cui indagare, avreste cercato dalla parte giusta. Invece...

Scipione decise di alleggerirle il fardello.

– Ma noi qualcosa su cui indagare ce l'avevamo, signora.

Le tre donne lo guardarono stupite.

– E su che cosa?

– Dimentica quello che abbiamo trovato nel cassetto di suo marito: l'agenda, il taccuino, la pistola. C'era anche una lettera anonima. Non ricorda? Si è spaventata quando l'ha vista.

– Mi sono spaventata perché ho temuto che ci fossero scritte le stesse cose. E allora non era servito a niente stare zitta.

– Invece era solo una minaccia generica a suo marito.

Maria Laura si asciugò gli occhi.

– Va bene, commissario, ho sbagliato, – tagliò corto.

Scipione non infierí. Tanto, non avrebbe cambiato la sostanza delle cose.

– Dovrebbe consegnarci le chiavi della casa di San Corrado, signora.

– Certo –. Maria Laura si alzò lentamente, come se le costasse fatica. Sparí dietro una porta e dopo qualche minuto tornò, preoccupata.

– Non ci sono.
– È sicura di non averle messe da un'altra parte?
– Sicurissima. Ne abbiamo due mazzi, e mancano tutti e due.
Scipione e Catalano si guardarono.
– Purtroppo dovremo scassinare la porta, signora, – comunicò il maresciallo.
Maria Laura guardò l'avvocato.
– È la prassi, – disse Ferrara.
La Brancaforte annuí, piú volte.
– Va bene. Fate quello che dovete fare.
Li accompagnò fino all'uscita.
– I suoi figli? – chiese Scipione.
– Li ho mandati a casa dei miei zii. Meglio che non assistano a tutto questo, povere creature –. Aprí la porta. – Quando potremo organizzare il funerale, commissario?
Di andare a vederlo non aveva piú parlato. Anche perché il cadavere, per volere del medico legale, era stato trasportato a Siracusa.
– Tra un paio di giorni al massimo, spero, – sparò a caso Scipione.
Maria Laura lo seguí sul pianerottolo.
– Mi giuri che lo prende, commissario.
– Faremo l'impossibile, signora, – assicurò. Mosse un passo verso le scale, poi si voltò e tornò indietro.
– Quando lei ha ricevuto la prima lettera suo marito era già morto. Anche ammesso che c'entri qualcosa, non l'avremmo salvato lo stesso.
La donna si premette un fazzoletto sul viso. Gli afferrò una mano.
– Grazie, commissario. Grazie di cuore.

13.

Per fortuna aveva smesso di piovere. Scipione risalí in macchina con la testa piú confusa che mai. Per rimettere in fila i tasselli, iniziò a ragionare a voce alta.

– Dunque ricapitoliamo, Catalano: Brancaforte riceve una lettera anonima che lo minaccia di qualcosa in modo vago. Appena scompare, sua moglie riceve a sua volta due lettere, piú esplicite, che parlano di una presunta relazione del marito con un'altra donna. Una relazione consumata «sotto il suo stesso tetto». Non credo si riferisse alla casa di Noto –. Aspettò che il maresciallo dicesse la sua.

– Ovviamente no.

– Quindi si riferiva alla casa di San Corrado. Voleva far sapere alla moglie che Brancaforte la usava come garçonnière.

Catalano fece la faccia incerta di quando non capiva una parola.

– Che ci portava la sua amante, cioè, – disse.

– Esatto. Quello che non capisco è perché farglielo sapere quando Brancaforte era già morto.

– Mah. Possiamo solo immaginare qualche ipotesi. Una è che le lettere, quantomeno quelle due, non c'entrino niente con l'omicidio. Un'altra è che le abbiano mandate apposta per depistarci.

– Spingendoci a credere che si trattasse di un delitto passionale.

– Un marito geloso, magari, che li colse in flagrante e sparò.

Scipione sentí una torsione allo stomaco. Gli venne la pelle d'oca.

Catalano si preoccupò. – Commissario, che fu? Si sente bene?

Scipione si diede un contegno.

– Benissimo.

Il maresciallo non si convinse.

– Sicuro è? Mi pare pallido.

– Sicuro, Catalano.

Che poteva dirgli? Sa, maresciallo, l'argomento mi tocca da vicino?

– 'Nnamo in commissariato, va. Che a quest'ora i preti e il ragazzo saranno già arrivati.

– Uno è un monaco, – lo corresse di nuovo Catalano, divertito. – Anzi, per la precisione un frate.

– D'accordo, un frate. A proposito, che ci faceva là sotto?

– Al Santuario ci stanno i frati eremiti. Sono loro che lo gestiscono, organizzano tutto, badano alla grotta del Santo.

– Perché, c'è pure una grotta?

– Certo, la grotta dove San Corrado pregava. Ci sono anche le impronte delle ginocchia.

– Le impronte delle ginocchia? – ripeté Scipione, scettico. – Ma dice davvero?

– Commissario, e chi lo può sapere. A Noto ci credono, questo glielo garantisco.

– Se ci credono a Noto, sarà vero, – lo accontentò Scipione.

Passando davanti a casa di Olivas il maresciallo rallentò.

– E questo, quando lo convochiamo?

Scipione non ne aveva idea. Subito? Dopo un po'? A naso, sarebbe stato meglio aspettare che la notizia del ritrovamento di Brancaforte fosse diventata di pubblico dominio.

Espresse la sua opinione e Catalano ghignò. – Allora lo possiamo convocare subito.

Scipione capí al volo.

– Controlliamo quello che fa. Se si sposta, se va a San Corrado di Fuori.

– Sí, già ci rimandai Giordano. Non ci dobbiamo scordare che l'appuntamento Brancaforte e Olivas ce l'avevano a San Corrado. La casa dei Paladino, la famigghia di sua moglie, è vicina a quella che Mantuso scoprí essere dei Brancaforte.

– Quindi potrebbe darsi che Brancaforte abbia parcheggiato a casa sua, per poi spostarsi da Olivas a piedi? – ipotizzò Scipione. Ma che senso aveva?

– Oppure che Olivas intercettò Brancaforte mentre ancora era a casa sua e l'incontro lo fecero là stesso. Brancaforte pretese soldi indietro, magari minacciando, e l'altro, che mi ci gioco la cammisa soldi non ne ha, lo ammazzò –. Il maresciallo si fermò a riflettere. – Dobbiamo controllare se Olivas ha armi denunciate.

– Se non scopriamo prima dove è stato ucciso Brancaforte, non possiamo nemmeno sapere con che arma l'assassino gli ha sparato. Il bossolo del proiettile a rigor di logica dovrebbe essere ancora lí, – ragionò Scipione.

– A meno che il medico legale non recuperi direttamente il proiettile, se è rimasto all'interno.

Scipione non poté ammettere di fronte al maresciallo che a questa opzione proprio non aveva pensato.

Catalano parcheggiò la Millecento davanti al commissariato, accanto a una Vespa bianca.

– Don Ignazio arrivò.

– Come fa a saperlo?

Il maresciallo batté una mano sul sedile della Vespa.
– Questa sua è.
Scipione sorrise, stupito.
– Ma davvero? Del prete?
– Sissignore.
– Un tipo, 'sto prete. Mi sta già simpatico.
Come Scipione aveva previsto, i convocati erano tutti lí. Il parroco motociclista, il frate – o monaco che dir si volesse – e il ragazzo.
– Com'è andata? Abbiamo recuperato le chiavi? – domandò Mantuso, seguendoli fino all'ufficio.
Scipione aprí la porta ed entrò.
– Oh, che bel tepore, finalmente, – disse, levandosi il cappotto. – Chiudi la porta e siediti, Mantuso.
In breve, gli raccontò le novità acquisite in casa Brancaforte.
– Vedi se riesci a trovare un fabbro disposto a lavorare oggi per aprire la porta della villetta, – disse Catalano, – altrimenti ci arrangiamo.
Scipione non gli chiese cosa intendesse per arrangiarsi. Qualunque sistema sarebbe andato bene, pur di aprire quella casa dove qualcosa gli diceva che Brancaforte doveva essere stato il giorno della sparizione. Magari davvero in compagnia di qualcuna.
Mantuso rifletté. – Secondo lei, commissario, due mazzi di chiavi dove possono essere finiti?
Scipione non sapeva che dire. Usò il sistema della sigaretta. Come aveva sperato, Catalano approfittò del momento per dire la sua.
– Se posso, commissario...
Macchiavelli finse che l'accendino non funzionasse.
– Prego, prego, dica pure, – biascicò, la sigaretta tra le labbra.

– Secondo me un mazzo si trova nella tasca di Brancaforte.
– Mi sembra probabile, – concordò Scipione.
– O magari dentro casa, – azzardò Mantuso. – Mettiamo che qualcuno l'abbia seguito, sia entrato con lui e l'abbia ammazzato, poi quando ha rimosso il cadavere non si sarà portato via le chiavi.
– Anche questo è plausibile. In entrambi i casi la cosa è facilmente appurabile. Dove l'hanno portato di preciso, il cadavere?
– All'obitorio dell'ospedale di Siracusa. Il dottore disse che l'avrebbe esaminato con calma oggi pomeriggio. I vestiti, però, capace che li hanno svuotati i colleghi della Scientifica.
– Provi a chiedere, Mantuso.
– Sempre se trovo qualcuno, commissario. È Natale, – gli ricordò il brigadiere.
Già, era Natale. Chissà perché tendeva a scordarselo.
– Qualcuno di turno ci sarà.
– Va bene, vado a telefonare.
Il brigadiere si alzò.
– Visto che ci sei, fai entrare uno dei tre che stanno aspettando in sala d'attesa, – disse Catalano.
– Chi devo chiamare per primo?
Il maresciallo guardò Scipione.
– Il ragazzo, – rispose il commissario, un po' a caso.
Mantuso uscí e rientrò con il giovane al seguito. Lo lasciò lí e se ne andò.
– Testa Corrado, giusto? – cominciò Scipione, indicandogli la sedia davanti alla scrivania.
Il ragazzo fece segno di sí con la testa. Un cespuglio di capelli ricci, neri come gli occhi. Magrissimo.
Testa Corrado, anni diciannove, mestiere muratore. Riformato alla visita di leva.

– Perché la riformarono? – chiese Catalano, curioso.
– Pirchí avevo il petto troppo piccolo.
– Insufficienza toracica, – tradusse il maresciallo per il commissario, al quale della leva di Testa non interessava granché.
– Allora, Testa, ci dica com'è andata ieri.
Il ragazzo raccontò la versione ufficiale, che Mantuso aveva già riferito. Compreso il lungo vomito seguito al ritrovamento del cadavere. Scipione immaginò la vera scena, e la reazione che certamente doveva aver avuto la povera ragazza malcapitata, e provò tenerezza.
– Senta, Testa, lei ci va spesso in quel posto? – chiese.
– Non tanto. Solo quando ho un poco di tempo libero e mi voglio fare una passeggiata, – rigorosamente solo, era ovvio.
– E da quanto tempo non ci andava?
Il ragazzo ci pensò.
– Deci, forse chinnici iorna.

Quella con don Ignazio e col monaco fu piú una chiacchierata che altro. Anche per via della confidenza che Catalano aveva col prete, il quale aveva persino celebrato le sue nozze.
– Io non mi capacito di come sia possibile che né io né gli altri fratelli ci siamo accorti del cadavere di quel poveretto, – disse fra Giovanni. – E sí che facciamo spesso vai e vieni dalla strada.
– Ma dalla strada non era visibile, – assicurò Catalano.
– In estate qualcuno che passa per la scorciatoia c'è sempre, ma in questa stagione capita di rado, – disse il frate.
La *scorciatoia*, spiegarono a Scipione, era il sentiero tra le rocce che terminava in quei gradoni larghi dove il ragazzo aveva ritrovato il cadavere.

– E Brancaforte frequentava il Santuario? – chiese Scipione. La domanda che continuava a farsi era perché avessero deciso di portare il cadavere proprio lí. Non era il piú agevole dei posti da raggiungere.

– In inverno? Mai. In estate, tutte le domeniche partecipava alla Santa Messa all'aperto, su, vicino alla piazzetta, all'Eremo Superiore, con la signora e i figli piú grandi, – rispose don Ignazio.

Mentre li congedava, Scipione si domandò con che mezzo sarebbe ritornato il frate a San Corrado di Fuori. Don Ignazio, che temerariamente l'aveva portato in sella alla sua Vespa, doveva fermarsi a Noto. Il commissario glielo chiese e fra Giovanni alzò le mani verso il cielo.

– Dio provvederà. Un'anima pia che mi raccolga lungo la strada si troverà senz'altro.

Scipione d'istinto guardò fuori dalla finestra. Aveva ripreso a piovere, e pure forte.

– Senta, fra Giovanni, facciamo cosí: si metta lí, in sala d'attesa, e ci aspetti. La riportiamo noi al Santuario, che a sperare nelle anime pie co' 'sto diluvio rischia di rimetterci la salute.

Il frate sorrise. – Grazie.

Catalano lo accompagnò e tornò indietro assieme a Mantuso, che al telefono con la Scientifica non aveva concluso niente, ma in compenso aveva recuperato un fabbro disposto a scassinare una porta il giorno di Natale.

Macchiavelli era seduto alla sua scrivania, meditabondo.

– Saliamo a San Corrado, commissario? – propose Mantuso.

Salire a San Corrado, *scendere da* San Corrado. Scipione notò che era un linguaggio comune a tutti. Prima di rispondere guardò l'orologio.

– Catalano, lei che vuole fare? – domandò. – Per me

può tranquillamente andarsene a pranzo da sua suocera. Tanto, per perlustrare la villetta di Brancaforte, Mantuso e io bastiamo e avanziamo.

Il maresciallo tentennò.

– Però, commissario, non mi pare giusto...

– Sí che è giusto, invece, e pure meritato. Lasci che ce la sbrighiamo tra uomini senza famiglia, – scherzò.

– E lei dove pranza? – Di Mantuso non si preoccupava, quello era abituato ad arrangiarsi.

Scipione non s'era posto nemmeno il problema.

– E dove pranzo, Catala'. Non lo so. Al massimo compro un panino.

– Un panino? E unni? La salumeria *Scorsonelli* il giorno di Natale è chiusa.

A risolvere la questione intervenne Mantuso.

– Non si preoccupi, maresciallo, al sostentamento del dottore Macchiavelli ci penso io, – assicurò.

Incerto, combattuto, ma grato al commissario per la comprensione che dimostrava, Catalano accettò.

Mantuso fece il giro largo e passò sotto casa di Olivas. L'auto civetta nascosta dietro l'angolo non c'era, segno che l'uomo doveva essere uscito. Chissà il vicebrigadiere fin dove l'aveva dovuto seguire.

– Povero Giordano, che fregatura gli abbiamo dato. Per di piú col rischio che si riveli una fatica del tutto inutile, – commentò Scipione.

– Sí, forse proprio il giorno di Natale non ha molto senso seguirlo. Sarà incastrato in riunioni familiari, con la moglie, i figli, i parenti. Che passi falsi potrebbe fare?

La pioggia non accennava a diminuire, rallentando la salita verso San Corrado di Fuori e rendendo assai piú disagevole l'ulteriore discesa lungo la stradina, stretta e tutta curve, che collegava la piazza alla cava dove si trovava il Santuario. Lungo il tragitto non incontrarono anima viva.

– Fra Giovanni, mi sa che le è andata bene, – scherzò Scipione, voltandosi verso il sedile posteriore dov'era seduto il frate, – pensi un po' se avesse dovuto cercarsi un passaggio!

Il frate sorrise.

Superarono con l'auto un cancello fissato tra due muri di pietra intagliata, macchiata dal tempo nel modo in cui si macchiava il tipo di roccia dalla quale era stata estratta. La stessa roccia che sormontava sulla destra il vialetto lungo e stretto che finiva in uno spiazzo pavimentato di ciottoli. Due gradini e una piccola cancellata aperta portavano a un ulteriore tratto da percorrere a piedi fino alla chiesetta che sembrava letteralmente inserita nel costone di roccia.

La pioggia si era diradata di nuovo.

– Commissario, le dispiace se entriamo anche noi un attimo? – chiese Mantuso, mentre apriva al frate la portiera della Millecento.

Scipione accettò la proposta, attirato dalla particolarità di quel posto.

– Ho perso la messa di Natale, almeno una preghiera. Cinque minuti, – disse il brigadiere.

Entrarono nel Santuario appresso a fra Giovanni. Una miniatura di chiesa con decori di marmo, pochi banchi, a destra una parete di roccia con una grotta e, al di sopra, una statua dentro una nicchia. Scipione realizzò che anche lui, per la prima volta nella sua vita, aveva perso la messa di Natale, una di quelle tradizioni di cui la sua famiglia non contemplava la diserzione da parte di nessun membro. Non sapendo per cosa pregare, in un momento tanto assurdo, si ritrovò a pensare a quell'uomo, ucciso

per chissà quale motivo e scaricato come un sacco in una cava solitaria. E ai cinque ragazzini rimasti senza padre, che avevano diritto almeno a una spiegazione.
Toccò la spalla del brigadiere che pregava in ginocchio.
– Forza, Mantu', che abbiamo fretta.

Nino Zaccato, il fabbro che aveva immolato il giorno di Natale in nome della giustizia, li aspettava in piazza a bordo di un'Ape C beige. Mantuso suonò due colpi di clacson e gli fece segno di seguirlo. Prese una delle strade che partivano da lí e raggiunse una casa bassa, con un cancello bianco, al di là del quale era parcheggiata la Giulietta bianca di Gerardo Brancaforte.
– Nino, buonasera, – salutò Mantuso.
– Bonasira, brigadiere.
– Il commissario Macchiavelli, – presentò.
Zaccato si tolse il cappello.
– I miei rispetti, signo' commissario.
– Buonasera, signor Zaccato. Grazie per l'assistenza in un giorno festivo.
– Pi' vuautri chistu e autru.
Scipione faceva fatica a tradurre, ma il senso piú o meno era chiaro. E di certo quel *vuautri* non era riferito a lui, appena arrivato e pressoché sconosciuto. Mantuso gli aveva raccontato che lui e il maresciallo Catalano avevano salvato Zaccato da un branco di cani che, se il caso non li avesse portati a passare di lí in quel momento, l'avrebbero sbranato.
Il cancello si aprí immediatamente.
Scipione entrò e andò dritto verso l'auto. Aprí la portiera. Dentro c'era poco e niente: un ombrello, due giornali intonsi datati 19 dicembre 1964. Sul sedile posteriore una macchinina di legno e un pupazzo di pezza. Un piccolo

giardino girava intorno alla casa, che sembrava di costruzione abbastanza recente.

Zaccato tirò fuori gli arnesi del mestiere e armeggiò con la serratura della porta d'ingresso, che si aprí con facilità.

– Manco un giro c'a chiavi c'ava ratu, – comunicò.

Il commissario guardò interrogativo Mantuso.

– Dice che alla serratura non aveva dato nemmeno un giro di chiave.

– Ah, quindi la porta è stata chiusa ma non fermata.

Zaccato abbassò la testa.

– Sissignore. S'a tiranu e basta. Aggiungo che non è stata nemmeno forzata.

– Aspittasse qua, Nino, vediamo se ci serve ancora il suo aiuto, se no se ne può andare, – disse Mantuso.

– A disposizione, brigadiere.

Scipione avanzò per primo, il brigadiere subito dietro di lui.

– Ammazza che umidità che c'è.

– Una casa estiva è, dottore. Non abitata minimo minimo da tre mesi.

Tutte le finestre erano sprangate. Mantuso accese la luce e comparve una stanza d'ingresso, arredata semplicemente, all'apparenza in ordine.

La stanza successiva era una sala da pranzo in cui s'intravedevano, coperti da lenzuola, un tavolo rettangolare grande con otto sedie, una credenza, un mobiletto basso e una cassapanca. Quest'ultima era piú visibile perché il lenzuolo che la copriva era scostato.

Mantuso andò a sbirciarne il contenuto.

– Che c'è? – chiese Scipione.

– Niente. Tovaglie, cestini, cose per la tavola.

Proseguendo trovarono un soggiorno-studiolo, piú piccolo dell'ambiente che lo precedeva. Anche lí era tutto coperto da lenzuola, perfettamente sistemate, a eccezione di due sedie di legno appoggiate alla parete. S'indovinavano la sagoma di uno scrittoio piccolo, di due poltroncine basse, di un divanetto, di un tavolino e di quella che pareva una libreria. Scipione scostò un attimo il lenzuolo. I ripiani erano pieni di oggetti: uno svuotatasche, una ciotola con delle caramelle, vari portafotografie con soggetti diversi.

Il brigadiere proseguí piú veloce. Poi Scipione lo vide tornare indietro, verso l'uscita.

– Nino, grazie, se ne può andare, – gli sentí dire.

Mentre Mantuso pagava il fabbro e lo licenziava, il commissario continuò il giro. A passo lento, senza lasciarsi sfuggire nulla, possibilmente. Il freddo umido di quella casa pareva entrargli nelle ossa. Si chiuse bene il cappotto, alzò il bavero. Raggiunse un disimpegno con tre porte, tutte e tre spalancate.

– Eccomi, commissario, – fece Mantuso. – Zaccato dice che se ce la tiriamo dietro, la porta si chiude.

– Bene, cosí quando andiamo via non lasciamo la casa aperta.

Scipione si diresse verso una delle tre porte e la oltrepassò. Accese la luce e si trovò in una stanza con tre letti singoli, un cassettone, un tavolino basso e sedioline per bambini. La stanza accanto era un bagno. Entrò nell'ultima e accese la luce anche lí.

– Taliasse ccà! – esclamò Mantuso, che gli era andato dietro.

Un letto matrimoniale alto, massiccio, con la testiera di legno scuro. Disfatto.

– Ma qua ci dormí qualcuno, – dedusse il brigadiere.

Scipione s'avvicinò al letto, le mani dietro la schiena.

– Dormito. Qui sembra che ci abbiano fatto la guerra sopra, Mantu'.

Il brigadiere s'avvicinò a sua volta. Ispezionò le lenzuola senza toccarle.
– Lei dice che ci fu cosa?
– Che intendi per «ci fu cosa»?
– Sí, insomma, che ci fecero cose?
– Penso che sia un'ipotesi plausibile.
– Allora le lettere anonime che mandarono alla signora dicevano la verità. Che sotto il suo stesso tetto...
– Probabile.
Mantuso ragionò.
– Questo però non vuol dire che fu usato proprio quel giorno.
Scipione girò intorno al letto e si accostò a una poltrona. Un oggetto incastrato di lato attirò la sua attenzione. Il commissario tirò fuori un fazzoletto dalla tasca e lo disincastrò.
– Mantuso, guarda qua.
– Un mazzo di chiavi! E dove le trovò?
Scipione indicò la poltrona.
– Scommetto che nelle tasche del cappotto di Brancaforte il medico legale chiavi non ne trovò, – disse il brigadiere.
– Sicuramente non quelle che aprono questa casa, – precisò Scipione, passandogliele. – Prova a vedere se funzionano.
Il brigadiere si diresse dalla parte opposta a quella dell'ingresso.
– Mantuso, ma dove vai?
– Come dove vado, commissario? A provare le chiavi nella porta di servizio. Quella principale capace che non funziona bene, dopo che Nino la forzò.
Scipione si diede del cretino da solo.
– Hai ragione.
La chiave ovviamente apriva.

– Quindi abbiamo ritrovato uno dei due mazzi, – concluse il commissario.

– Già. Ora però dobbiamo capire, primo, perché erano qua dentro; secondo, dov'è l'altro mazzo.

Scipione esaminò la stanza. Il suo occhio non era abituato al teatro di un omicidio, ma a quello di un incontro erotico sí.

– Non ci sono indumenti, non ci sono oggetti personali, – disse, passando da lato a lato. Mantuso lo seguí.

– Commissario, che dice, li avvertiamo i colleghi della Scientifica di venire qua appena possono?

– Per controllare se per caso c'è un bossolo da qualche parte?

– Un bossolo o magari qualche traccia di sangue, dentro o fuori dalla casa.

Scipione era dubbioso.

– Fuori? Con tutta la pioggia che c'è stata?

– Vero, anche volendo non troverebbero piú niente.

– Se siamo fortunati, e se l'assassino non è stato troppo furbo, forse qualche traccia è dentro casa.

– Sempre se l'ammazzarono qua, – precisò Mantuso.

– Esatto.

Prima di uscire, Scipione alzò un lembo del copriletto arrotolato e spiegazzato. Guardò sotto il letto e vide un oggetto piccolo, indefinito, piuttosto lontano per essere afferrato.

– Mantuso, vieni qui.

– Dica, commissario.

– Tu che c'hai il braccio piú lungo, vedi se riesci ad acchiappare quella cosa.

Il ragazzo allungò la mano, stirandosi un po'.

– Ecco, – ritirò la mano e aprí il palmo. – Che è?

Scipione prese l'oggetto tra le dita.

– Come che è? Un orecchino, – disse. Un pendente d'oro, con delle pietre dall'aspetto prezioso.
– Vero.
– Questo intanto, caro Mantuso, ce lo portiamo noi –. Lo avvolse nel fazzoletto e se lo mise in tasca.
Tornando indietro fecero caso a eventuali macchie di sangue. Alzarono tutte le lenzuola di copertura, una per una, ma nulla.
Uscirono dalla casa che s'erano fatte le cinque.
– Scurò, – osservò Mantuso.
Scipione capí che voleva dire.
– E stasera non si vede nemmeno la luna, – aggiunse.
– Che facciamo con la macchina di Brancaforte, commissario? – chiese Mantuso.
Scipione rifletté: lasciarla ancora aperta, col cancello scassinato, significava non trovarla piú.
– Chiudila e portati dietro le chiavi. Domani mandiamo la Scientifica, poi la facciamo portare nel nostro deposito.
Mantuso eseguí.
Uscendo, tentò di bloccare il cancello alla bell'e meglio. La porta, come aveva detto Zaccato, s'era chiusa, ma il cancello ormai era andato.
Risalirono sulla Millecento e ripresero la strada per Noto.
– Ma lei non ne ha fame, commissario? – chiese il brigadiere.
Scipione stava giusto riflettendo che alla fine non avevano mangiato nulla, e il suo stomaco chiedeva conto e ragione.
– Abbastanza, direi. C'è un posto dove fermarsi un attimo a mangiare qualcosa? Un tramezzino?
– Un tramezzino?
Mantuso lo guardò come se avesse detto una sciocchezza.
– Un panino?

– Senta a me, commissario: sono le cinque di pomeriggio ed è Natale. L'unica possibilità è che passiamo un momento da casa mia.
– Va bene.
Avevano appena imboccato la strada per Noto, quando in senso contrario videro passare una macchina grande, seguita a distanza opportuna da una Millecento blu, anonima.
Mantuso e Scipione si voltarono contemporaneamente.
– Ma è Giordano, – disse il brigadiere.
– E suppongo che la prima macchina fosse quella di Olivas.
– Che facciamo, commissario? – chiese Mantuso, rallentando.
Scipione capí che la risposta doveva essere immediata. Seguí l'istinto.
– Andiamogli dietro pure noi.
Fecero inversione e si misero dietro a Giordano. Via radio Scipione avvertí la centrale operativa di comunicare al vicebrigadiere che gli stavano dietro. In un punto sicuro, Mantuso gli lampeggiò con i fari.
– Attenzione, non avviciniamoci troppo, – avvertí il commissario quando l'auto grande fu di nuovo visibile.
Olivas svoltò per una delle strade che arrivavano alla piazza di San Corrado. Giordano e, dietro di lui, Mantuso e Macchiavelli, lo seguirono a fari spenti. A metà della strada l'uomo si fermò. Scese dall'auto, andò verso un cancello, lo aprí ed entrò.
– E ora? – chiese Mantuso.
Ma Giordano agí prima ancora che Scipione potesse ragionare su cosa fosse meglio fare. Lo videro scendere dalla macchina, quatto, strisciare lungo il muro e introdursi oltre il cancello.

– Mizzica, Giordano si compenetrò nel ruolo, – sorrise Mantuso. Allievo suo era, checché ne dicesse il maresciallo.
– Speriamo che non si faccia scoprire, – disse Scipione. Non sapeva bene come si sarebbe evoluta la faccenda se Olivas si fosse accorto di loro, colpevole o meno che fosse, e i nuovi riscontri qualche dubbio lo ponevano.
Passò mezz'ora.
– Commissario, io mi sto preoccupando per Giordano, – disse Mantuso.
Scipione condivideva il suo stato d'animo. Stava per spedire il brigadiere in perlustrazione quando Olivas ricomparve con un sacchetto in mano. Chiuse il cancello e rientrò in auto. Da un muretto laterale, in mezzo ai cespugli, ricomparve anche Giordano, che strisciò verso la sua auto.
Olivas ripartí e loro gli si misero di nuovo alle calcagna, ancora a fari spenti. La Jaguar arrivò fino alla piazza e si fermò dove iniziava la stradina che portava all'Eremo. L'uomo scese dalla macchina con il sacchetto in mano e s'infilò nella discesa.
– Ma dove sta andando? – disse Mantuso.
Scipione non azzardò ipotesi.
Un attimo dopo Olivas tornò, a mani vuote. Rientrò in auto e partí.
Gli stettero dietro finché, a Noto, non lo videro infilarsi in un garage adiacente a casa sua.

L'idea della sosta da Mantuso per mangiare qualcosa ormai era naufragata. Rientrarono in commissariato, dove Catalano aspettava con trepidazione.
– Commissario, ma che successe? Tutto 'sto tempo.
Seguí Scipione che, entrato nella sua stanza, si liberò del cappotto e si piazzò davanti alla stufa. – Catala', San Corrado è uno dei posti piú umidi che io abbia mai frequentato.

Il maresciallo sorrise.
- Ah, mi sono permesso di portare due dolci preparati da mia suocera, - disse indicando un piatto coperto con un tovagliolo, poggiato sulla scrivania.
Scipione si sedette e lo aprí.
- Bravo, maresciallo. Io e Mantuso siamo a digiuno da stamattina.
- L'avevo detto io. Non dovevo lasciarla solo con quel picciottazzo lí, che quando lavora si scorda macari di bere e di dormire.
Scipione aveva addentato un dolce a forma di s, con della frutta secca dentro.
Catalano lo lasciò finire, poi tornò a chiedere.
- Ma me lo dice che successe? Dov'è Mantuso?
- Sta arrivando, è andato a recuperare Giordano.
- Giordano? E perché?
Piano piano, tra un boccone e l'altro, Scipione gli raccontò il pomeriggio.
La reazione del maresciallo fu un misto di meraviglia e contrarietà.
- Ma viri tu, - disse, pensieroso. Poi aggiunse: - E secondo lei che c'era in quel sacchetto?
- Non ne ho idea. A naso, qualcosa che voleva gettare via.
- Qualcosa di cui voleva liberarsi, - precisò il maresciallo.
- Questo non possiamo saperlo. A meno che Giordano non sia riuscito a vedere di piú.
- Sperto il picciotto, - osservò Catalano, compiaciuto. - Sveglio, cioè, - tradusse.
- Sí, Catalano, avevo intuito.
Il maresciallo rifletté.
- Comunque 'sto fatto del letto scombinato e dell'orecchino puzza. Assai.

14.

Giordano e Mantuso entrarono nella stanza di Macchiavelli in silenzio, con due facce furbe che sembravano il gatto e la volpe.
Scipione li assecondò per un attimo, poi: – 'Mbe'? Che fate lí?
Mantuso fece segno a Giordano di accomodarsi, che toccava a lui parlare. Nel frattempo s'avvicinò alla scrivania del commissario.
Il ragazzo si sedette sulla sedia accanto al maresciallo Catalano, di fronte a Scipione.
– Sei riuscito a capire cos'ha fatto Olivas quando è entrato in casa? – chiese Macchiavelli.
– Sí, commissario, attraverso una persiana. Per fortuna è rimasto sempre nella stessa stanza. Ma quello che ho visto non mi è piaciuto per niente.
– Perché, che ha fatto?
– Ha tirato fuori un sacchetto e ci ha infilato dentro degli oggetti che erano appoggiati sul tavolo: due bicchieri, una specie di ciotola, qualcosa di luccicante e un pezzo di stoffa. Ha chiuso tutto e se n'è andato. Io ho aspettato e sono uscito saltando un muretto.
– Sí, t'abbiamo notato, – disse Scipione.
Giordano sorrise appena e riprese. – Dopo, l'avete visto pure voi, è sceso dalla macchina e ha gettato il sacchetto oltre il muretto della strada che porta alla cava.

– Quindi nel dirupo, – dedusse Catalano.

– Non lo so. Nascosto dov'ero non ho potuto vedere bene, ma non credo si sia spinto troppo in là, perché è tornato subito.

Mantuso ingoiò il terzo dolce che aveva sottratto dal piatto sulla scrivania del commissario.

– Vi dico come la penso? – fece, convinto.

– Sentiamo, – disse Scipione.

– Olivas s'è liberato di prove che potrebbero incastrarlo. Forse quegli oggetti dimostravano che Brancaforte era stato lí e lui, nel timore che noi li trovassimo, per sí e per no li buttò via.

– Il ragionamento fila, – intervenne Catalano. – Peccato che se finirono nel dirupo oramai sono irrecuperabili.

– Però possiamo tentare, – propose Giordano, guardando il commissario.

Scipione non si pronunciò subito. Da un lato recuperare quegli oggetti sarebbe stato fondamentale, dall'altro non gli sembrava il caso di arrischiarsi in un'impresa troppo ardua.

– Giorda', non è che mi devi cadere di sotto.

– Commissario, non si preoccupi, se mi rendo conto che non è possibile ci rinuncio.

– Va bene, però Mantuso viene con te.

– Certo, commissario, lo controllo io, – assicurò il brigadiere.

Catalano intanto cercava di ragionare.

– Perciò, volendo pensare che l'assassino sia Olivas, dobbiamo ipotizzare che Brancaforte andò prima a casa sua assieme alla femmina, poi lasciò la macchina lí e raggiunse Olivas a piedi. Giusto?

– Giusto, – disse Mantuso.

Scipione non rispose.

– Commissario, lei non è d'accordo, – indovinò Catalano.

– Non del tutto, maresciallo, c'è una cosa che non mi torna.
– Che cosa?
– L'orario. Voi vi ricordate che c'è scritto nell'agenda di Brancaforte?

Catalano iniziò a capire.
– Ore dodici, – rispose.
– Ore dodici, esatto. Noi sappiamo che Brancaforte fino alle undici circa era alla farmacia Marineo, e che alle undici e mezzo ha portato a casa lo sciroppo, secondo quello che dice la cameriera. Come avrebbe fatto ad arrivare a San Corrado di Fuori, incontrare l'amante ed essere a mezzogiorno da Olivas? Anche ammettendo che l'abbia fatto aspettare un po', non ci siamo con i tempi.
– Ha ragione, non ci siamo, – concordò Catalano.
– Se invece in casa sua con la donna ci fosse andato un altro giorno, e non quello stesso? – ipotizzò Mantuso.
– E lasciava il letto sfatto, col rischio che la moglie lo scoprisse? – obiettò Catalano.
– Maresciallo, secondo me la signora Brancaforte a dicembre inoltrato non se ne va da sola a San Corrado, – controbatté Mantuso.

Scipione interruppe il confronto.
– C'è un altro motivo per cui mi pare improbabile che l'incontro di Brancaforte con l'amante sia stato precedente al giorno in cui l'hanno ucciso.
– Quale, commissario? – chiese Catalano.
– Brancaforte quella volta deve aver dimenticato le chiavi in casa, tant'è vero che quand'è uscito non ha fermato la porta. Se questo fosse accaduto qualche giorno prima, il sabato lui non avrebbe potuto entrare e lasciare la macchina dentro per poi raggiungere Olivas.
– Ma c'è il secondo mazzo, che ancora non si trova, – disse Mantuso.

– E perché non ne ha approfittato per fermare la porta, allora? – obiettò Scipione. – Ma soprattutto: perché lasciare la macchina aperta con le chiavi attaccate, come se fosse in casa, quando invece si stava allontanando?

– Ha ragione il commissario, – sentenziò Catalano. Mantuso si sedette.

– Quindi che facciamo? Da dove iniziamo?

Scipione liberò spazio sulla scrivania.

– Mettiamo le cose in fila. Primo: l'agenda di Brancaforte –. La alzò e la appoggiò sul tavolo. Poi tirò fuori tutto quello che avevano racimolato in merito al caso. – Il taccuino. La lettera anonima di minaccia. La pistola. Le due lettere ricevute dalla moglie. Le chiavi della casa di San Corrado –. Si infilò la mano in tasca. – L'orecchino che era sotto il letto.

– Se mi posso permettere... quello potrebbe pure essere della signora Brancaforte, – suggerí Giordano, timidamente.

– Vero, potrebbe essere, – disse Catalano. – Però mi pare difficile che in questi mesi la signora non l'avesse cercato. La casa estiva è il primo posto dove una va a vedere se non trova qualcosa.

– Comunque teniamo in considerazione il suggerimento, Giordano, – fece Macchiavelli. E concluse: – Ecco, questo è quanto finora abbiamo in mano.

– Sa che mi venne in mente, commissario? – disse Mantuso. – Che forse in banca quel giorno non abbiamo cercato bene. Magari da qualche parte c'è un altro cassetto bloccato. A me quegli schedari non me la contavano giusta.

– Va bene, lunedí torni alla Banca Trinacria e ti metti a spulciare schedario per schedario. Domani tu e Giordano ve ne andate a San Corrado, e vedete di non precipitare nel dirupo.

Mantuso annuí.

– Maresciallo, – proseguí Scipione, – domani per piacere chiami la Scientifica e dica loro di andare nella casa di Brancaforte a San Corrado. Sarebbe importante avere il bossolo del proiettile, se gli hanno sparato lí magari riescono a trovarlo. Cosí dànno pure un'occhiata alla macchina, poi la facciamo portare nel nostro deposito. Chiami anche il medico legale e gli chieda se ha trovato delle chiavi nelle tasche di Brancaforte.
– O se per caso recuperò direttamente il proiettile, – aggiunse Catalano.
– Certo, – rispose il commissario, reprimendo una smorfia. Gli faceva impressione solo a pensarci.

Scipione uscí dal commissariato a piedi. La pioggia era cessata del tutto e lui aveva bisogno di camminare. La tensione delle ultime ventiquattro ore era sfociata di colpo in un mal di testa fastidioso. Sperava che l'informazione di Catalano, secondo il quale la farmacia Marineo era di turno quel 25 dicembre, fosse corretta. Quanto impellente fosse in realtà il bisogno di un cachet, cui peraltro raramente aveva fatto ricorso nella sua vita, o quanto a spingerlo fosse invece l'opportunità di rivedere Giulia Marineo era poi una questione tutta da verificare. Certo è che, appena saputo dal maresciallo che la farmacia era aperta, l'urgenza di risolvere il mal di testa era prevalsa immediatamente. A corroborare la scelta, o forse semplicemente a giustificarla, era saltata fuori l'idea che chissà, magari alla luce del nuovo scenario, la dottoressa nel frattempo avesse ricordato qualche dettaglio in piú.
Scipione accelerò il passo. Prima salita, seconda salita, era arrivato in farmacia in tempo utile. O almeno cosí sembrava. La luce era accesa, anche se la porta a vetri era chiusa e pareva non esserci anima viva. Abbassò la mani-

glia e aprí. Un campanello segnalò la sua presenza. Scipione era sicuro di veder comparire il dottor Marineo, e invece.
– Buonasera, commissario, – lo salutò Giulia, sorpresa.
Dalla porta dietro il bancone, lasciata semiaperta, insieme a una scia di fumo giunse un discreto chiacchiericcio.
– Salve, dottoressa. Buon Natale.
– Buon Natale anche a lei. Ho saputo che il suo non è stato proprio tranquillissimo.
A Scipione sarebbe venuto spontaneo risponderle che stava recuperando in quei due minuti. In un'altra situazione, e di fronte a un'altra donna, l'avrebbe detto di sicuro. Ma Giulia Marineo, col suo sorriso cordiale eppure misurato, come quello di chi sa marcare bene i confini, non incoraggiava sviolinate.
– Purtroppo no.
Giulia s'appoggiò al bancone con i gomiti, le braccia incrociate. Scosse il capo. – Certo che fa una certa impressione. Qualche giorno fa, qui, abbiamo parlato di una persona che probabilmente era già morta.
Dalla porticina spuntò a metà il dottore Marineo.
– Giulia... Oh, commissario, buonasera! – avanzò e gli tese la mano. – Qual buon vento la porta qui?
Scipione giocò subito la carta che la sorte quella sera gli aveva servito.
– Un discreto mal di testa, che temo esiga un rimedio.
– Eh, questo il super lavoro è. Ora ci pensa Giulia a darle il rimedio giusto, – se ne tornò oltre la porta, lasciandola aperta. Le voci che arrivavano da lí adesso si distinguevano meglio.
La dottoressa non si mosse dalla sua posizione.
– Che cosa prende di solito, commissario? – gli chiese.
– Non saprei. Non mi capita quasi mai, non ricordo nemmeno quando sia stata l'ultima volta.

La farmacista tirò fuori da un cassetto un quadratino incartato. Un cachet, di cui si vedeva spesso la pubblicità in giro.
– Vuole prenderlo subito?
Pur di allungare di un paio di minuti la permanenza lí Scipione avrebbe accettato, ma si ricordò che, a eccezione del dolce di Catalano, il suo stomaco era sotto vuoto spinto. Preferí evitare.
– Certo che un bel regalo di benvenuto le hanno fatto, – considerò Giulia.
Scipione allargò le braccia.
– Rischi del mestiere, dottoressa.
– Mestiere gravoso.
– Be', il suo non mi sembra da meno. È Natale e lei è qui che lavora. Come me.
La dottoressa rise. – Commissario, non vorrà paragonare i farmaci ai morti ammazzati.
Scipione rischiò d'incantarsi. Perché la risata di Giulia Marineo esercitasse quel potere maliardo su di lui, non riusciva a capirlo.
Sorrise. – Ha ragione, forse i farmaci sono un tantino meno raccapriccianti.
– Capisco che per lei questo caso sia di routine, come lo sono i farmaci per me, ma le assicuro che a Noto un omicidio fa un certo scalpore. Per giunta se riguarda una persona conosciuta come Brancaforte.
– Conosciuta e controversa, – osò Scipione. Per qualche motivo, continuava a sentire che di quella donna ci si poteva fidare.
– Controversa da che punto di vista?
– Secondo lei? Mi piacerebbe conoscere la sua opinione.
Giulia lo soppesò con lo sguardo. Scipione temé per un attimo di aver varcato il confine.

– La mia opinione potrebbe essere errata. Non conoscevo Brancaforte se non come direttore della mia banca. Mio padre stesso non aveva confidenza con lui.
– Però chissà quante chiacchiere sente qui.
– E quante me ne raccontano, sí, questo è vero. Ma le chiacchiere sono chiacchiere, commissario.
– Quando ancora non si hanno indizi utili, anche le chiacchiere possono servire. Si fidi di me.
Giulia lo soppesò di nuovo, tastandosi la tasca del camice in cerca di qualcosa. – Le ho lasciate di là, – disse, contrariata.
Scipione capí al volo. Tirò fuori il portasigarette dalla tasca interna della giacca e l'aprí, porgendoglielo. Le accese una sigaretta e ne accese una per sé.
Giulia decise di fidarsi. – Vede, commissario, nonostante il posto che ricopriva, Brancaforte ha sempre avuto la fama di essere un tantino spregiudicato.
In quel momento ricomparve il padre, che doveva aver sentito cosa stavano dicendo. – Sotto tutti i punti di vista, – aggiunse, sottolineando le parole finali con un'espressione che pareva dire «chi ha orecchie per intendere».
E Scipione ovviamente intese, sebbene non potesse confermare in via ufficiale.
Dalla porticina sopravvenne il marchese Travina e dietro di lui la signora Marineo con un'altra donna, che Scipione suppose fosse la marchesa, a giudicare dalla somiglianza impressionante con Vincenzo.
– Commissario carissimo, buonasera, – lo salutò Travina.
– Marchese, buonasera.
Gli presentarono le due donne.
Anche Travina ritenne di doversi inserire nella conversazione. – Stiamo parlando di Gerardo Brancaforte, immagino.
– Immagini bene, – confermò Giulia.

– Posso essere sincero, commissario? Tanto qua in famiglia siamo.
– Deve, marchese.
– Era uno sciacallo. Lei ha letto *Il Gattopardo*?
– Qualche anno fa.
– Se lo vada a rileggere, le servirà. Brancaforte, che il signore l'abbia in gloria, incarnava il prototipo preciso di quello che Fabrizio Salina definiva uno sciacallo. Certo, una declinazione dei nostri tempi, ma piú o meno... Già il modo in cui si prese Maria Laura Vizzini.
– Raimondo, – s'intromise la moglie, – la conversazione col commissario è interessante, ma ti ricordo che i ragazzi ci aspettano.
Controvoglia il marchese dovette darle ragione.
– Vabbe', se lo faccia raccontare da Bruno che lo sa. E venga a trovarmi, commissario. Che di cunti interessanti su Noto non sa quanti ce ne sono.
I marchesi salutarono e se ne andarono.
– A cosa si riferiva? – chiese Scipione.
– Pettegolezzi, cose vecchie, – minimizzò la signora Marineo.
Il commissario capí di aver assunto una postura inquisitoria, tant'è vero che Giulia intervenne a spiegare.
– Il matrimonio tra Brancaforte e sua moglie fu combinato col padre di lei, all'insaputa della ragazza.
Scipione sorrise. – Non mi dica che le sembra un fatto strano –. Pensò a Beppe Santamaria, che da quando s'era ritrasferito a Siracusa passava il tempo a schivare aspiranti suoceri.
– Purtroppo no, ancora adesso. Non oso immaginare nel 1950.
– Senza dubbio, ma comunque non fu quella la parte peggiore, – aggiunse Marineo, che ormai aveva sciolto le briglie.

– E quale fu?
– Che il povero Alfonso Vizzini, galantuomo senz'altro ma assai poco capace di amministrare il suo, era coperto di debiti. Brancaforte, cosí si dice, si offrí di aiutarlo a patto che lui gli desse in moglie Maria Laura, che da ragazza era graziosa assai.
– Cravattaro nato, proprio, – commentò Scipione.
Giulia sorrise.

Corradina lo aspettava al varco.
– Commissario! Madre santa che cosa brutta che successe. Povero dottore Brancaforte, ammazzato! Ma come fu? Cu fu? Un brigante?
Scipione tentò di smarcarsi.
– Non lo sappiamo ancora, signora Corradina.
La donna non si diede per vinta.
– No, pirchí voci ne corrono assai. Ma assai che viene la confusione solo a ricordarisille tutte.
Scipione le diede corda.
– Che genere di voci?
– Ogni genere. C'è chi dice che Brancaforte traffichiava in modo disonesto, chi dice invece ca iu a scuncicari 'a fimmina sbagliata... non so se mi capisce, commissario... – finse ritrosia.
– Capisco.
– Certo, – proseguí, subito rinvigorita, – può essere pure che l'ammazzarono per derubarlo. Brancaforte, glielo dissi già l'altra volta, di soldi ne aveva...
Verrazzo emerse dallo studiolo nel quale si isolava felicemente in mezzo a pile di libri.
– Corradina! – tuonò.
La donna si zittí, contrariata. – Ma pirchí, che dissi?
Corrado s'avvicinò a Scipione.

– La deve perdonare, commissario, proprio non ci riesce a badare ai fatti suoi.
– Ora pare che stavo zivittuliannu! – si inalberò Corradina. – Cercavo di aiutare il commissario. Se sento cose che faccio, non gliele conto?
– Ma no cosí, senza manco dargli il tempo di respirare!
Scipione sorrise.
– Ha ragione, signora Corradina: se sente qualcosa, anche una voce di poco conto, deve raccontarmela subito. In un'indagine qualsiasi dettaglio può essere utile.
La signora non trattenne la propria soddisfazione.
– Oh. Visto? – Placata, passò all'attacco successivo, di natura diversa ma non meno tedioso. – Si assittasse a tavola, commissario, che le porto la cena.
Verrazzo si sedette accanto a lui.
Corradina quella sera s'era superata. La frittata aveva un retrogusto amaro di padella bruciata, e le patate bollite erano crude. Ingoiarne una quantità abbastanza congrua da non apparire scortese, e da riempire lo stomaco in modo adeguato per buttare giú il cachet, fu un'impresa. Per fortuna Verrazzo aveva gelosamente conservato i residui di scacce della sera prima, e s'era approvvigionato di pane, salsiccia secca e gelatina di maiale, che il commissario benedisse pur non avendo idea di cosa fosse. La signora non colse, o piú probabilmente finse di non capire, in un gioco delle parti che Scipione sospettava fosse un'abitudine consolidata tra loro due. Un tacito accordo per cui lei compiva quello che riteneva fosse il suo dovere, con le capacità di cui madre natura l'aveva dotata, e lui aggiustava il tiro come meglio poteva purché senza dichiararlo apertamente.
Appena il cachet iniziò a fare effetto, Scipione chiese a Verrazzo di poter usare il telefono. Non aveva piú da-

to notizie di sé a Beppe dalla sera prima, quando l'aveva chiamato per comunicargli che non sarebbe stato suo ospite per la vigilia di Natale.

Santamaria rispose dopo vari squilli.

– Oh, Scipio. T'avrei chiamato io tra poco –. Un brusio di sottofondo suggeriva che non fosse solo.

– Preferisci che ci risentiamo piú tardi? – propose Scipione.

– Ma no, figurati. Ci sono qui quattro amici, tra poco se ne vanno.

Un orecchio allenato, e quello del commissario lo era senz'altro, avrebbe isolato tra le voci che si udivano un paio di timbri inequivocabilmente femminili.

– Amici e amiche, – lo provocò Scipione.

– Un gruppo di persone, – fece Beppe, vago. E cambiò argomento. – Allora, mi racconti che è successo?

– E che è successo, Beppe. Abbiamo trovato l'uomo che era scomparso. Certo, io avrei preferito ritrovarlo ancora vivo ma, in tutta franchezza, era un'eventualità improbabile.

– Perdonami, ma pure che venisse ammazzato qualcuno a Noto era un'eventualità parecchio improbabile.

– Il posto tranquillo, eh?

– T'assicuro che di solito lo è, – ribadí Beppe. – In ogni modo, cosí fu. Prendila come una prova personale: dovrai risolvere un caso di omicidio.

– 'Na cosetta da niente, tanto per passare il tempo.

– Sono sicuro che ci riuscirai benissimo, e alla fine sarai orgoglioso di te stesso. Te lo dico per esperienza.

– Grazie, amico mio, farò del mio meglio.

15.

Scipione uscí di casa prima del solito. Il cielo era tornato sereno, la temperatura s'era rialzata, il vento era girato, e la passeggiata dalla pensione al commissariato meritava tempi rilassati. Verrazzo gli aveva raccontato che in giornate come quella il mare di Noto era una meraviglia. Gli aveva parlato di spiagge dorate, di tonnare, di scogliere selvagge. Luoghi magnifici, li aveva definiti. Tanto aveva detto, che gli aveva fatto venire voglia di girarseli tutti. Meno male che di lí a poco sarebbe tornato in possesso della sua auto, senza la quale si sentiva menomato. Scipione non sopportava di dover dipendere dagli altri. Essere scarrozzato a destra e a manca dai suoi uomini era parte del lavoro, ma nella vita privata la libertà di movimento era una condizione imprescindibile. Santo Primo, che si stava adoperando per restituirgliela.

Visto che era in anticipo, Scipione decise di concedersi un caffè degno di quel nome. Entrò al *Caffè Sicilia*, ancora semideserto, e andò dritto verso il bancone.

La donna anziana che stava alla cassa lo scrutò.

– Perché non se lo piglia assittato tranquillo 'stu cafè, commissario?

A Scipione l'idea di sedersi al tavolino era venuta, ma aveva preferito evitare. Se c'era una cosa che aveva capito in quei pochi giorni, era che a Noto niente passava inosservato. Ovunque andasse, gli pareva sempre di avere oc-

chi addosso, soprattutto ora che si stava occupando di un omicidio che aveva messo in subbuglio la città. Non voleva che qualcuno lo trovasse seduto a un bar nel bel mezzo di un'indagine cosí importante.
– Mi piacerebbe, ma purtroppo non ho molto tempo.
– Si capisce, con quello che successe.
Scipione non commentò e bevve il caffè.
– Che strana disposizione dei tavoli, – notò.
– Prima era diversa, – rispose la signora. – L'abbiamo cambiata perché accussí com'era si vedeva troppo bene il corso e la gente occupava i tavoli per ore per taliarsi il passio.
Per accompagnare il caffè ci sarebbe voluto un cornetto, ma lí Scipione non ne vedeva. – Avete un cornetto con la crema? – domandò. L'uomo al bancone e la donna alla cassa lo guardarono come se avesse chiesto la luna.
– Cornetti non ce ne sono, qui, – specificò la signora, quasi allibita per quella richiesta assurda.
– Ah. E che mi può dare di dolce? – rilanciò il commissario.
– Per colazione?
No, per cena, avrebbe risposto Scipione.
– Sí, per colazione.
– Non lo so… – Sembravano entrambi spiazzati dalla domanda.
– Che dolci preparate?
– Cassate, cassatine, cannoli… Ma per colazione non mi parunu adatti.
Effettivamente, la cassatina a colazione gli sembrava un po' eccessiva, checché ne dicesse il marchese.
– Che cos'è il cannolo? – tentò.
I due lo guardarono perplessi.
– Aspittassi, – fece l'uomo. Sparí dietro una porta e tornò con un cilindro di biscotto – o qualcosa di simile – riempito con una crema che a occhio gli sembrava di ricotta.

– Ecco, chistu è, – disse la donna.
Scipione decise di provare e non se ne pentí.
Mentre usciva dal caffè si sentí chiamare.
– Commissario Macchiavelli?
Si voltò e vide l'avvocato Ferrara che chiudeva la portiera di una Citroën DS rossa, nuova di zecca. L'uomo gli si avvicinò.
– Buongiorno, avvocato.
Si strinsero la mano.
– Scusi se mi sono permesso di fermarla, ma sarei venuto a trovarla stamattina.
– Mi dica.
S'allontanarono dall'ingresso del bar.
– Come avrà capito, la signora Brancaforte mi ha incaricato di assisterla in questa vicenda cosí drammatica. Non tanto come legale, quanto come amico di famiglia. La signora purtroppo non ha il padre, non ha fratelli né parenti prossimi di suo marito su cui poter contare. Quando ho saputo quello che era successo, sono stato io per primo a mettermi a sua disposizione, nonostante sia a Noto di passaggio.
– Lei non vive qui? – finse di informarsi Scipione.
– No. Vivo tra Milano e Parigi. Ultimamente piú a Parigi, – precisò Ferrara.
– E di che si occupa, a Parigi?
– Seguo gli interessi legali di industrie italiane che trattano affari oltre confine. Al Nord iniziano a esserncene diverse. Non ha idea di quanto siano cambiate le proporzioni della nostra economia, commissario.
– No, no, ce l'ho eccome.
Sul volto di Ferrara comparve un sorriso storto.
– Certo, poi uno torna qui e gli sembra di fare un salto indietro nel tempo.

– Be', non credo che non si siano compiuti dei progressi anche qui.

– Pochi, commissario. Sempre troppo pochi, – sospirò. – Tornando a noi. In nome della vecchia amicizia con i Vizzini, come le dicevo, mi sono sentito in dovere di fare il possibile per aiutare la signora Brancaforte e la sua famiglia. Dopo la vostra visita di ieri, anche in seguito alle voci insistenti che ho sentito in merito ad attività non esattamente lecite che la buonanima conduceva, ho esortato la signora Maria Laura a cercare tra la roba del marito qualcosa che potesse aiutarvi a far luce su quanto avvenuto.

– E ha trovato qualcosa?

– In quel senso no. Credo che le uniche carte *segrete*, diciamo cosí, di Brancaforte siano quelle che lui teneva sotto chiave nella scrivania e che voi avete sequestrato giorni fa. Immagino che qualcosa contenessero, altrimenti non le avrebbe nascoste.

– Immagina bene, – si limitò a confermare Scipione.

– Non le chiedo cosa, tanto so che non me lo direbbe. Comunque, qualcosa che secondo me potrebbe esservi utile la signora l'ha trovato.

– Ah. E di che si tratta?

– Un biglietto, che parla di un appuntamento mancato. Firmato con un nome di donna.

– La prova che Brancaforte aveva davvero un'amante, – disse Scipione.

– E un nome, – aggiunse Ferrara.

– Questo biglietto ce l'ha lei?

– No, ce l'ha la signora Brancaforte. Credo che voglia consegnarglielo di persona.

– Va bene, allora, le dica di portarmelo.

– Grazie, commissario. Le dirò di farlo entro la mattinata, – concluse Ferrara.

Il maresciallo Catalano era in apprensione.
– Che è successo? – gli chiese Scipione, entrando in ufficio.
– Niente, commissario. Sono preoccupato per Giordano. Non vorrei che per recuperare il sacchetto di Olivas cumminasse qualche fissariata.
– E Mantuso allora che ci sta a fare? Gliel'ho affiancato apposta.
Catalano fece roteare una mano. – Allora siamo tranquilli –. Il tono era smaccatamente ironico.
– Marescia', mo non si fida piú di Mantuso? – sorrise Scipione.
– Non è che non mi fido, è che so come ragiona. Quando deve risolvere un caso non si ferma dinnanzi a niente. E macari Giordano mi pare temerario assai.
– Recuperare quel sacchetto, però, sarebbe molto utile.
– Certo, commissario, dipende unni iu a finire.
– Io non credo che Giordano sia tanto incosciente da rischiare di farsi male, e sono sicuro che Mantuso ci starà attento, perché sono stato io a incaricarlo –. O almeno se lo augurava.
– Speriamo.
– I colleghi della Scientifica che dicono?
– In tarda mattinata qualcuno andrà a ispezionare la villetta di Brancaforte. Parlai pure col dottore, l'autopsia la faranno domani. Speriamo che tra gli effetti personali si trovi un mazzo di chiavi.
– In ogni caso piú tardi, quando verrà la signora Brancaforte, dobbiamo esortarla a cercarlo bene, – rifletté Scipione, piazzato davanti alla stufa.
– Ma perché, stamattina la Brancaforte deve venire qua?
Scipione gli raccontò dell'incontro con Ferrara.

– Il nome solo ha trovato sul biglietto, o c'era pure il cognome? – chiese il maresciallo.
– Catala', ma secondo lei una donna che scrive all'amante si firma col cognome?
– No, certo. Ragione ha –. Catalano era uno sbirro nato, ma di tresche sentimentali – o pseudo tali – non capiva granché.
– Recuperare l'altro mazzo di chiavi è fondamentale, – ribadí Scipione.
Il maresciallo annuí. – Anche perché, se non si dovesse trovare, qualcuno potrebbe averlo rubato, e questo aprirebbe altri scenari. Il fatto che la porta non sia stata forzata gioca a sfavore di Olivas, perché la vittima lo conosceva e potrebbe avergli aperto. Se però qualcuno avesse rubato l'altro mazzo, la faccenda si complicherebbe.
– Sempre ammesso che l'omicidio sia avvenuto in quella casa e non altrove, questo non ce lo dobbiamo scordare, maresciallo, – precisò Scipione.
– Sí, sempre di ipotesi stiamo parlando. Per questo sarebbe importante se chiddi della Scientifica ritrovassero il bossolo proprio là. Il proiettile lo recupera il dottore domani, perciò la pistola che sparò la scopriremo a breve. Però il bossolo resta sempre fondamentale per stabilire il posto.
– A meno che l'assassino non sia talmente furbo da averlo cercato ed eliminato.
– Avissi a essiri un sicario professionista, commissario!
– Magari mandato dal marito tradito, – ragionò Scipione seguendo l'altra ipotesi, che per quanto vaga restava sempre un'opzione.
Catalano sorrise. – Non penso proprio, commissario.
– Perché?
– Pirchí un marito cornuto, in Sicilia quantomeno, all'amante della moglie lo va ad ammazzare personalmente, se no non vendica l'onore.

– Già. E al massimo se fa 'n paio d'anni. Tre, se non ha altre attenuanti. Articolo 587, – concluse Scipione.
Gli era rivenuta la pelle d'oca, e non per il freddo.

Il sostituto procuratore Termini ascoltò con interesse le novità del giorno prima. Scipione ebbe l'impressione che propendesse parecchio per un possibile coinvolgimento di Olivas, al punto da proporgli di mettere a disposizione uomini specializzati della questura di Siracusa per recuperare il famoso sacchetto, nel caso in cui i due della squadra di Macchiavelli non ci fossero riusciti.

– Però è strano, – commentò Catalano, appena il commissario ebbe riattaccato.

– A che si riferisce, maresciallo?

– A 'stu fatto che il magistrato sia cosí propenso a indagare su Olivas.

– Che c'è di strano?

– Ca uno come don Ferdinando Olivas in seguito alla nostra visita non abbia smosso le sue amicizie, amicizie che sicuramente arrivano in procura e macari oltre. Mi sarei aspettato molta piú cautela nei suoi confronti.

– Io invece non mi stupisco, – disse Scipione. – Uno come quello, che continua a fare la bella vita e a girare in Jaguar pure se i soldi li deve prendere a strozzo, le sue contromisure le mette in atto nel momento in cui gli si presenta il problema. Adesso lui è convinto di avercela fatta sotto il naso con la pulizia di ieri sera nella sua casa a San Corrado. Si sente in una botte di ferro.

– Questo è vero.

– E poi c'è sempre da considerare la possibilità che Termini non sia sensibile a eventuali ingerenze esterne.

– Anche questo è vero, – disse Catalano. – Allora che facciamo, convochiamo Olivas?

– Sí, convochiamolo. Per stamattina stessa. Ovviamente senza fargli capire che stiamo indagando su di lui. E convochiamo anche gli altri probabili debitori, uno per uno.
– Tutti chiddi che sono scritti nel quaderno? – chiese Catalano, disorientato.
– Tutti. O quantomeno quelli riconoscibili.
– Riconoscibili come? Qua dentro mezza Noto c'è, commissario. Non so se riusciamo a individuarli senza incorrere in omonimie, – obiettò il maresciallo.
– Convochiamo prima quelli che lei e gli altri uomini siete in grado di riconoscere. Piú sono meglio è, cosí smuoviamo un po' le acque. Magari qualcuno fa un passo falso e senza accorgersene viene allo scoperto. E la gente avrà nuovo materiale su cui spettegolare.
Catalano rimase sorpreso.
– Vuole alimentare le maldicenze di proposito, perciò.
– Se devi stanare qualcuno, creargli confusione intorno è un ottimo sistema.
– Furbissimo, commissario.
– È l'abc del paparazzo, marescia'.
– Di chi?
Scipione sorrise. – Niente, lasci stare, sto scherzando. Vada a convocare Olivas e affidi a qualcuno il compito di chiamare gli altri.

Il maresciallo era appena rientrato, e stava riferendo al commissario, quando un trambusto nel corridoio attirò l'attenzione di entrambi. Voci che si sovrapponevano a voci.
– Catala', per piacere, vada a vedere che è 'sta caciara, – fece il commissario.
Il maresciallo aprí la porta e si ritrovò Mantuso davanti, le nocche pronte per bussare. Giordano era dietro di lui.

– Occhio, maresciallo, che stavo per bussarle sulla testa, – scherzò il brigadiere.

Da quant'era su di giri, Scipione capí che l'operazione recupero doveva essere andata a buon fine.

– Mantu', vedi di non fare lo spiritoso ed entra, – lo richiamò, divertito.

Il brigadiere cedette il passo a Giordano.

– Precedenza a lui, commissario.

I capelli scarmigliati, la divisa sporca, le scarpe infangate e un sorriso che andava da orecchio a orecchio, il vicebrigadiere entrò timidamente nella stanza del commissario. In mano teneva un inconfondibile sacchetto, piú infangato e malridotto di lui.

– Oh, ma piddaveru ci riuscisti? – commentò Catalano, entusiasta.

– E ce l'ha fatta sí, maresciallo, – disse Scipione, alzandosi dalla sedia e indicando il sacchetto. – Guardi lí –. S'avvicinò a Giordano, gli batté una mano sulla spalla. – Bravo, vicebrigadiere.

– Grazie, commissario, – si schermí il ragazzo, porgendogli il sacchetto.

Scipione lo prese e andò con gli occhi a Mantuso, che se ne stava accanto a Catalano, gongolante. Le scarpe erano infangate tanto quanto quelle di Giordano.

– Ora vi sedete e mi raccontate come avete fatto.

I due obbedirono.

La conclusione del racconto strappò una risata al maresciallo Catalano. – Perciò tanto scimunito fu, Olivas, che buttò gli oggetti di cui si voleva liberare giusto giusto nel punto in cui passa la scorciatoia per la cava, – sintetizzò.

– La stessa che finisce dove è stato ritrovato il cadavere di Brancaforte? – chiese Scipione, incredulo.

– Quella, commissario, – confermò Mantuso.

– 'Na furbata, – commentò il commissario. Aprí il sacchetto che aveva appoggiato sulla scrivania e un misto di fumo e alcol gli arrivò al naso. Senza toccare niente sbirciò il contenuto. Due bicchieri, mezzi rotti per la caduta, un posacenere di terracotta intonso con una cicca di sigaretta attaccata. Un portasigarette che, a occhio, doveva essere d'oro. Agganciandolo con una penna tirò fuori un pezzo di stoffa a righe blu e rosse.

– Ma chista pare una cravatta, – disse Catalano.

– Non pare: *è* una cravatta, maresciallo –. Il commissario la rigirò, sempre tenendola con la penna. – Di buona marca per di piú.

– Di Brancaforte non può essere di sicuro, – disse Mantuso, – ce l'aveva addosso quando lo ritrovarono alla cava.

– Quindi dovrebbe essere di Olivas. E perché l'ha buttata? – domandò Scipione, anche a sé stesso.

– Boh, – fu la risposta eloquente di Catalano che, mani dietro la schiena, s'era chinato sul sacchetto fin quasi a infilarci il naso dentro.

Macchiavelli rimise a posto la cravatta e chiuse il sacchetto.

– Ora, Mantuso e Giordano, vi ripulite, vi date una sistemata alla divisa e tornate a San Corrado di Fuori a casa di Brancaforte. Aspettate la Scientifica, cosí aprite la casa e l'automobile, e nel frattempo consegnate loro questo sacchetto. Dite di cercare le impronte della vittima su uno dei bicchieri e sul portasigarette, e la marca del mozzicone. E di controllare se sulla cravatta ci sono macchie di sangue. Eventualmente vedano se riescono a capire il gruppo sanguigno –. L'idea gli era venuta lí per lí. Anche se, a dirla tutta, gli pareva troppo fantasiosa.

– Sissignore, andiamo subito –. Giordano scattò in piedi. Mantuso lo seguí.

Ferdinando Olivas arrivò venti minuti in ritardo rispetto all'orario concordato. Si accomodò sulla sedia davanti al commissario con l'aria schifata di chi teme di sporcarsi. Ci mancava poco che tirasse fuori un fazzoletto e la spolverasse.

Scipione si sforzò di non far trapelare il fastidio che quell'uomo, tronfio e arrogante come pochi ne aveva conosciuti, era capace di procurargli.

– Commissario, io davvero non capisco questa convocazione.

– Ma per carità, nessuna convocazione, – finse, – solo una chiacchierata. Immagino che la morte di Brancaforte l'abbia scossa parecchio, dato il rapporto che vi legava –. Non sapeva come, ma gli era riuscita credibile.

L'uomo sussultò, si sdegnò quasi fosse stato insultato.

– Di quale rapporto parla?

– Del vostro. Considerato che Brancaforte le aveva perfino prestato dei soldi *in amicizia*, proprio lui che del prestito di denaro aveva fatto il proprio affare principale, suppongo fosse abbastanza confidenziale. Un trattamento cosí di favore si riserva agli amici, no?

Olivas deglutí. Un boccone che doveva risultargli piuttosto indigesto.

– Certo, certo, si capisce, – fu costretto a confermare.

– Lei conosce l'auto del dottor Brancaforte, vero?

– Sí.

– Non ha avuto per caso la sensazione di averla incrociata, quel giorno in cui avevate appuntamento? Ci pensi bene. Non le è sembrato di vederla, magari proprio a San Corrado? – Stava andando a braccio, sperando di non sbagliare.

– No, assolutamente.

– Eppure doveva essere già lí. Chiunque avrebbe potuto notarla.
– Ma io non rimasi troppo tempo a San Corrado, appena capii che Brancaforte non sarebbe venuto me ne riscesi a Noto. Avevo altro da fare.
– Ah, ecco, – disse Scipione. Tirò fuori il portasigarette e lo aprí. – Prego –. Offrí una sigaretta a Olivas, che accettò. Gliel'accese e poi accese la sua. – Brancaforte fumava? – chiese a bruciapelo.
– Sí... mi pare di sí.
– Possedeva un portasigarette, immagino. Forse d'oro, come questo?
L'uomo nascose il lieve sobbalzo che la domanda gli aveva provocato dietro una smorfia di fastidio. Incrociò le braccia.
– Guardi, francamente non ci ho badato. E continuo a non capire dove vuole arrivare con queste domande.
Scipione sorrise. – Dove pensa che voglia arrivare, signor Olivas? Sto indagando su un omicidio. Devo acquisire piú informazioni possibile.
Olivas parve quietarsi, ma la forza con cui si stringeva l'avambraccio sinistro con la mano destra denotava un considerevole nervosismo che l'uomo faceva fatica a contenere.
– Non mi ricordo se Brancaforte possedeva un portasigarette, – ribadí.
– Che ora era quando lei è tornato a Noto? – chiese il commissario.
– Mezzogiorno e mezzo, l'una meno un quarto.
– Dov'è andato?
L'uomo stava per scattare di nuovo, ma si trattenne.
– Passai dal *Caffè Sicilia* e poi me ne andai a pranzo a casa, – quasi ringhiò.
– E chi ha incontrato al *Caffè Sicilia*?

Olivas non resisté. – Che c'entra ora chi incontrai io? Non stiamo parlando di Brancaforte? Se è un interrogatorio nei miei confronti...

Uno sbuffo rumoroso di Catalano lo interruppe.

– Signor Olivas, per piacere, non mi faccia ripetere sempre le stesse cose. Si limiti a rispondere alla mia domanda, – intervenne Scipione, lanciando un'occhiata al maresciallo. E ripeté: – Chi ha incontrato al *Caffè Sicilia*?

– Ma chi vuole che abbia incontrato, – rispose quello, con un tono astioso che sul commissario agí da detonatore. Macchiavelli si alzò in piedi, le mani sulla scrivania.

– Olivas, m'ascolti bene: o si dà una calmata e risponde alle domande, oppure l'interrogatorio glielo faccio fare per davvero. E stavolta in procura.

L'uomo sbiancò. – Che... che c'entra la procura? – chiese.

Scipione si risedette.

– Mi dica i nomi di tutte le persone che ha incontrato.

– Non lo so, non me lo ricordo.

– Cerchi di ricordare allora. Le conviene, dia retta a me.

Olivas inghiottí. A spizzichi e a bocconi, tirò fuori qualche nome. Scipione ne riconobbe alcuni, avendoli già sentiti altre volte: Calanna, il ragioniere amico di Brancaforte; Barra e Rasà, i due soci del circolo che Mantuso aveva sentito nei primissimi giorni dell'indagine. Il dottor Marineo, il marchese Travina e suo figlio.

Prima di mandarlo via, Scipione decise di infierirgli l'ultimo colpo.

– Ah, signor Olivas, ancora una domanda: lei porta cravatte a righe?

Gli bastò vederlo barcollare per rispondersi da solo.

16.

Maria Laura Brancaforte si presentò in commissariato alle undici e mezzo, accompagnata dalla zia Filomena. Trovandosela seduta davanti, a favore della luce del sole che quel giorno entrava copiosa dai vetri della finestra, Scipione non poté fare a meno di osservarla. Gli occhi verdi, il viso regolare, la figura longilinea nonostante le cinque gravidanze. «Da ragazza era graziosa assai», aveva detto Marineo. Non era difficile crederlo.

Maria Laura tirò fuori dalla borsetta un foglio di piccole dimensioni e glielo porse.

– Commissario, so che l'avvocato Ferrara le ha già spiegato tutto, – disse.

Scipione prese in mano il biglietto e lesse.

«Gerardo, per oggi non mi pozzu movere. Facciamo domani, alla stissa ora. Firmato Fina tua».

Quel *tua* finale dirimeva ogni possibile dubbio sulla natura dell'incontro. E la sgrammaticatura indicava che il grado di scolarità della donna non fosse elevatissimo.

– Lei ha idea di chi sia questa Fina? – le chiese.

Maria Laura esitò un istante, poi prese coraggio. – Forse sí, commissario. Però... non vorrei sbagliarmi e mettere in mezzo una persona che non c'entra niente.

– Le assicuro che faremo tutti i dovuti controlli prima di coinvolgere eventualmente la signora in questione, – la tranquillizzò il commissario.

– Va bene. L'unica Fina che mi venne in mente, e che potrebbe aver scritto questo biglietto, è Serafina Cuticchio, la figlia di un conoscente di Gerardo.
Catalano si appuntò il nome.
– Verificheremo se è possibile.
Maria Laura assentí.
– Sa, commissario, ora mi spiego tante cose, – disse.
– Quali cose, signora?
– Uscite improvvise di mio marito, pomeriggi in cui non tornava dalla banca e diceva che era stato in campagna, ma le scarpe erano pulite. Io me ne accorgevo, ma possibile che domande non me ne facessi? – scosse il capo.
– Lauretta, non ti tormentare, – intervenne Filomena. – A che serve?
– Ora a niente. Forse se me ne fossi resa conto prima... È che quando una ha cinque figli, commissario, testa per pensare alla vita sua non ne ha.
Scipione provò una pena profonda per quella donna, ancora giovane e bella, devota a un marito che le era stato affibbiato senza nemmeno interpellarla, e che ora di colpo si ritrovava sola, vedova e con cinque figli a carico.
– Per quello che può servire, signora, faremo di tutto affinché suo marito abbia giustizia.
– Grazie, commissario.
– E se dovesse trovare altre tracce, non esiti a chiamare subito in commissariato e chiedere di me. Senza perdere tempo con intermediazioni.
Maria Laura accennò un sorriso, il primo che Scipione le vedesse in viso da quando la conosceva. Due fossette le si disegnarono agli angoli della bocca.
– Certo, commissario. Mi scusi se ho messo in mezzo l'avvocato Ferrara, ma... mi sentivo in imbarazzo. Anche ora, venendo qui, mi pareva di avere tutti gli occhi addosso.

– Non si scusi. Non ha fatto nulla di male. La capisco perfettamente.

Scipione girò lo sguardo e si scontrò con quello di Filomena, che lo stava fissando. In un altro contesto, l'esperienza l'avrebbe portato a interpretarlo come una manifestazione d'interesse. Ma non poteva essere quello il caso.

– Signora, mi vuole dire qualcosa?

La donna si ritrasse appena.

– Niente, commissario. Riflettevo.

Maria Laura si alzò e la zia la seguí.

Scipione si rivolse ancora alla vedova Brancaforte.

– Sarebbe molto importante se lei riuscisse a trovare il secondo mazzo di chiavi della casa di San Corrado.

La donna cadde dalle nuvole.

– Ma perché, non ce li aveva tutti e due Gerardo?

– Finora ne abbiamo ritrovato uno soltanto. Se il secondo non venisse fuori, dovremmo ipotizzare che qualcuno l'abbia rubato.

– Lo cercherò oggi stesso, – disse Maria Laura, annuendo. – L'altro ce l'aveva in tasca mio marito?

– No. Era all'interno della villetta.

– All'interno della villetta? E che ci faceva?

Scipione capí che forse sarebbe stato giusto riferirle quello che avevano trovato. Senza eccedere nei dettagli, le raccontò il sopralluogo del giorno precedente.

La donna si sedette di nuovo.

– Ma allora vero è, che a quella se la portava in casa mia.

Era la prima volta che Scipione la sentiva definire *suo* qualcosa che apparteneva a lei e al marito. Forse l'oltraggio le era intollerabile.

Animata da nuovo vigore, Maria Laura si rialzò.

– Cercherò quelle chiavi.

Catalano accompagnò le due donne e tornò indietro. L'espressione sorniona suggeriva che volesse parlare ma fosse indeciso.
– Marescia', che è 'sta faccia? È successo qualcosa? – lo spronò Scipione.
Il maresciallo si sedette. – Ma niente, cose cosí. Voci.
– Arieccole, – disse il commissario. – E che dicono 'ste voci? Altre ipotesi di movente per l'omicidio di Brancaforte?
– No, commissario, in questo caso l'omicidio non c'entra.
– Ah, siamo nel campo del pettegolezzo puro.
– Sí.
– E allora faccia divertire pure me.
Catalano ridacchiò.
– Ma proprio a lei può interessare questa voce, commissario.
– Catala', me la vuole raccontare o no?
Il maresciallo si mise comodo.
– Ha visto poco fa donna Filomena Vizzini?
Scipione intuí al volo, ma finse di non capire.
– No. Che ha fatto?
– Ava', commissario, non è possibile che non lo notò.
– Che avrei dovuto notare, di preciso?
Catalano capí il gioco e si rassegnò a parlare.
– Gli occhi con cui la taliava, commissario. E non è manco la prima volta che capita.
– Perché, quand'era capitato? – Stavolta era sincero.
– A casa della Brancaforte, quando le si assittò accanto. È che lei era troppo impegnato con la vedova e la madre, e non se ne accorse. Ci mancava poco che le si stinnicchiava addosso.
Scipione si fece una risata.

– Non so che vuol dire *stinnicchiare*, ma piú o meno ho capito.

– Sdraiarsi, significa.

– Non credo proprio, maresciallo, – minimizzò Scipione. – Poi la signora c'avrà pure un'età –. Difficile da stabilire, per la verità, ma di sicuro sopra la quarantina.

– Ma cui, donna Filomena? Quarant'anni esatti ha.

– E lei come lo sa?

Catalano sghignazzò. – Voci.

– Di nuovo co' 'ste voci.

– Va bene. Diciamo che è una donna di cui si parla.

Scipione ebbe la conferma di quanto aveva già intuito sia dall'atteggiamento del maresciallo, sia da quello della signora.

– Quindi è una donna chiacchierata.

– Parecchio, commissario. C'è macari chi dice che si fa pagare.

– Addirittura? – si meravigliò Scipione.

– Ma infatti io non ci credo. Secondo me è solo una vedova senza figli a cui piacciono gli uomini e non si fa troppi problemi a portarseli a letto. Specialmente se sono piú giovani.

Scipione si sentí chiamato in causa.

– Ah, quindi secondo lei mi sta puntando? – Rise. Non gli sarebbe passato nemmeno per l'anticamera del cervello di verificarlo.

Catalano gli rise appresso.

– Non è che ce ne sono assai uomini come lei in giro a Noto, commissario.

– In che senso come me, Catala'?

– Eleganti, di bell'aspetto, simpatici.

– Grazie, maresciallo. Soprattutto per il simpatico.

– La verità è, commissario. Macari alla signora Corradina Verrazzo conquistò, naturalmente in modo diverso,

eh, – precisò. – A mia suocera le fece la testa tanta: quant'è signore questo commissario, quant'è elegante.
Scipione rise di nuovo.
Catalano si ricompose. – Vabbe', tornando alle cose serie, dobbiamo capire se questa Fina può essere la figlia di Cuticchio.
– Lei lo conosce?
– Cui, Mariano Cuticchio? Di vista. Uno di poche parole, ursigno. Non si vede mai in giro. È impiegato al comune, ufficio urbanistica.
– E la figlia? Con chi è sposata?
– Non lo so. Ma basta andare a controllare all'anagrafe.
– Mandiamoci subito qualcuno, allora.
Catalano sorrise.
– Subito, commissario? Il 26 dicembre è.
– Ah, già! – Quelle festività gli stavano scivolando addosso senza che nemmeno se ne accorgesse.
– Vediamo se ci riusciamo per altre vie.
– E quali sarebbero queste *altre vie*? – chiese Scipione.
– Le vie delle voci, commissario.

Scipione uscí dal suo ufficio, intenzionato a farsi un giro. Se non altro per sgranchirsi le gambe. Dato che non era necessario trattenere Catalano in commissariato, lo aveva spedito a pranzo dalla sua Anna. Doveva pensare a come cavarsela lui, piuttosto, che da giorni ormai o saltava il pranzo o finiva con un panino. Vincenzo Travina gli aveva detto che in città c'era una sola trattoria, ma il giorno di Santo Stefano con ogni probabilità era chiusa. Come chiusa sicuramente era la *Scorsonelli*, accanto al *Caffè Sicilia*, dove avrebbe potuto prendere un panino con la mortadella.
Girò per i corridoi, salutò la guardia di piantone, passò davanti alla centrale radio operativa: una stanzetta con

un tavolino e un apparecchio vetusto, dove si ricevevano le comunicazioni dalle auto in servizio. Scipione buttò un occhio lí dentro e si bloccò, sorpreso. Sulla sedia della guardia di turno c'era un ragazzino che non poteva avere piú di dieci anni.
– E tu chi sei?
Il bambino scattò in piedi, sull'attenti.
– Vasile Sebastiano, signor commissario.
– Che ci fai qua?
– Gli portai il pranzo a mio papà.
– Chi è tuo padre?
– Vasile Carmelo, guardia scelta. Oggi è in servizio alla centrale operativa.
Scipione sorrise. Quel ragazzino aveva il piglio del poliziotto.
– E dov'è?
– Doveva andare in bagno, – disse, piano.
– E ha lasciato te di piantone?
– Sí. Cosí se per caso qualcuno si metteva in comunicazione...
In quel momento la guardia scelta Vasile rientrò.
– Madre santa, commissario. Mi scusi, – disse, piú imbarazzato del figlio, che invece se ne stava tranquillo al cospetto di Macchiavelli. – Non capita mai, glielo assicuro. Questione di cinque minuti fu. Per non lasciare la postazione scoperta ci feci restare il bambino, ma ora se ne sta andando.
– Non si preoccupi, Vasile, non è successo niente, – lo tranquillizzò Scipione. – E tu, pischelle', vuoi fare la guardia pure te?
– No. Il commissario, – rispose il bambino, deciso.
– Fissato è! – disse il padre, con una punta di orgoglio.
– Bravo, Sebastiano, – disse Scipione scombinandogli i capelli, – studia, e diventa un bravissimo commissario.

Uscí sorridendo dalla stanza e imboccò le scale. L'unica possibilità che gli veniva in mente era rientrare dai Verrazzo, accettare l'invito a pranzo che ogni giorno Corradina gli rivolgeva e in caso di necessità attingere alle riserve di Corrado, che ne sarebbe stato ben lieto.

Prese la salita verso la piazza che, aveva scoperto, i netini avevano ribattezzato «piazzetta Ercole» in onore della statua di Ercole eretta sulla fontana all'interno del giardinetto. Mentre camminava incrociò Giovanni Gullo e Corrado Montefalco che scendevano in senso contrario.

– Commissario, buongiorno.
– Che fa in giro? – chiese Gullo.
– Esco momentaneamente dal lavoro. E voi?
– Stiamo andando a prendere un arancino, passiamo un poco di tempo e piú tardi aspettiamo degli amici per il primo spettacolo al cinema Benso, – e indicò un edificio di inizio secolo proprio là davanti.
– E dove andate, a prendere l'arancino? – chiese Scipione, con apparente noncuranza.
– Qua sopra.
– Tra un cinema e l'altro, – precisò Montefalco.
– Perché, a Noto c'è pure un altro cinema?
– Certo, laggiú all'angolo. L'Esperia.
– Vuole unirsi, commissario? Dànno *Matrimonio all'italiana* con la Loren, – gli propose Gullo.
– Per il film purtroppo no, ragazzi. Al massimo posso seguirvi per l'arancino.

Aveva risolto il pranzo. Il *Bar Tavola Calda* dov'erano diretti era un po' piú giú del commissariato, sul lato opposto. Il bancone era pieno di arancini, pizzette e calzoni fritti, e c'era un unico tavolino per sedersi.

I due ragazzi chiacchieravano senza sosta. Erano piú giovani di Vincenzo Travina, quindi parecchio piú giovani di Scipione. Studiavano a Catania, Gullo medicina e Montefalco ingegneria. Entrambi, Scipione riuscí a evincere dai discorsi, dovevano essere fidanzati.

– Commissario, ma qualche anteprima sulle indagini per l'omicidio di Brancaforte non ce la può raccontare? – chiese Montefalco.

– Ava', Corrado, che chiedi? Non lo sai che c'è il segreto istruttorio? – Gullo si voltò verso Scipione. – Vero, commissario?

– Vero.

– Ma se ne parla tutta la città... – obiettò Montefalco.

– Che c'entra, la città spettegola. Il commissario, se parla, parla quando le cose ormai sono definite. Vero, commissario?

Scipione sorrise.

– Vero anche questo.

– Comunque, commissario, le malelingue dànno per certo che ad ammazzare Brancaforte fu un marito geloso, – se ne uscí Montefalco, che piú che di ascoltare stava morendo dalla voglia di dire la sua in proposito.

– È una delle ipotesi, – disse Macchiavelli.

Gullo riportò il discorso in campo neutro, mentre Scipione finiva il secondo arancino e si scolava la mezza gazzosa che era rimasta. Guardò l'orologio: ridendo e scherzando s'erano fatte le due e mezzo. Si diede il tempo di una sigaretta e, un po' a malincuore, si alzò per lasciare quella compagnia che lo stava divertendo parecchio. Sbaragliando le strenue resistenze dei due ragazzi, che rivendicavano l'ospitalità, riuscí a pagare lui per tutti.

Li salutò e riprese la salita verso il commissariato.

Mantuso lo stava aspettando e di nuovo pareva su di giri.
– Commissario, abbiamo novità.

Scipione lo fece accomodare nella sua stanza, che a quell'ora ormai era piacevolmente tiepida.
– Raccontami tutto.
Il brigadiere si sedette.
– Prima notizia importante: abbiamo il bossolo.
Scipione si drizzò sulla sedia. Chissà perché, non ci sperava. – E dov'era?
– Nella camera da letto, in mezzo alle lenzuola.
– Quindi gli hanno sparato lí.
– Sicuramente sí. Il collega della squadra Scientifica ha trovato anche qualche traccia di sangue, per terra e tra le lenzuola. Domani ci dirà il gruppo sanguigno, ma io mi giocherei qualunque cosa che è lo stesso di Brancaforte.
– E pure io, Mantu'. La seconda notizia?
– La seconda notizia, che mi pare altrettanto importante, è che a detta del collega su entrambi i bicchieri ci sono impronte rilevabili. Il portasigarette è d'oro e contiene delle Marlboro.
– Chiederemo alla signora Brancaforte quali sigarette fumava suo marito. Quanto alle impronte, speriamo bene, cosí almeno avremo qualcosa da sbattere in faccia a Olivas.
– Terza notizia.
– Ce n'è una terza? Brigadie', non ti si può lasciare solo.
– C'era Giordano con me, veramente, – precisò Mantuso.
– Ah, già, dov'è Giordano?
– Mi sono permesso di portarmi avanti e l'ho spedito a Siracusa dal medico legale, a recuperare gli effetti personali di Brancaforte. Il maresciallo disse che l'autopsia la farà domani, ma che i vestiti potevamo averli prima. Ho chiamato l'ospedale Umberto I e ho avvertito che stavamo andando a prenderli.
– Bravo, Mantuso.
– Grazie, commissario.

- Allora, questa terza notizia?
- Ah, sí, la terza notizia: nella macchina di Brancaforte, nascosto sotto il sedile, c'era un fazzoletto da donna -. Lo tirò fuori sventolandolo.
- Be', potrebbe essere della moglie.
- Eh no, commissario, perché ci sono ricamate le iniziali e non sono le sue.
- E che iniziali sono?
Glielo mostrò. - SC, - lesse.
- Serafina Cuticchio, - disse subito Scipione.
Mantuso lo guardò sbalordito.
- Perché lei?
Il commissario gli raccontò del biglietto ritrovato da Maria Laura Brancaforte.
- Mizzica, ma allora veramente lei può essere.
Scipione lo guardò.
- Mantu', non è che per caso la conosci?
- Ma a chi, a Fina Cuticchio? Di vista, commissario.
- E sai con chi è sposata?
Mantuso si premette la tempia.
- Con chi si maritò? - Scosse il capo. - Mannaggia, eppure lo sapevo. Comunque saranno al massimo un paio d'anni che è sposata.
- E tu com'è che la conosci?
- Non è che la conosco proprio, commissario, so chi è.
- Vabbe', come mai sai chi è?
Il brigadiere fece un mezzo sorriso.
- Una cosí se la vedi non te la scordi. E poi abita dalle parti di casa mia.
- Quindi è pure bona.
- Bona proprio non direi, perché di faccia non è granché. Ma il resto... Porca miseria, possibile che non mi ricordo il nome del marito?

– E che fama ha? – chiese Scipione.
Mantuso ci rifletté.
– Vuole sapere se se ne parla male? No, non mi risulta. Anzi, a quanto ne so era una che non si lasciava avvicinare da nessuno. Perché?
– Perché se gli amanti fossero molti, il marito per vendicare l'onore dovrebbe compiere una strage. Il che mi sembra improbabile.
– Ha ragione. Quindi l'unico amante era Brancaforte.
– Presumibilmente.
In quel momento, satollo dei manicaretti di Annuzza – che solo lei sapeva come riusciva a cucinare con due picciriddi cosí piccoli – riemerse Catalano.
Scipione sintetizzò le grandi novità recate da Mantuso.
– Perciò ora sappiamo che tipo di pistola ha sparato e abbiamo la quasi certezza che l'amante sia la Cuticchio.
– Due piste aperte, – commentò Scipione. Perché la realtà, cruda, era quella. Le piste erano ancora due, e se per caso Olivas non avesse avuto una pistola, o se la pistola fosse stata diversa, due sarebbero rimaste.
– Maresciallo, ha controllato se Olivas possiede un'arma?
– Sí, controllai, commissario. Armi denunziate non ne risultano. Mentre confermo che risulta denunziata quella di Brancaforte.
– E questo complica ulteriormente la faccenda.
– Vediamo se domani riesco a farmi aprire gli uffici dell'anagrafe e scopro come si chiama il marito cornuto... scusi, commissario, il marito della Cuticchio. Cosí indagh... – non poté finire la frase.
– Zuccalà! – gridò Mantuso, eccitato.
Il commissario e il maresciallo lo guardarono perplessi.
– Zuccalà, il marito cornuto si chiama Zuccalà.

17.

L'unico Zuccalà presente nell'elenco telefonico che abitava vicino casa di Mantuso si chiamava Rosario. A Catalano bastò sentire la voce per capire che non poteva avere meno di settant'anni, idem la moglie che di nome faceva Corrada. Gli altri quattro erano sparsi per la città.
– Proviamo a chiamarli uno per uno, – disse Scipione.
Catalano eseguí, ma senza alcun risultato. Uno era scapolo, un altro vedovo, il terzo sposato con una certa Teresa. Il quarto suonava libero.
– Forse è questo, – ipotizzò Mantuso.
– Forse, – concordò Macchiavelli. – D'altra parte tu ricordi che abitava vicino casa tua da ragazza, non è detto che ci abiti anche da sposata.
– Io però l'ho incontrata, qualche volta.
– Magari andava a trovare i genitori. Cuticchio Mariano risulta vicino casa tua, – disse Catalano, indicando l'elenco telefonico.
– In tutti i modi, se domani mattina il maresciallo riesce ad andare all'anagrafe, scopriremo il nome di battesimo di Zuccalà e dov'è domiciliato, – concluse Scipione.
– Sí, me ne occupo io, – confermò Catalano.
Scipione allargò le mani.
– A questo punto, per oggi non abbiamo altro da fare. Attendiamo che Giordano torni con gli effetti personali di Brancaforte, poi ognuno a casa propria.

Mentre riepilogavano per l'ennesima volta gli indizi che avevano messo insieme, il vicebrigadiere bussò alla porta semiaperta.
– Permesso?
– Giordano, entra. Ti stavamo aspettando.
In mano non aveva niente.
– E i vestiti di Brancaforte? – chiese subito Mantuso.
– Li ho depositati di là, nella stanza dove conserviamo gli effetti personali. Tanto, l'unica cosa che mi pareva interessante era questa –. Tirò fuori dalla tasca un grosso mazzo di chiavi e lo consegnò al commissario.
Scipione se lo rigirò tra le mani, studiandolo da tutte le parti. Aprí il cassetto della scrivania e prese il mazzo trovato nella villetta. Li confrontò: nessuna chiave corrispondeva.
– Ecco, ora abbiamo la certezza che il secondo mazzo non ce l'aveva Brancaforte. Auguriamoci che la signora lo trovi, altrimenti dobbiamo immaginare davvero che qualcuno l'abbia rubato –. E l'impiccio sarebbe diventato triplo.

Scipione aveva appena spento la stufa e s'era infilato il cappotto, quando la guardia Spadaro fece capolino.
– Commissario, mi scusi. C'è una telefonata interurbana per lei.
Scipione ebbe un déjà-vu. No, non poteva essere.
– Chi è? – chiese.
– Avvocato Valentini, da Roma.
Rispose al telefono sorridendo.
– Scipio, sei tu?
– Primo, ancora due minuti e non mi avresti trovato.
– E vabbe', t'avrei chiamato all'altro numero.
– Che mi dici?
– Tutto confermato. Mi sono fatto dare le chiavi da tua madre, domani mattina io e Camilla partiamo. A occhio e

croce martedí sera dovremmo essere lí. Ci pensi tu a trovarci un albergo?

Un albergo. Scipione non ricordava nessuno che fino a quel momento avesse accennato alla presenza di un albergo a Noto.

– Vi trovo io una sistemazione, certo, – rispose, vago.

– Te? Come va l'indagine? Stai impelagato forte?

– Impelagatissimo, Pri'. Ma non ti preoccupare, il tempo per te lo trovo.

– Amico mio, lo sai che con me 'sti problemi non te li devi fa'. Se uno c'ha da lavorare, c'ha da lavorare. E poi che ne sai: magari in questi due giorni trovi l'assassino, e la questione è risolta.

Scipione sorrise. Riabbracciare Primo era una fortuna inattesa.

– Speriamo.

– Ci vediamo presto.

Stavano per chiudere quando a Scipione venne in mente un dettaglio importante.

– Primo! – chiamò, sperando che l'amico non avesse riagganciato.

– Dimmi.

– Portatevi appresso smoking e abito lungo, che a capodanno abbiamo una festa.

– Sí, lo so.

– E chi te l'ha detto?

– Secondo te?

Non c'era nemmeno bisogno di rispondere.

Sotto il commissariato c'era l'appuntato Baiunco, che stava entrando nella Millecento.

– Buonasera, Baiunco, – lo salutò. – Dov'era scomparso in questi giorni?

– Buonasera, commissario. Al mio paese me ne andai, per Natale.

Beato lui.

– Di dov'è lei?

– Di Petralia Soprana, – alzò il braccio come a indicare un posto lontano, – sulle Madonie.

Scipione non ricordava dove si trovassero le Madonie. Sapeva solo che erano delle montagne.

– Freddo?

– Assai. La neve ci fu!

– Dove sta andando? – chiese Scipione.

– A parcheggiare la macchina, il maresciallo disse ca non serviva piú.

Scipione valutò se anche quel pomeriggio gli andava davvero di tornarsene a piedi.

– Mi faccia il piacere, allora, prima di parcheggiare mi accompagni a casa.

– Subito, commissario! – scattò l'appuntato, e gli aprí lo sportello.

Cinque minuti dopo Macchiavelli era sotto la pensione. Tirò fuori le chiavi che Verrazzo gli aveva dato il giorno prima.

– Ciao, Scipione, – sentí una voce alle sue spalle.

Si voltò, ma non c'era nessuno.

– Qua sopra sono.

Alzò gli occhi e vide Vincenzo Travina affacciato al balcone.

– Ciao. Che fai là fuori?

– Mi godo una sigaretta. Dentro c'è talmente tanto fumo che non sento manco il sapore della mia.

– Addirittura.

– Non scherzo. Tra gli amici miei, quelli di mia sorella e quelli di mia mamma, un porto di mare pare 'sta casa, – rise. – E tu? Per oggi finisti?

– Sembrerebbe di sí.
– Perché non sali da noi allora?
– Adesso? – disse Scipione, incerto.
– Adesso, tra mezz'ora, quando vuoi. Tanto qua tutto il pomeriggio cosí è. Un salotto perpetuo. Ci sono anche i Marineo, che tu conosci.
L'incertezza svaní di colpo.
– Va bene, grazie. Il tempo di cambiarmi e arrivo.
Scipione entrò in casa, salí la rampa di scale e aprí la porta.
– Corrado, tu sei? – si udí dal soggiorno.
– No, signora.
La Verrazzo spuntò nel corridoio.
– Ah, lei è, commissario. Accussí presto? E come mai?
– Ogni tanto capita di finire prima pure ai commissari di Pubblica sicurezza.
– Veramente? Perciò acchiappò l'assassino? – fece Corradina, eccitata.
Scipione cercò di placarla.
– No, purtroppo siamo ancora lontani, – drammatizzò. Non sapeva quanto tempo ci sarebbe voluto, ma di sicuro la cattura dell'assassino di Brancaforte non era imminente.
Corradina sospirò, delusa.
– Certo, difficile dev'essere trovare un malvivente. Specialmente poi se è come si dice…
– Perché, come si dice? – chiese Scipione, divertito.
– Che il dottore Brancaforte, pace all'anima sua, s'ava misu cu 'na fimmina maritata e che fu il marito ad ammazzarlo.
– Ah. E sa pure chi è?
La signora lo guardò, spiazzata.
– Cui, io?

– Eh. Dice che si sa di questo marito che l'avrebbe ammazzato. Se me lo riferisce, io mi risparmio il lavoro di cercarlo, – la provocò, placido.
– Ma non è che mi dissero il nome, commissario, – precisò la signora, perplessa.
– Ah, ecco. Mi pareva strano.
Corradina lo guardò esitante. Poi sputò il rospo.
– Però, pare che la fimmina in questione sia giovane assai. 'Na carusa. Capace che manco maritata era, e che ad ammazzarlo di conseguenza fu un padre e non un marito.
Scipione annotò mentalmente quel dettaglio, il primo utile fornitogli dalla signora Verrazzo. Che Fina fosse sposata era un dato certo, ma non era detto che non potesse entrarci anche il padre.
In quel momento si materializzò Verrazzo.
– Commissario, buonasera, – lo salutò, gioviale.
– Da dove arriva, Corrado?
– Non glielo posso dire, – si schermí, risolente.
– Perché?
– Perché provengo da una partita a carte. E vinsi per giunta, la bellezza di duemila e duecento lire.
Scipione sorrise.
– Gravissimo, mi toccherà multarla.
– Chiedo venia, – scherzò Verrazzo, avventandosi su una ciotola di torrone.
– Ne vuole, commissario?
Scipione ne accettò un pezzetto e sparí nella sua stanza.
Riemerse un quarto d'ora dopo, acchittato per il pomeriggio: giacca blu, pantaloni grigi, cravatta bordeaux, scarpe inglesi Oxford.
– Si cambiò, commissario. Che sta uscendo? – s'impicciò subito Corradina.
– Sí, esco.

– Vero, e dove va?
Verrazzo stavolta non ebbe nemmeno bisogno di parlare. Si piazzò accanto a Macchiavelli, guardandola storto. La donna capí. Salutò e se ne tornò davanti alla televisione.
– Si ripigli le chiavi, commissario, – disse Corrado. – Sono appizzate al chiodo, accanto alla porta. La cena gliela lasciamo in caldo.
– Grazie, Corrado, a piú tardi.
Scipione recuperò le chiavi e uscí.
Nascosta dietro la tenda, il naso attaccato ai vetri, Corradina lo seguí con sguardo curioso finché non lo vide davanti al portone del palazzo di fronte.
– Dal marchese Travina andò.

Per la prima volta da quando era arrivato a Noto, Scipione non soffrí nel togliersi il cappotto all'interno di un ambiente chiuso. Il palazzo dei Travina, un capolavoro del Settecento, come il commissario avrebbe scoperto di lí a poco dal marchese che ne era stato il fautore, era incredibilmente dotato di impianto di riscaldamento. Vincenzo lo guidò attraverso una serie di salotti collegati l'uno con l'altro, dai quali proveniva un misto di chiacchiericcio e di musica. I due piú grandi erano popolati da una ventina di persone, tra giovani e meno giovani, donne e uomini.
– Commissario, che piacere, – lo accolse il marchese Travina.
A Scipione sembrò di passare i dieci minuti successivi a stringere – o a baciare, a seconda del sesso e dell'età dell'altra persona – una moltitudine di mani.
– La principessa Eleonora Varzè di Sant'Angelo, – ci tenne a presentargli il marchese in persona.
– Principessa.
– Buonasera, commissario, è un piacere conoscerla.

Capelli grigi raccolti in uno chignon, occhi chiari diretti, sorriso affabile. Non nascondeva una certa curiosità nei suoi confronti.

– Lei è l'uomo del momento, qui a Noto. Lo sa?

– Addirittura, – si schermí Scipione. – Non credo di meritarne la qualifica.

– La merita eccome, invece. L'indagine di cui si sta occupando è la piú clamorosa e, mi permetta la franchezza, la piú tediosa che sia capitata a un funzionario nella sua posizione negli ultimi vent'anni.

Il commissario apprezzò l'assenza di mezze parole.

– Non è molto confortante, principessa, – scherzò.

– Eh, ma lei ha l'autorevolezza per tenerle testa.

Se qualcuno gli avesse detto che quella sarebbe stata l'impressione che i netini avrebbero avuto di lui, Scipione non ci avrebbe creduto.

Giulia Marineo se ne stava seduta su un divano nel salottino accanto, dov'erano gli amici di Vincenzo.

– Buonasera, commissario, – lo salutò col solito sorriso, la sigaretta tra le dita.

– Dottoressa.

– Vedo che sono riusciti a coinvolgerla nella mondanità netina.

– Vincenzo è stato cosí gentile da invitarmi, sí.

Era seduta accanto a una ragazza bionda piú giovane, che gli era stata appena presentata ma della quale Scipione aveva già cancellato il nome. L'altro lato del divano era libero. Lo Scipione Macchiavelli piú autentico ci si sarebbe fiondato senza esitazioni. La versione rammollita che da qualche giorno, e sempre in presenza della farmacista, lo aveva sostituito non osò farlo. Fu Vincenzo Travina, senza saperlo o con cognizione di causa, a toglierlo dall'impaccio.

– Accomodati, commissario, – lo pregò, trascinandosi via la ragazza bionda.

Giulia non si scompose e spostò la borsetta che occupava parte di quel posto. Scipione le si sedette accanto.

– Come va l'indagine, commissario? – chiese lei, abbassando leggermente la voce.

– Procede, dottoressa. Tra le *voci* della città.

– Chissà quante ne sentirò io in questi giorni. E credo che l'argomento sarà quello.

– Mi raccomando, se dovesse ascoltare qualcosa che ritiene possa essere importante...

Giulia non lo lasciò finire. – Non ha nemmeno bisogno di dirlo, commissario.

– Grazie, dottoressa.

Tirò fuori anche lui le sigarette e se ne accese una.

Dal giradischi, presidiato da Gullo e Montefalco insieme a due ragazze, arrivarono le prime note di *Roberta*.

– Bella canzone.

– Sa che ricordo benissimo quando Peppino di Capri e i suoi Rockers iniziarono la loro carriera? Suonavano nei night di via Veneto.

– Che lei frequentava molto?

Scipione si sentí preso in castagna. – Devo ammettere di sí.

Imperscrutabile, Giulia cambiò discorso.

– So che ha pranzato insieme a Gianni e Corrado oggi.

– Ho beneficiato della loro compagnia nella mia breve pausa arancino, – confermò Scipione, un sorrisetto a metà tra l'incredulo e il divertito. Non commentò la celerità con cui la notizia aveva fatto il giro della città. O quantomeno di quella parte di città nella quale i due ragazzi orbitavano.

Ma Giulia intuí ugualmente. Sorrise anche lei.

– Ha ragione, – disse, senza specificare a cosa si riferisse. Scipione si voltò.
– A che riguardo?
– A Noto non puoi mangiare nemmeno un arancino senza che la notizia diventi di pubblico dominio.
– Eh, ma io non l'avevo detto, – precisò il commissario.
– Davvero? – fece Giulia, fissandolo sorniona. Gli occhi le ridevano.
Scipione vi si perse per un attimo. Poi si ridiede subito un tono.
– Be', per alcuni versi ci sono anche dei vantaggi, – commentò.
– Ad esempio?
– Se tutti sanno tutto di tutti, prima o poi qualcuno che mi dia un'informazione utile per la mia indagine lo troverò.
Giulia lo fissò di nuovo, stavolta con partecipazione.
– Le auguro di riuscirci al piú presto, commissario.

Scipione uscí dalle due ore trascorse a palazzo Travina stordito come se frequentare salotti, anche parecchio piú affollati e variegati di quello, non fosse stato il pane quotidiano di cui s'era nutrito per anni. Anzi, a volerla dire tutta, rispetto a certi ambienti stravaganti in cui s'era ritrovato tante volte nella sua vita romana, casa dei Travina era un'oasi rilassante di piacevoli conversazioni. Nulla quindi poteva giustificare il senso di vaga insicurezza che lo accompagnò per il resto della serata. Nulla che non fosse riconducibile alla protratta vicinanza con Giulia Marineo. Dopo lunghe chiacchierate e dopo essere passati perfino a darsi del tu, Giulia era andata via appresso ai genitori senza allargare di mezzo centimetro il sorriso che gli riservava dal primo giorno.
Vincenzo era sceso giú insieme a lui.

– Commissario, spero che questo pomeriggio ti abbia distratto un po', – disse, vedendolo pensieroso.
– Non sai quanto, Vincenzo. Grazie.
– Certo, non possiamo competere con la capitale, ma questo passa il convento! – rise.
– E ora dove te ne vai?
– A tirare fuori la macchina per accompagnare a casa il dottore Lo Bianco e sua moglie, – rispose, con rassegnazione.
Due delle tante persone che il commissario aveva appena conosciuto e di cui aveva fatto fatica a memorizzare il nome.
– Abitano lontano?
– Ca quale, saranno sí e no duecento metri. Ma siccome c'è vento e la signora Luisa è cagionevole, mio padre mi chiese di accompagnarli in macchina.
In effetti, s'era alzato di nuovo il vento. Non fresco come il primo giorno, ma comunque fastidioso.
Il portiere aprí i battenti del portone e Vincenzo tirò fuori l'auto che era parcheggiata nel cortile. Una Lancia Appia blu. In attesa che i Lo Bianco comparissero, disquisirono se fosse meglio la berlina o il modello convertibile di Scipione, entrambi dispiaciuti che l'anno prima l'auto fosse andata fuori produzione. Rievocarono l'articolo d'addio che Ferruccio Bernabò, un noto giornalista, le aveva dedicato. Si salutarono quando il dottore e la signora s'erano già installati nell'auto.
Il commissario attraversò la strada ed entrò nel portoncino della pensione.
I Verrazzo erano piazzati come ogni sera nel soggiorno fornito di stufa, lei davanti al televisore, lui in poltrona con un libro in mano.
La signora stava per alzarsi. – Commissario, le porto la cena, – ma il marito la anticipò. – Lascia stare, Corradina, ci penso io, che ora ora cominciò l'episodio.

La donna non se lo fece ripetere. Si aggiustò il plaid sulle gambe e si rimise comoda.

– A mia moglie piace assai la Pavone. Stasera c'è il secondo episodio del *Giornalino di Gian Burrasca*, – raccontò Corrado, mentre lo accompagnava in sala da pranzo.

– E lei non lo vede?

– Io aspetto le dieci, che comincia *Specchio segreto*.

La tavola era apparecchiata per una sola persona, segno che l'altro pensionante non era ancora tornato.

– Corrado, ma potevo cenare in cucina.

– Ma che fa, scherza, commissario?

L'uomo sollevò un piatto che ne copriva un altro posizionato sotto: conteneva una porzione per due di pasta condita con un sugo scuro.

– Ieri lei disse che non mangiava un piatto di pastasciutta da giorni, perciò stasera Corradina pensò bene di cucinargliela.

Dal tono non si capiva se Scipione dovesse esserne contento o pentirsi di aver parlato. Avrebbe scommesso che Verrazzo non sarebbe mai stato esplicito in proposito. Non restava che sedersi e provare. Al primo maccherone, scotto e senza sale, Corrado iniziò con la sua pantomima.

– Bih, che m'ero scordato, – partí e tornò con un salame in una mano, un piatto nell'altra e il cestino del pane appeso al polso.

– Giusto giusto stamattina venne a trovarci mio cugino di Enna e ci portò tutto 'sto ben di Dio. Questo pecorino non se lo deve perdere, si chiama Piacentino, è fatto con lo zafferano. E qua, – prese in mano una sorta di cono di legno, – abbiamo una cavagna di ricotta freschissima.

Scipione mandò giú altri due maccheroni, per buona creanza, poi capitolò e si buttò sulla *cavagna*.

18.

Scipione si svegliò di soprassalto, stordito dal suono delle campane. S'avvicinò al balcone e tese l'orecchio per capire da quale delle decine di campanili provenisse, e si rese conto che doveva essere piú di uno. Intirizzito dal freddo della stanza, che durante la notte non beneficiava nemmeno della stufetta per evitare il rischio d'incendio che quell'arnese avrebbe potuto provocare, si rinfilò a letto. Si rannicchiò di lato, le mani in mezzo alle ginocchia, il naso sotto le coperte, e si riaddormentò. Alle sette e un quarto, un urlo proveniente dall'interno della casa lo fece sobbalzare per la seconda volta. Saltò in piedi, si avvolse nella vestaglia, stringendo la cintura piú che poteva per non disperdere il calore, e uscí dalla stanza. Un odore pungente di caffè bruciato aveva invaso il corridoio.

– Matri Santa, chi cumminai! – si lamentava Corradina, carponi sul pavimento della cucina, accanto a una pozza di liquido scuro. La moka da otto tazze con cui ogni mattina la donna metteva a dura prova il palato del commissario giaceva riversa dall'altro lato della pozza.

– Signora Corradina, che succede? Si è fatta male? – accorse, inginocchiandosi accanto a lei.

– No, commissario, non si preoccupi, – assicurò, brandendo lo straccio intriso di caffè come un'arma.

Scipione schivò uno schizzo che stava per colpirlo in faccia.

– Non si è ustionata?
– No, no, nenti mi fici. Solo bruciai la caffettiera –. Uní le mani, battendole. – E ora come glielo preparo il caffè?
– Lasci perdere il caffè, posso prenderlo al bar. L'importante è che lei stia bene, – afferrò un altro straccio che era lí per terra e iniziò ad aiutarla.
– Ma no, commissario, si susisse, che s'allurdía tutto il pigiama.
Scipione la costrinse ad alzarsi insieme a lui.
– Dov'è Corrado? – chiese.
– Uscí un momento per andare a pigliare il pane.
– I panifici sono aperti di domenica?
– Nonsi. Difatti dovette pigliare la macchina e andare direttamente da Milina, che oggi disse che avrebbe sfornato pane di casa.
– Chi è Milina?
– Una fimmina che abita un poco fuori Noto, in campagna. Ha un forno a legna e ogni tanto la domenica sforna il pane.
Chissà con quale solerzia Verrazzo accorreva ogni volta che quella Milina sfornava.
– E ora che le do per colazione? – recriminò Corradina, con grandi scuotimenti di testa.
Il commissario la convinse che gli bastavano un paio di biscotti, ma la donna insisté che non poteva andare bene. S'accordarono per una tazza di tè, che Verrazzo teneva gelosamente custodito in un armadietto «perché certe volte il caffè gli faceva male allo stomaco».
Infine Scipione tornò nella sua stanza e un quarto d'ora dopo era fuori.

La mattina passò alla ricerca di notizie sul marito di Serafina Cuticchio. Catalano riuscí ad accedere all'ufficio anagrafe, nonostante fosse domenica, e scoprí che si chiamava Stefano. E Stefano si chiamava pure l'unico Zuccalà il cui telefono continuava a squillare a vuoto.

– Andiamo a cercarlo a casa, – propose Mantuso.

Scipione concordò.

– Sí, credo sia l'unico modo. Giordano, tu resta qui ad aspettare notizie dalla squadra Scientifica. Dovrebbero chiamare per comunicarci con quale arma è stato ucciso Brancaforte. Speriamo che abbiano qualche risposta anche sul contenuto del sacchetto per il quale ieri hai rischiato di sfregiarti –. Il vicebrigadiere aveva confessato di essersi graffiato il braccio con i rovi.

– Agli ordini, commissario.

Per essere meno riconoscibili, Scipione volle che uscissero con la Millecento civetta, che era parcheggiata pochi metri piú giú davanti alla chiesa di Santa Maria della Rotonda.

– Evitiamo di scatenare le chiacchiere del quartiere, che in un attimo potrebbero dilagare in tutta la città. In giro si parla di una presunta amante di Brancaforte, ma non credo si sappia di chi si tratta.

Catalano sorrise.

– Commissario, gliela posso dire una cosa?

– Prego.

– Per i ragionamenti che fa, pare che sta a Noto da anni. Invece fino alla settimana scorsa viveva a Roma.

– Non si lasci ingannare, Catala'. Roma è una città immensa, dispersiva, ma quando entri in un giro in cui si conoscono tutti le dinamiche umane sono uguali a quelle di qualunque altro posto. E quelle di Noto non sono poi cosí difficili da capire. Se si sparge la voce che la Pubblica sicurezza è andata a bussare alla porta di Zuccalà in un momento in cui si indaga per un omicidio potenzialmente passionale, considerato che la moglie è anche di bell'aspetto, si scatena un putiferio di pettegolezzi. E noi non sappiamo nemmeno se Serafina fosse davvero la donna di Brancaforte.

– Commissario, lei è un signore, – sentenziò Mantuso dal sedile posteriore.

Al citofono di Zuccalà non rispondeva nessuno. Era una casa singola, piccola ma su due piani, costruita di recente in un quartiere periferico. Il piano di sopra non era intonacato, eppure il balconcino era pieno di piante. Era un po' defilata rispetto alle altre case, tutte all'incirca della stessa epoca, sebbene fossero costruzioni eterogenee. Alcune avevano intere porzioni non ancora ultimate, ma sembravano già abitate.

– Niente, non ci sono, – disse Catalano, rassegnato, rientrando in auto.

Scipione rifletté. Anche a non voler pensare male, era difficile credere che fosse una coincidenza.

– Andiamo dal padre della Cuticchio, – risolse.

– Preferisce andarci? Altrimenti lo convochiamo, – propose Catalano.

– No, maresciallo, è meglio coglierlo di sorpresa.

– Ragione ha. La reazione del padre può dirci molte cose.

Catalano fece inversione di marcia e tornò verso il centro.

– A occhio non sembra che Zuccalà viva lí da molto tempo. Dev'essersi trasferito dopo il matrimonio con Serafina, – osservò Scipione.

– Da che cosa lo deduce? – chiese Catalano.

– Be', mezza casa non è nemmeno intonacata.

– Questo non è indicativo, commissario. Ci sono case che restano cosí per anni, – intervenne Mantuso.

– Ma dici davvero?

– Dovrebbe venire nella mia città, Gela: interi quartieri sono combinati in quel modo.
– E perché?
– Mah, credo per vari motivi. In alcuni casi semplicemente perché finirono i soldi. Altri si portano avanti col lavoro per i figli, tirano su i pilastri dei piani superiori e cosí li lasciano. E poi ci sono chiddi ca se ne infischiano proprio.
– E secondo lei Zuccalà a che categoria appartiene?
– Considerato che il piano di sotto l'intonacò, e che il piano di sopra è già costruito... probabilmente alla prima.
– Quelli che hanno finito i soldi.
– Può darsi.
Catalano guardava la strada, pensoso. D'un tratto si drizzò.
– Ah, commissario, mi stavo scordando di dirle una cosa. Stamattina controllai sul registro delle armi da detenzione se Zuccalà possiede una pistola. Trovai solo un fucile da caccia. Per sicurezza ricontrollai pure Ferdinando Olivas, e confermo che a nome suo non ci sono armi. Però ne risulta una detenuta dall'ingegnere Giacomo Paladino, il suocero di Olivas. Che risiede nella stessa abitazione. Una Beretta M951 Brigadier.
– Quindi una calibro 7,65, – disse Scipione.
– Sí.
– Vabbe', vediamo un po' che ci dice la squadra Scientifica in merito al bossolo.
Arrivarono nella parte alta della città, davanti a una stradina in cui un'auto non poteva entrare.
– La casa è in fondo alla vanedda, – indicò Mantuso.
Scesero solo il commissario e il maresciallo, e s'infilarono nel vicolo.
Al numero 4, accanto a un portoncino, su una targhetta con un pulsante era indicato il nome di Cuticchio.

Catalano premette il campanello.
– Cu è? – si sentí. La voce era femminile.
– Commissario Macchiavelli, signora, – rispose Scipione.
La porta si spalancò e comparve una donna sui cinquanta, tonda in viso e nel fisico, vestita di nero.
– La signora Cuticchio? – chiese Scipione.
La donna lo guardò incerta.
– Io sono, – confermò.
– Buonasera. Suo marito è in casa?
Cambiò espressione, di colpo sgomenta. – Ma perché, che fece?
– Niente, signora, non si preoccupi. Dobbiamo solo chiedervi alcune informazioni.
La Cuticchio annuí debolmente.
– Trasite –. Li fece passare in una stanza accanto all'ingresso. Indicò un tavolo con delle sedie. – Prego –. Poi, a gran voce, chiamò il marito.
Mariano Cuticchio spuntò subito. In pantofole, addosso un vecchio cardigan marrone su una camicia beige. Occhiali tondi di spessore non indifferente, capelli radi, grigi. Guardò Scipione sorpreso.
– Buonasera, sono il commissario Macchiavelli.
– Lo so. Buonasera –. Spostò gli occhi su Catalano. – Maresciallo Catalano, buonasera.
– Signor Cuticchio, dovremmo chiedervi alcune informazioni, – ripeté Scipione.
– Mi dica, signor commissario.
La moglie si mosse per andarsene.
– Resti pure, signora.
La donna fece dietro front, spaesata.
– Scusate se vi abbiamo disturbato, ma purtroppo non riusciamo a rintracciare vostra figlia, e vostro genero.
I due erano sempre piú sorpresi.

– Nostra figlia? – ripeté Cuticchio. – Ma veramente na 'stu momento nostra figlia si trova in continente.
– Ah, è in viaggio? – domandò Scipione, neutro.
– Sí, assieme a so' marito, si capisce. Andarono a fare visita a parenti di Stefano.
– E quando sono partiti?
– L'autru ieri, a sira.
– La sera del 25, quindi.
– Sissignore. Ma perché? Che successe a me' figghia? – Cuticchio si preoccupò.
Scipione decise di seguire la linea che s'era prefisso.
– Niente, stia tranquillo. Volevo solo mostrarle... – Aprí il fazzoletto che teneva in mano ripiegato. – Ecco, credo che sua figlia abbia smarrito questo. È suo?
Cuticchio chiese aiuto alla moglie, che rispose: – Sí, suo è, – poi, anche lei allarmata: – Ma perché ce l'ha lei?
Scipione la sparò come gli venne: – Crediamo che sia stato rubato. Avevamo bisogno di sapere se fosse di sua figlia –. Sbirciò di sfuggita Catalano, che non mosse un sopracciglio.
– Ah! E sí, sí, di Serafina è, – confermò la donna.
– Bene, – disse Scipione ripiegandolo. Già che c'era, tanto valeva giocarsi anche l'altra carta. Infilò la mano in tasca e tirò fuori l'orecchino trovato nel villino di Brancaforte. – E questo? Mi sa dire se è di sua figlia?
La signora Cuticchio lo guardò, incredula. – Chistu? Chino di pietre preziose? E unni l'av'a pigghiari me' figghia!

Scipione e Catalano evitarono di commentare finché non furono in auto.
– Mizzica, commissario, per poco non scoppiai a ridere, – disse il maresciallo. – Ma come le venne di dire che il fazzoletto e l'orecchino erano stati rubati?
– Non ne ho idea, maresciallo. Ho improvvisato.

Catalano sghignazzò. – L'attore pò fare, commissario.
– Se dovessi fallire come funzionario di Pubblica sicurezza terrò in considerazione la possibilità.
– Fallire? Lei? – Stavolta il maresciallo rise davvero.
– Impossibile.

Scipione si chiese di nuovo se tanta stima non fosse mal riposta. Era lui che passava per quello che non era agli occhi dei suoi uomini, o erano i suoi uomini a riconoscere in lui qualità di cui non sapeva di essere dotato?

– Scusate, ma di che furto state parlando? – s'intromise Mantuso, ignaro.

Catalano glielo spiegò. La reazione del brigadiere fu meno divertita ma piú pragmatica.

– Perciò l'orecchino che abbiamo trovato non può essere di Fina.

– Dipende, – obiettò Scipione.

– Da che cosa, commissario?

– Da come la leggi, – si voltò a guardare il brigadiere, che ascoltava attento. Catalano aveva la faccia troppo sorniona per non aver capito. Il commissario continuò: – L'unica informazione che abbiamo acquisito è che la madre non riconosce quell'orecchino come appartenente alla figlia. A questo punto però le alternative sono due: la prima è che l'orecchino non appartenga davvero alla figlia, la seconda è che Fina non abbia mostrato alla madre un gioiello che suo marito non si sarebbe mai potuto permettere di regalarle.

Mantuso s'illuminò.

– Ho capito: l'orecchino è suo, ma lei non lo porta in presenza della madre. Forse nemmeno del marito.

– Eliminerei il forse.

– Quindi, in questo caso, sarebbe un regalo di Brancaforte, – desunse Mantuso.

Catalano meditava e annuiva.
– A me i genitori parvero sinceri. Capace che la figlia gli disse per davvero che andava a trovare i parenti del marito.
– Sí, sono d'accordo, – disse Scipione. – Comunque domani è lunedí, Zuccalà dovrà pur tornare al lavoro.
– Sempre che ce l'abbia, un lavoro, – obiettò Catalano.
– Perché? Pensa che sia disoccupato?
– Chi lo sa. O magari lavora in proprio e non deve rendere conto a nessuno.
E anche questo era vero.
– Dobbiamo cercare di scoprire che mestiere fa.

Il vicebrigadiere Giordano aspettava trepidante il ritorno dei superiori seduto nell'ufficio che condivideva con quattro colleghi, tra guardie e guardie scelte.
Appena vide passare Macchiavelli e gli altri due scattò nel corridoio.
– Commissario!
Scipione si bloccò davanti alla porta della sua stanza.
– Giorda', che è successo?
Il ragazzo li raggiunse.
– Abbiamo novità, – comunicò, trionfante.
Scipione aprí la porta quasi elettrizzato. Stai a vedere che finalmente avevano qualcosa di concreto in mano.
– Venite, – disse entrando. Abbandonò il cappotto sull'appendiabiti e si sedette alla scrivania.
I tre uomini si piazzarono sulle sedie, che ormai lasciavano sempre nella stessa posizione. – Avanti, Giordano, che ti hanno detto i colleghi della Scientifica? – lo spronò il commissario.
Il vicebrigadiere, per non sbagliare, s'era scritto tutto.
– Allora, innanzitutto il risultato del bossolo: il colpo è stato sparato da una pistola calibro 7,65.

Catalano e Macchiavelli alzarono gli occhi e si guardarono. Il ragazzo si bloccò.
– Prosegui, Giordano, – disse Scipione.
– Sí. In un angolo di uno dei due bicchieri, che dovrebbe corrispondere al punto in cui lo si afferra quando si beve, c'è un'impronta quasi sovrapponibile a quella della vittima. All'interno del portasigarette invece, poco visibili, sono incise delle iniziali: GB. Il mozzicone di sigaretta è di una Marlboro. Infine la cravatta era macchiata veramente di sangue, ma il gruppo sanguigno non è lo stesso di Brancaforte. Coincide invece con il suo quello delle tracce trovate in casa.

Scipione si meravigliò. Il sangue sulla cravatta era stato una mezza idea che non sapeva nemmeno da dove gli fosse venuta.

– In poche parole: il principale indiziato è Ferdinando Olivas, – sintetizzò Catalano.

Il commissario allargò le braccia.
– Al momento direi di sí, maresciallo.
– Che facciamo, commissario? – chiese Mantuso.
Scipione prese tempo col solito sistema della sigaretta.
– Allora, ragioniamo, – attaccò. – Gli indizi, mi pare chiaro, sono tutti a carico di Olivas, e su questo non c'è niente da dire. Ma finché non siamo sicuri che sia la Beretta detenuta dal suocero ad aver sparato a Brancaforte non abbiamo nessuna prova concreta. L'unica possibilità che abbiamo è presentarci a casa sua a sorpresa, farci chiarire una per una tutte le panzane che ci ha raccontato e farci consegnare la pistola da Paladino. Se l'arma ha sparato di recente, la questione per noi finisce qui.

– Chiarissimo, commissario.
Scipione guardò l'orologio: era l'una meno dieci. Il sostituto procuratore Termini aveva detto che la domenica

sarebbe stato rintracciabile tutto il giorno al numero di casa. Tirò fuori dalla tasca l'agendina telefonica in cui l'aveva segnato. Alzò la cornetta e chiese la linea esterna. Compose il numero e attese. Comunicò il suo nome alla persona che gli rispose – una donna – e attese di nuovo.
– Commissario Macchiavelli.
– Dottor Termini, mi scusi per l'ora, ma avrei delle novità importanti.
– Certo, mi dica.
Scipione riferí i nuovi sviluppi.
Termini sembrava non avere piú dubbi.
– Era l'ipotesi piú probabile, Macchiavelli.
Scipione, nonostante tutto, non si sentiva cosí convinto.
– Be', dobbiamo prima controllare se la pistola del suocero ha sparato di recente.
– Vedrà che ha sparato. O che non si troverà neppure. Considerato che l'Olivas ha già tentato di occultare delle prove, chissà dove avrà fatto finire l'arma del delitto.
– Lo scopriremo molto presto.
– Mi tenga aggiornato. In ogni caso, sono d'accordo con lei che è piú opportuno andare a trovarlo a casa piuttosto che convocarlo in commissariato, dandogli il tempo di organizzarsi come vuole.
– Qualora la pistola non venisse fuori, o comunque in attesa che ci dicano se ha sparato o no, io non abbandonerei del tutto la pista di Zuccalà. Lascerei perdere per adesso tutti gli altri nomi che abbiamo trovato nel quaderno di Brancaforte.
– Faccia come crede, commissario, ma consideri che non abbiamo nessun indizio che ci porti su quella strada, se non un paio di lettere anonime e un letto disfatto nella stanza in cui Brancaforte è stato ucciso. Un orecchino, che però la madre della ragazza non ha riconosciuto. Un

po' poco. Anche la partenza di quei due può non essere collegata. Qui invece gli indizi mi sembrano parecchi. Sono quasi prove indiziarie, oserei dire.

E anche questo era innegabile.

Quando riattaccò, Scipione era piú confuso di prima. Era come se la sicurezza del magistrato avesse avuto il potere di indebolire ulteriormente le sue già labili convinzioni. Forse perché stavolta nei confronti di Olivas avrebbe dovuto muovere delle accuse precise, con tanto di perquisizione, gli era presa un'ansia che stentava a mascherare.

I tre uomini erano lí davanti a lui, in diligente e silenziosa attesa.

– Mi dispiace, maresciallo, mi sa che oggi tarderà per il pranzo.

– Commissario, oggi il pranzo lo facciamo dopo tutti insieme. Annuzza lo sa che posso anche non rientrare, pure se è domenica. Piuttosto a quest'ora Olivas sarà sicuramente in casa. Conviene che ci muoviamo subito.

Scipione si alzò in piedi. – Andiamo.

Ferdinando Olivas era seduto al desco della domenica con l'intera famiglia, futuro genero e futuri consuoceri compresi. A dimostrazione dell'autorità che evidentemente ancora deteneva all'interno della famiglia, l'ingegner Giacomo Paladino se ne stava a capotavola, impettito su una sorta di trono in broccato con tanto di braccioli.

L'accoglienza che Olivas riservò a Macchiavelli e ai suoi uomini, e ancor piú alla domestica che aveva semplicemente eseguito quanto richiesto dal commissario, rasentò la maleducazione. Li fece entrare in una stanza adiacente alla sala da pranzo e si chiuse alle spalle una porta scorrevole.

– Commissario, lei non sa contro chi si sta mettendo, – partí, diretto.
Catalano stava per scattare, ma Scipione lo frenò.
– Signor Olivas, forse è lei a non aver capito contro chi si è già messo.
– Ah, certo. E contro chi? Lei?
Il commissario si trattenne a stento dal prenderlo per il bavero e sbatterlo contro il muro.
– No, Olivas, io sono solo un funzionario di Pubblica sicurezza. Il mio compito è trovare le prove dei reati che lei ha commesso. Poi se la vedrà con la procura, e con tutto quello che lei ha combinato non credo che sarà molto clemente.
Olivas ebbe un attimo di smarrimento, ma si riprese subito.
– Di che reati sta parlando?
Scipione non gli rispose, si limitò a fissarlo.
– Allora, ricominciamo daccapo: il giorno 19 dicembre a mezzogiorno lei aveva un appuntamento con il dottor Brancaforte, nella sua casa di San Corrado di Fuori. Si è o non si è presentato il dottore all'appuntamento?
– Le ho già risposto che non venne.
– Olivas, non mi faccia perdere la pazienza.
– Se le ho detto che non venne...
– Vuole spiegarmi allora come mai il portasigarette d'oro di Brancaforte si trovava in casa sua?
Olivas sbiancò. Vacillando cercò il bracciolo di una poltrona e vi si sedette.
– Non... non capisco di che cosa stia parlando.
– No? Glielo spiego io. Sto parlando di un portasigarette d'oro, con le iniziali di Brancaforte incise, che lei due sere fa ha infilato in un sacchetto insieme a due bicchieri, a un posacenere con un mozzicone di sigaretta – guarda

caso della marca che fumava Brancaforte – e una sua cravatta sporca di sangue. Sacchetto di cui si è sbarazzato gettandolo giú dal muretto della strada che porta all'Eremo.

Olivas lo fissava sbigottito, il pallore ormai cadaverico.

– E lei come lo sa che io... – tentò di attaccare, ma le facce dure di Macchiavelli e di Catalano lo inibirono.

Inghiottí piú volte.

– Va bene, lo ammetto. Brancaforte quel sabato venne all'appuntamento a casa mia. Discutemmo animatamente sui soldi che dovevo ridargli e che al momento non avevo. Gli offrii del vermouth, lui fumò una sigaretta, ma si vedeva che aveva premura. Tanto che al momento di andarsene si dimenticò perfino il portasigarette. Quando si seppe che l'avevate ritrovato morto ammazzato, mi prese il panico. Già eravate venuti a cercarmi una volta, e vi avevo detto che non l'avevo visto, se aveste trovato le sue cose e le sue impronte... Cosí decisi di liberarmene. Ma questo è quanto.

– Perché ha gettato via la cravatta?

– Perché l'avevo sporcata di sangue e temevo poteste pensare che fosse di Brancaforte.

– La minacciava? – chiese Scipione, a bruciapelo.

– Chi?

– Brancaforte.

– No, per carità, – rispose subito Olivas.

– E per i soldi com'eravate rimasti?

– Che avevo bisogno di piú tempo.

– E lui gliel'accordò?

– Sí.

– Con che auto era venuto Brancaforte? – chiese Scipione. La domanda spiazzò Olivas, che lo guardò incerto.

– Con che auto... – Ci pensò. – Mi pare con una Giulietta.

– E dove l'aveva parcheggiata?

– Dove avrebbe dovuto parcheggiarla? Davanti al cancello della mia villa.
– Ne è certo?
L'uomo tentennò.
– Sí... no... non ci giurerei.
– Continui.
– Non ho nient'altro da dire. Brancaforte se ne andò e io tornai a Noto. Come le dissi già una volta, mi fermai al *Caffè Sicilia*. Può chiedere alle persone che incontrai.
– Dunque vuole dirmi che lei non seguí Brancaforte fino al suo villino, – disse Scipione, l'aria volutamente dubbiosa.
– Io? E perché avrei dovuto seguirlo?
Scipione rimase in silenzio. Poi riprese.
– Sa, Olivas, in realtà potrebbe essere anche andata in modo diverso da come ci ha appena raccontato lei.
– Diverso... come?
– Mah, per esempio Brancaforte potrebbe averla minacciata. Allora lei l'ha seguito, ha visto che si infilava nel suo villino, ha aspettato che entrasse, ha bussato e quando Brancaforte le ha aperto gli ha puntato una pistola. Lui è scappato, lei l'ha raggiunto in camera da letto e gli ha sparato un colpo dritto in fronte.
– Ma che sta dicendo? Quale pistola? Io non possiedo pistole, – si difese, alzando la voce.
– Lei no, ma suo suocero sí. E, purtroppo per lei, ha esattamente lo stesso calibro di quella che ha sparato a Brancaforte. Una 7,65.
Olivas aprí e chiuse la bocca annaspando in cerca di aria.
– Io non ho mai toccato la pistola di mio suocero. Non ho mai sparato, – sfiatò.
Scipione allargò le mani.
– Be', non è difficile dimostrarlo. Favorisca per piacere la pistola in questione.

– Io... non lo so dov'è. Bisogna chiedere a mio suocero.
– Lo chiami, allora.
Sul viso di Olivas si dipinse un terrore autentico.
– Non vorrete mettere in mezzo mio suocero?
– Qualcuno dovrà pur consegnarci l'arma. Se lei dichiara di non sapere dove si trova, non ci resta che chiederla al legittimo proprietario. Non crede?
L'uomo si alzò lentamente, con fatica. Andò verso la porta scorrevole e la aprí.
– Papà, se potessi venire un attimo di là, – domandò, quasi prostrato.
Il rumore del bastone puntato per terra a ogni passo indicò a Scipione che l'ingegner Paladino si stava avvicinando. L'uomo entrò nella stanza dove Olivas li aveva fatti accomodare, se cosí si poteva dire, e si guardò intorno.
– Ma al buio li ricevesti, i signori? – disse, sdegnato.
La luce che filtrava dalle finestre, con i tendaggi parzialmente chiusi, in effetti non era molta. Olivas s'affrettò ad accendere un lampadario centrale.
– Buonasera, commissario, – salutò Paladino, cortese come la prima volta che s'erano incontrati. Con un cenno salutò anche gli altri tre.
– Buonasera, ingegnere, – rispose Macchiavelli.
– Mi dica pure. In che cosa posso esserle utile?
A Scipione quasi dispiacque di dover comunicare a quell'uomo, cosí signorile, che la sua arma regolarmente dichiarata doveva essere sequestrata dall'autorità giudiziaria.
L'ingegnere non fece una piega.
– Certo. Venga con me, commissario, – disse, rivolgendo al genero uno sguardo tra il disgustato e il rassegnato.
Precedette Scipione lungo un corridoio ed entrò in uno studio diverso da quello in cui Olivas li aveva ricevuti la prima volta. Piú piccolo ma piú elegantemente arredato,

con due intere pareti occupate da libri e oggetti vari sparsi sui ripiani. Un mappamondo antico, un vecchio telescopio, un modellino di nave a vela. Si sedette alla scrivania e aprí un cassetto laterale. Lo fissò, impietrito.

– E dov'è? – disse, alzando gli occhi sul commissario.
– Le assicuro che è sempre stata qua.
– Potrebbe averla spostata qualcuno a sua insaputa? – chiese Scipione.
– Nessuno sa che la tengo qui. O almeno, – gli sfuggí una smorfia, – cosí credo.

Scipione dovette riconoscere che il sostituto procuratore aveva ragione. La probabilità che l'avesse fatta sparire Olivas era alta.

Paladino ricontrollò il cassetto, tirò fuori una busta.
– Possono servirle i proiettili? Non so, per il calibro.
– No, ingegnere, grazie. Conosciamo già il calibro del proiettile in questione.
– 7,65, immagino.
– Già.

L'uomo si rialzò, puntandosi sul bastone. Sospirò, amareggiato.
– Di che cosa è sospettato? – chiese, senza enunciare il soggetto.
– Omicidio. Volontario, temo.

Paladino ebbe una specie di sussulto.
– Gerardo Brancaforte? – domandò in un soffio.
– Sí.
– Oh, mamma mia. Mamma mia –. Scosse il capo, sconvolto.

Scipione non sapeva quali parole usare per infliggergli quello che sarebbe stato un colpo ulteriore.
– Ingegnere, mi dispiace ma purtroppo sarò costretto a far perquisire l'abitazione dai miei uomini.

L'uomo annuí debolmente.
– Certo, commissario.
Uscirono dalla stanza. Camminandogli al fianco, Scipione ebbe l'impressione che Paladino si trascinasse di piú.
– Si sente bene, ingegnere?
– Sí, sí. Non si preoccupi, – assicurò lui. Prima di raggiungere il salottino in cui Olivas attendeva insieme ai tre poliziotti si fermò. – Commissario, c'è anche solo una possibilità che vi siate sbagliati? Mio genero è un pane perso, capace di sperperare un patrimonio intero. Me ne accorsi quando oramai era troppo tardi, era già il marito di mia figlia e il padre di mia nipote. Per fortuna questa casa e il grosso delle proprietà erano ancora sotto il mio controllo. Che si fosse fatto prestare soldi da quell'usuraio di Brancaforte lo sospettavo da tempo, ma da qui ad ammazzarlo...
Scipione decise di essere franco. – L'unico modo per scoprirlo è ritrovare quella pistola. Se dovessimo appurare che non ha sparato di recente, il sospetto cadrebbe.
– Per quello che può servire, posso assicurarvi che in mano mia non spara un colpo dal 1958. L'ultima volta che andai in un poligono.

19.

Mantuso, Giordano e Catalano rivoltarono la casa di Paladino da cima a fondo. Della pistola nessuna traccia. Olivas continuava a sostenere di non averla mai vista. La moglie, che aveva pianto ininterrottamente per la vergogna, assicurava che nessuno potesse averla toccata. La figlia se ne stava seduta accanto al nonno, gli occhi arrossati persi nel vuoto. Il fidanzato se l'era data a gambe con i genitori appena aveva capito l'antifona, e ora di certo la ragazza si stava chiedendo se mai sarebbe tornato.
Scipione comunicò a Olivas che da quel momento non avrebbe potuto lasciare la città. E che probabilmente sarebbe stato convocato in procura per un interrogatorio formale al piú tardi l'indomani.
Risalirono in auto intorno alle cinque del pomeriggio.
Il primo a rompere il silenzio fu Catalano.
– Lei che ne pensa, commissario?
– Che se Olivas è stato cosí idiota da liberarsi della pistola come fece con le altre prove, difficilmente la troveremo.
– Ma se se ne liberò, significa che aveva sparato, – intervenne Giordano dal sedile posteriore che divideva con Mantuso.
– Non è detto, Giordano, – rispose Scipione, che intanto era immerso nei suoi pensieri.

– Scusi, commissario, ma anche a me pare l'ipotesi piú probabile, – disse Catalano.
– Certo, maresciallo. Però dobbiamo esplorare tutte le piste possibili –. Si fermò. I tre rimasero in attesa. – Poniamo il caso che Olivas abbia detto la verità, e che si sia voluto liberare di quegli oggetti solo per paura. Se avesse seguito lo stesso ragionamento con la pistola? Il fatto che Brancaforte fosse stato ucciso con un colpo d'arma da fuoco, mi ci giocherei qualunque cosa, a Noto si sarà diffuso in un paio d'ore. Lui era probabilmente l'ultima persona ad averlo incontrato, ed era quello che noi avevamo cercato per primo per via dell'appuntamento. Potrebbe essersi fatto prendere dal panico e aver deciso di eliminare l'unica arma riconducibile a lui –. Si prese un'altra pausa. – Oppure, com'è piú lineare pensare, l'ha ucciso e ha fatto sparire l'arma. Sono certo che sarà questa la linea che Termini sposerà.
– Pensa che potrebbe farlo arrestare?
– Senza una prova certa in mano, non credo. Ci chiederà di indagare per cercarla.
– Quando andiamo a perquisire la casa di San Corrado? – chiese Mantuso.
– Domani mattina.
– E con Zuccalà, che facciamo?
– Continuiamo a stargli addosso. Non possiamo permetterci di ignorare una pista che al momento è ancora aperta. Anzi, fate il piacere, ragazzi: appena torniamo in commissariato prendete la Millecento blu, vi andate a piazzare davanti a casa di Zuccalà e la sorvegliate. Prima o poi 'sti due rientreranno.
– Agli ordini, commissario, – rispose Mantuso. Non era entusiasta, e si vedeva.
– Ovviamente prima mangiate qualcosa, che siete digiuni da stamattina.

– Alla fine il pranzo lo saltammo proprio, eh, commissario, – fece Catalano.
Scipione allargò le braccia. – Non è una novità.

Alla tavola calda vicino al commissariato c'era un po' di gente. Scipione fece due conti e capí che doveva essere un momento di intervallo tra le proiezioni dei cinema. Mantuso e Giordano recuperarono un paio di pizzette al volo e se le portarono appresso, mentre il commissario e Catalano si misero in fila. Non era passato che qualche minuto quando qualcuno lo chiamò.
– Commissario.
Voltandosi si ritrovò davanti i soliti Gullo e Montefalco.
– Buonasera, – lo salutarono.
Scipione sorrise. – Buonasera. Ma che state sempre qua voi?
– Stiamo aspettando gli amici per il cinema, e mentre ci siamo mangiamo qualcosa.
– Quale dei due cinema?
– Esperia, stavolta.
– E chi aspettate? – chiese, con nonchalance.
– Le ragazze e altre tre persone. Vuole unirsi? – lo invitò Gullo, come al solito.
– Mi piacerebbe, ma purtroppo sono in servizio.
– Mi dispiace. Se per caso dovesse finire in tempo, noi siamo là.
– Non credo sia cosí facile –. Poi non resisté. La prese alla larga. – E viene anche Vincenzo?
– No, stasera il gruppo dei piú grandi ha un invito a Siracusa.
Scipione non poté ignorare una fitta di gelosia. Qualcosa gli suggeriva che nel «gruppo dei piú grandi» fosse inclusa Giulia Marineo.

Catalano nel frattempo era riuscito a prendere due calzoni e due gazzose.

Scipione salutò i ragazzi, resistendo alla tentazione di indagare ulteriormente. Tanto, non sarebbe cambiato nulla. Peggio per lui che faceva domande inutili.

Rientrò in commissariato con il maresciallo, che lungo la strada s'era fatto fuori il calzone. Scipione sbocconcellò il suo mentre si preparava a richiamare il sostituto procuratore.

Come previsto, Termini era pressoché certo che l'arma fosse stata fatta sparire perché aveva sparato e non perse tempo.

– Domani mattina formalizzerò l'istruttoria.

Scipione tentò di far presente di nuovo che esisteva una seconda pista, ma Termini pragmaticamente non la riteneva la piú probabile.

– Sa già chi sarà il giudice istruttore? – chiese Scipione.

– Sí, se ne occuperà il giudice Santamaria.

Subito Scipione pensò al padre di Beppe, poi si rese conto che non poteva essere lui. Il giudice Santamaria senior era in pensione da qualche anno e aveva concluso la carriera da presidente del tribunale. Restava una sola possibilità. Ma addirittura giudice istruttore?

– Giuseppe Santamaria? – chiese.

– Sí. Lo conosce?

«Ehhh!» avrebbe risposto.

– Abbastanza bene, – disse invece.

– Il piú giovane giudice istruttore che abbia mai incontrato, ma non per questo meno in gamba, – disse Termini, convinto.

Hai capito Beppe.

Scipione riattaccò col sorriso sulle labbra. Il sostituto procuratore non poteva dargli notizia migliore. Stava per risollevare la cornetta, quando il telefono squillò.

– Macchiavelli, – rispose.
– Santamaria, – sentí dall'altra parte.
– Oh, giudice istruttore, stavo giusto per chiamarti.
– Lo immaginavo, e siccome tra poco sarei uscito ti ho anticipato. A quanto pare il tuo caso è finito nelle mie mani, – sembrava quasi contento di aver ereditato una grana di quel genere.
– Eh già. Non sai quanto Termini morisse dalla voglia di passartelo.
– Però Termini non è un fesso. Spesso ci azzecca.
– Non lo metto in dubbio. Comunque sappi che la stima è reciproca. «Il piú giovane giudice istruttore che abbia mai incontrato, ma non per questo meno in gamba», ha detto.
– Certo, dopo due anni di patemi d'animo. Ma t'assicuro che all'inizio è stato un incubo, Scipio. Mi hanno piazzato in questo posto per carenza di organico, solo che per fare il giudice istruttore devi avere una certa esperienza. E io allora non ce l'avevo. Ho studiato come un pazzo.
– Ti capisco, amico mio.
– Tornando alle nostre beghe, domani mattina riesci a passare in tribunale da me, cosí facciamo due chiacchiere sul caso?
– Certo. A che ora?
– Quando vuoi. Io dalle nove sono lí.
Si salutarono.
Scipione si alzò dalla scrivania e uscí nel corridoio.
– Catalano, – chiamò.
Il maresciallo comparve subito.
– Commissario, dica.
– Domani mattina alle otto si parte per Siracusa, andiamo dal giudice istruttore.
– Ma vero? Termini già formalizzò l'istruttoria? – si stupí il maresciallo.

– Già, a quanto pare non aveva dubbi.
– Agli ordini, commissario. E chi è il giudice lo sappiamo?
– Come no, ci ho appena parlato.
Catalano lo guardò meravigliato.
– E chi è?
– Il giudice Santamaria.

Nonostante Baiunco fosse lí pronto a riaccompagnarlo, Scipione decise di tornare a piedi. Superato il municipio, invece di salire a sinistra verso il palazzo vescovile, tirò dritto e arrivò fino alla chiesa di San Francesco all'Immacolata. Prese la salita, piú ripida nonché piú scomoda, che passava di lato alla chiesa e arrivò all'angolo con via Cavour. Per variare il percorso, si mentí da solo. La realtà era che, cosí facendo, per raggiungere la pensione era costretto a passare davanti alla farmacia Marineo e di conseguenza a casa di Giulia, che abitava proprio al portone accanto. Rimase spiazzato nel vedere l'insegna illuminata e le luci accese. E che era di turno un'altra volta? Piantato all'angolo, Scipione combatté una lotta impari tra l'istinto che gli diceva di entrare con una scusa e il raziocinio che gli suggeriva di filare alla pensione, senza indulgere in distrazioni potenzialmente rischiose. Vinse l'istinto, a mani basse.
Attraversò la strada ed entrò in farmacia.
Anche stavolta la stanza sembrava vuota, ma la porticina dietro il bancone era aperta. Non arrivavano voci, solo dei passi in avvicinamento. Scipione cercò di intuire dalla camminata di chi potesse trattarsi e si convinse che fosse il dottor Marineo. Del resto, se Giulia faceva parte del gruppo di Vincenzo invitato a Siracusa, perché mai avrebbe dovuto trovarsi lí? Gli si azzerò il fiato quando invece la vide apparire a passo deciso dietro il bancone. La fitta di gelosia, che anche se non l'avrebbe mai ammesso

nemmeno con sé stesso aveva riguardato proprio l'amico Travina, che con la dottoressa aveva confidenza, svaní di colpo, spazzata via da un'esultanza che gli fu complicatissimo contenere.

Giulia accennò il suo sorriso, sorpresa.

– Scipione, buonasera.

– Buonasera, Giulia. Un altro turno festivo?

– Eh sí. Con grandi richieste di farmaci di ogni genere.

Scipione sorrise.

– Posso capirti.

Giulia s'appoggiò al bancone con le mani.

– Ma dimmi, cosa ti porta qui?

Lo Scipione Macchiavelli romano avrebbe risposto «il piacere di vederti». Quello netino non trovò di meglio da dire che: – Il solito mal di testa.

Giulia allungò una mano in un cassetto e tirò fuori il medesimo cachet della volta precedente.

– Ma non era raro che ti venisse? – gli ricordò.

Scipione si sentí un idiota. Solo un idiota poteva tirare fuori una scusa cosí banale.

– Infatti mi stupisco anch'io.

– L'aria di Noto non ti fa bene. O magari è colpa dell'indagine.

Il commissario approfittò subito della via d'uscita.

– L'indagine non potrebbe essere piú spinosa, per cui credo che l'ipotesi sia plausibile.

– Ho saputo che state indagando su Ferdinando Olivas. Ma davvero potrebbe essere lui l'assassino? – chiese la dottoressa.

Scipione rimase un attimo in silenzio, divertito.

– E ti pareva. Due ore, non di piú, – commentò.

Giulia non capí.

– Due ore per cosa?

— Perché una notizia faccia il giro di questa città. Avevo calcolato che piú o meno ci sarebbero volute due ore. Mi sembra che corrisponda.

La dottoressa sogghignò.

— Al massimo.

— Sul serio, chi te l'ha detto?

— Commissario, dimentichi dove lavoro e quanta gente vedo. Il giro è lungo.

— Ma io non ho fretta.

— Va bene. L'ho saputo dalla signora Livolsi, la cui donna di servizio è sorella di quella dei Di Piana, la famiglia del fidanzato di Isabella Olivas.

— Che stamattina era a pranzo dai consuoceri, — concluse Scipione.

— Chissà se resteranno consuoceri. Se suo padre è davvero un assassino, temo che la povera Isabella non abbia chance —. Il sorriso adesso era amaro.

Scipione non rispose. Giulia gli aveva dato sin dal primo giorno l'impressione di essere una persona affidabile. Seria e affidabile. E tutto sembrava avvalorare quell'idea. Che la gente le andasse a raccontare i fatti propri deponeva a suo favore. Ma poteva fidarsi Scipione della propria capacità di discernimento nei confronti di una donna che gli piaceva cosí tanto?

Giulia si rese conto di averlo messo in difficoltà. — Scusami, se ritieni di non potermene parlare fai finta che non ti abbia detto nulla.

— Al momento Olivas è solo indagato. Non c'è nessuna accusa formale, — spiegò Scipione.

La dottoressa rifletté un attimo.

— Sai che io m'ero fatta tutt'altra idea? — disse infine.

— Che idea?

— Non so perché, ma la sensazione che ho avuto dall'inizio è che si trattasse di un assassinio maturato in ambito personale. Un delitto passionale, probabilmente. Forse perché si parla tanto di questa presunta... amica di Brancaforte, anche se nessuno sa chi fosse.

Mentre Giulia esponeva il suo ragionamento si sentí uno scalpiccio. Dalla porta dietro il bancone comparvero due donne anziane, una piú minuta dell'altra.

– Zie. E voi che ci fate qua? – chiese Giulia, allarmata.

– Ci serve una scatola di Citrosodina, – disse una delle due, guardando con curiosità l'uomo con cui la nipote stava parlando.

Giulia gliele presentò.

– Mia zia Carolina e mia zia Teresa, sono le sorelle maggiori di mio padre. Abitano con noi –. Rivolgendosi a loro alzò la voce: – Lui è il commissario Macchiavelli –. Non dovevano sentire bene.

Entrambe sgranarono gli occhi.

– Quello che viene da Roma? – chiese Teresa, la stessa che aveva parlato prima.

– Sí, – rispose Giulia, sempre a voce alta.

– Complimenti, – disse la zia Carolina, sorridendogli.

Scipione non capí per cosa.

Giulia afferrò un barattolo di Citrosodina dall'enorme scaffalatura di legno scuro che occupava la parete dietro di lei e glielo consegnò.

– Ce la fate a risalire su a casa da sole? – chiese.

– Sí, sí, – assicurò Teresa, senza però muoversi di un centimetro, saettandolo con occhiate curiose. Scipione iniziò a comprendere.

– Giulia, mi dici quanto ti devo per il cachet? – disse.

In quel momento comparve il dottor Marineo, affannato.

– Qua siete!

Poi vide Scipione.

– Oh, commissario, buonasera.
– Buonasera, dottore.
Marineo si rivolse alle sorelle.
– Salite, che Elena vi sta cercando.
Le due donne non se lo fecero ripetere.
– Arrivederla, signor commissario, – lo salutò la zia Carolina. La sorella gli rivolse un buonasera meno compiaciuto.
Marineo le seguí con gli occhi, scuotendo la testa, finché non le vide sparire.
– Eh, commissario, ci vuole pazienza.
Nei cinque minuti successivi Scipione apprese che erano signorine entrambe e che da qualche anno, data l'età, il dottore aveva preferito che si trasferissero in casa loro. Stravedevano per Giulia.
– Abbiamo saputo degli ultimi risvolti, – disse poi, riferendosi all'indagine.
Scipione si limitò a confermare quello che l'altro già sapeva.
– Olivas, – disse il dottore, pensoso. – Sa che non ce lo vedrei proprio a sparare a qualcuno?
A Scipione venne in mente che Marineo era tra le persone che Olivas aveva citato in quanto presenti al *Caffè Sicilia* quando lui c'era passato tornando da San Corrado.
– Dottore, lei per caso si ricorda se due sabati fa, al *Caffè Sicilia*, intorno all'una ha incontrato Ferdinando Olivas?
Il dottore fece uno sforzo di memoria.
– Due sabati fa, – rifletté, allisciandosi una barba immaginaria. – Non è facile essere precisi, commissario. Sono passati parecchi giorni, e nel frattempo al *Caffè Sicilia* ci sarò andato una decina di volte... Ricordo di aver incontrato Olivas una sola volta, e ricordo anche che litigava con qualcuno, ma non saprei dire in quale giorno... – Marineo scosse il capo. – Mi dispiace, commissario, non

me lo ricordo. Lo sa però a chi può chiedere, che se lo ricorda di sicuro? A Raimondo Travina. Se ci va adesso, lo trova ancora sotto casa, che traffichía con una macchina.

Erano le sette e mezzo.

– Vado subito, allora, – disse Scipione, – cosí magari evito di disturbarlo piú tardi.

– Un attimo fa era lí.

Marineo lo salutò in fretta, poi sparí dietro la porta.

Giulia aveva recuperato il suo solito sorriso controllato.

– Arrivederci, Giulia, – la salutò.

– Arrivederci, commissario.

Stava per uscire quando la dottoressa lo chiamò.

– Scipione.

Il commissario dovette faticare per dissimulare il palpito che quel richiamo gli aveva provocato.

– Dimmi.

– Se dovessi sentire qualcosa di interessante riguardo all'ipotesi del delitto passionale, ti interessa ancora o è un capitolo chiuso?

– Mi interessa ancora, certo.

– Allora continuo a tenere le orecchie aperte, e ti chiamo se ho qualcosa da riferirti.

Scipione camminò lungo il breve tratto di via Cavour che separava la farmacia Marineo da palazzo Travina assorto in un miscuglio di pensieri che s'accavallavano tra loro. Il fidanzato di Isabella Olivas che, Giulia l'aveva detto esplicitamente, era già con una gamba levata. Il fatto che i Marineo non ritenessero Olivas capace di ammazzare un uomo, anche questo gliel'avevano detto abbastanza chiaramente. E Giulia. La sua disponibilità a collaborare con lui, a fargli da orecchio per le voci dei netini, che però poteva anche essere lo spirito di un'onesta cittadina che si sente in dovere di dare il suo contributo alla giustizia. Che lo chiamasse Scipione o no, altro non era autorizzato a pensare.

Il portiere di palazzo Travina riconobbe il commissario e lo fece entrare. Come aveva detto Marineo, il marchese era nel cortile, chinato sul motore di una vecchia Bianchina su cui un uomo stava armeggiando. Lo vide con la coda dell'occhio e subito gli andò incontro.

– Commissario, buonasera.

– Buonasera, marchese, mi scusi per l'intrusione. Avrei bisogno di rubarle pochi minuti.

Travina s'incuriosí. – Venga, s'accomodi –. Tornò verso il cortile. – Le va bene se ci sediamo qua fuori? Cosí non perdo d'occhio il meccanico. Secondo me sta combinando un disastro con l'auto di mia moglie.

Si sedettero su una panchina di pietra.

– Mi dica, – fece il marchese, interessato.

Scipione gli chiese quello che aveva già domandato a Marineo: se due sabati prima ricordava di aver incontrato Olivas al *Caffè Sicilia*.

– Certo, – rispose Travina, – sarà stata l'una... no, forse prima, perché io e Vincenzo subito dopo siamo saliti a casa per il pranzo e non era ancora pronto. Diciamo l'una meno un quarto.

– Le viene in mente qualcosa di preciso, non so, un comportamento strano di Olivas?

– Era agitato che pareva l'avesse morso la tarantola, tanto che si mise a discutere con un paio di persone. Poi, me lo ricordo bene, si calò un bicchiere di cognac tutto d'un fiato manco fosse gazzosa.

– Lei è sicuro che sia accaduto sabato 19? Non era il giorno prima o il giorno dopo?

– Sicurissimo. Anche perché Olivas nelle settimane precedenti era stato fuori Noto. Quella fu la prima volta che ricomparve al caffè.

– E ha raccontato dov'era stato?
– No, ma si sa lo stesso. Prima di Natale ogni anno Ferdinando Olivas se ne va a Cannes, a spararsi quello che non ha, e a spupazzarsi una signorina del luogo che pare lo accompagni sempre.
– E saprebbe dirmi con chi ha avuto il diverbio?
– Con qualcuno che era seduto al suo tavolo.
– Ha sentito per caso in merito a cosa hanno discusso?
– E chi non lo sentí. Questioni di gioco. Capace che qualcuno gli avesse fatto notare che aveva un debito pendente. Allora Olivas s'inalberò e se ne andò offeso.
– Posso immaginare, – commentò Scipione. Un confronto a base di come si permette, lei dimentica chi sono io e l'intero repertorio di Olivas. Annotò mentalmente quelle informazioni.
– Chissà se era cosí nervoso perché aveva già ammazzato Brancaforte... – ipotizzò il marchese, scuotendo la testa.
– Non siamo ancora sicuri al cento per cento che sia stato lui, – tenne a precisare Scipione.
– Va bene, però lo sospettate. E in coscienza non riesco a darvi torto. Che Olivas si fosse indebitato fino al collo con Brancaforte non era un segreto per nessuno e nemmeno troppo scalpore faceva. Lui come mille altri. Però vede, commissario, a Noto di usurai ce ne sono piú di quanti uno pensi. E di gente che chiede soldi in prestito ce n'è a iosa. Ma mai prima d'ora era successo un fatto simile.

Scipione lo ascoltò con attenzione.

– Vuole dire che quello dell'usura le sembra un movente poco credibile?
– No, per carità, senza dubbio lei avrà i suoi indizi, altrimenti non si sarebbe mosso. Olivas di sicuro non era in

grado di estinguere i suoi debiti e la morte di Brancaforte gli ha tolto un bel peso dal groppone, per lo meno fino a quando non gli toccherà bussare a qualche altra porta.

Scipione lo ringraziò e lo lasciò col naso nel vano motore della Bianchina di sua moglie, che non ne voleva sapere di ripartire.

Attraversò la strada e guardò la scalinata all'angolo con la pensione. La giornata era passata senza che lui avesse risolto la questione dell'alloggio per Primo e Camilla. Vincenzo gli aveva segnalato come unico hotel presente in città un piccolo albergo in cima a quelle scale, in linea d'aria due case piú su del portone dei Verrazzo. L'indomani avrebbe dovuto ricordarsi di far riservare le stanze prima che i suoi amici arrivassero a Noto.

Rientrò in tempo per la cena. Dopo la solita gimkana tra i piatti da evitare e qualche aiutino di Corrado, finí di mangiare che era appena terminato *Carosello* e stava per iniziare un nuovo sceneggiato con Gino Cervi: *Le inchieste del commissario Maigret*. Il primo episodio, in onda quella sera, si intitolava *Un'ombra su Maigret*. Il «Radiocorriere Tv» – che Corradina comprava e leggeva riga per riga ogni settimana – gli aveva dedicato un lunghissimo articolo e, secondo la signora, a Scipione sarebbe piaciuto senz'altro. Ed essendo tratto dai libri di Georges Simenon, attirava anche Verrazzo.

Un po' perché aveva letto i libri e il personaggio di Maigret gli piaceva, un po' perché quella dove si trovava il televisore era la stanza piú calda, Scipione si lasciò coinvolgere. Trascinò una sedia accanto alla stufa, si accese una sigaretta e finalmente si rilassò.

20.

Alle otto meno dieci dell'indomani mattina, Scipione e Catalano erano già sulla strada per Siracusa. Il maresciallo era visibilmente in debito di sonno.
– Catala', non è che ci ammazziamo, vero? – domandò Scipione quando lo vide sbadigliare per la terza volta in dieci minuti.
– No, commissario, stia tranquill... – e sbadigliò di nuovo. – Magari entriamo ad Avola e ci prendiamo un caffè?
Macchiavelli lo scrutò preoccupato.
– Maresciallo, accosti, – ordinò.
– Ma no, commissario...
– Accosti, – ribadí, fermo.
Il maresciallo non poté che obbedire.
– Ora lei si mette qua di lato e si fa una dormita, e fino a Siracusa guido io, – disse Macchiavelli scendendo dall'auto.
Imbarazzato, Catalano tentò di protestare.
– Ma no, commissario, davvero. Non mi pare cosa ben fatta...
Scipione aveva già aperto lo sportello e aspettava di salire dal lato del guidatore.
– Catala', lei è un militare, giusto? – disse.
– Certo, commissario.
– E io sono il suo capo, giusto?
– Giusto.
– Bene, le ordino di spostarsi.

Catalano capitolò. Scivolò sul sedile verso il posto del passeggero.

– Ma vedi tu se è normale che debba guidare lei, – borbottò, – manco la strada sa. Se m'addormento come ci arriva a Siracusa?

– L'importante è arrivarci sani e salvi. Seguirò le indicazioni stradali. Ci saranno dei cartelli, no?

– Pochi, – disse il maresciallo, dubbioso.

– Me li farò bastare. Ora lei s'addormenti, che a occhio e croce i suoi figli le avranno concesso un paio d'ore di sonno.

– Tre, – precisò il maresciallo.

– Ecco. Io nove, lisce filate.

Catalano lo guardò con sana invidia.

Scipione scosse il capo e gli sorrise.

– Mi dispiace doverglielo dire, ma ho paura che abbia ragione sua suocera.

Il maresciallo non replicò. Lo sapeva pure lui che, a essere pratici, aveva ragione la suocera. Se uno deve lavorare tutto il giorno non si può permettere di non dormire la notte.

– All'ingresso di Siracusa però mi svegli, mi raccomando, che dentro la città indicazioni non ce ne sono.

Due minuti dopo russava con la testa riversa sulla spalliera.

Scipione s'accese una sigaretta e riprese la strada. Stando attento e interpretando i cartelli stradali, esigui di numero e in buona parte malmessi, riuscí a non perdersi. Oltrepassò Avola, poi Cassibile, e giunse all'ingresso di Siracusa. Catalano era perso nel sonno piú profondo. Scipione provò a toccargli un braccio, ma quello non reagí.

– Maresciallo, – lo chiamò a voce bassa. Nessuna risposta.

Scipione non ebbe cuore di insistere. Andò avanti lentamente, in cerca di qualcuno che gli desse indicazioni. Appena vide un uomo che camminava a piedi, abbassò il finestrino, si qualificò e chiese la strada per il tribunale. L'uomo lo guardò perplesso. Doveva sembrargli strano che un commissario alla guida di un'auto marchiata polizia non la conoscesse. In una lingua che Macchiavelli fece un'immane fatica a decifrare, l'uomo gli spiegò meticolosamente dove svoltare, incrocio per incrocio, con tanto di punti di riferimento.

Scipione seguí la mappa mentale che s'era fatto in base a quelle informazioni. Passò davanti alla stazione, che riconobbe, e superò un ponte che, da quanto aveva capito, portava a Ortigia, dove si trovava il tribunale. Prese una strada in salita, larga, piena di negozi e botteghe, e si ritrovò in una piazza con una fontana rotonda al centro. A quel punto non si raccapezzò piú. Era il momento di svegliare Catalano.

Stavolta il maresciallo reagí al richiamo. Aprí un occhio, poi l'altro. Si guardò intorno e balzò sul sedile.

– Ma che siamo in piazza Archimede?

– Sí, credo che si chiami cosí.

L'uomo si strofinò gli occhi con i palmi aperti.

– Pigli a sinistra, per via Maestranza.

Scipione eseguí e s'infilò in una strada stretta in discesa. Quando giunsero in un piccolo slargo Catalano alzò una mano.

– Arrivammo, – comunicò, indicando un angolo con un'altra strada, ancora piú stretta.

Scipione parcheggiò.

Intanto il maresciallo scuoteva la testa. – Che malafigura, commissario. Tutta a sonno me la feci.

Scipione minimizzò.

– Ma lasci perdere la *malafigura*. Piuttosto la prossima volta se non si sente di guidare lo dica, che io mi porto Mantuso.
– Non ci sarà una prossima volta, commissario, glielo garantisco. Non capiterà piú.
Macchiavelli scese dalla Millecento e si guardò intorno. Gli edifici erano antichi, ma non sembravano tenuti benissimo. Tutto intorno gli trasmetteva un senso di decadenza.
– Ci sarà un bar da queste parti? Lei ha bisogno di un caffè e io pure.
Il tè che Corradina gli aveva preparato quella mattina era pressoché acqua calda con un po' di zucchero. Quasi quasi gli aveva fatto rimpiangere la ciofeca.
– Sí, commissario. Là sopra, in piazza Archimede, dove siamo passati poco fa.
Risalirono a piedi fino alla piazza.
Alle nove e un quarto, caffè bevuto e sigarette fumate, Scipione e Catalano entravano nel monumentale edificio, anch'esso piuttosto decadente, dove si trovava il tribunale. Il maresciallo salutò la guardia di piantone e chiese indicazioni per la stanza del giudice Santamaria. L'uomo gli mostrò delle scale e specificò quale corridoio prendere.
La porta della stanza di Santamaria era aperta a metà e dall'interno arrivavano delle voci. Si intravedeva una mano grassoccia poggiata sulla maniglia. Scipione aspettò di capire se la persona in questione fosse appena entrata o stesse andando via, finché l'uomo non uscí di colpo rischiando di travolgere il commissario con la sua stazza considerevole. Tutti i fascicoli e i fogli che teneva in mano rovinarono per terra.
– Oh, madre santa, mi scusi, – si giustificò, piegandosi a recuperarli per quanto il suo fisico gli permetteva.
Catalano si chinò ad aiutarlo.

In quel momento la porta si aprí e comparve Beppe Santamaria.
– Ma che succede... Oh, Scipio! – sorrise. Guardò con rassegnazione l'uomo che aveva ripreso in mano tutte le carte e, rosso fino alla radice dei capelli, si allontanava ossequiandoli. – Il mio cancelliere, – disse, con una faccia che a Scipione bastò per capire.
Il giudice li fece accomodare nel suo ufficio. Una stanza accogliente, decorata con quadri e piante, scelti col gusto innegabile di cui l'amico era dotato. Sulla scrivania, accanto alla fotografia della sua famiglia, ce n'era una che Scipione conosceva bene, scattata all'Università La Sapienza il giorno della laurea.
Beppe si sedette sulla sua poltrona.
– Ma chi ce lo doveva dire che ci saremmo ritrovati a lavorare insieme, – dichiarò, contento.
– Davvero. Se qualcuno appena un mese fa me l'avesse preannunciato, l'avrei preso per pazzo. E invece, – commentò Scipione allargando le braccia, contento anche lui che quel caso avesse avuto almeno un risvolto positivo.
Beppe aprí il fascicolo che aveva davanti.
– Ho letto gli atti che mi ha passato il sostituto procuratore. Dunque, a quanto si evince, lui ritiene che gli indizi a carico di questo signor Ferdinando Olivas indichino con quasi assoluta probabilità la colpevolezza del suddetto, – alzò gli occhi, – e che la stessa sparizione dell'arma del delitto, identificabile con la pistola detenuta dal suocero di Olivas, costituisca di per sé un ulteriore indizio –. Guardò Scipione e chiuse il fascicolo. – Ma tu non ne sei cosí sicuro, giusto?
Scipione alzò le spalle, le mani infilate nelle tasche, le gambe accavallate. Rilassato come poteva permettersi di essere solo perché di fronte aveva il suo amico.

– Mah, Beppe, che ti devo dire. È vero, gli unici indizi concreti portano a Olivas, ma il mancato ritrovamento della pistola a mio parere potrebbe essere una conferma della sua colpevolezza cosí come potrebbe non esserlo.
– Che cosa intendi? – chiese Santamaria, i gomiti sul tavolo, le mani intrecciate e due dita poggiate sul mento.
– Consideriamo per un attimo, solo per un attimo, che sia plausibile la versione di Olivas. Lui sostiene di essersi sbarazzato, o meglio di aver tentato di sbarazzarsi, degli oggetti incriminati per timore di essere coinvolto in quello che ormai si sapeva essere stato un delitto. Seguendo lo stesso ragionamento, non appena ha scoperto che il delitto è stato compiuto con un colpo d'arma da fuoco, è probabile che si sia sbarazzato anche dell'unica arma eventualmente riconducibile alla sua famiglia.
– Senza rendersi conto che invece proprio quella sarebbe l'unica prova in grado di scagionarlo. Proprio sciocco, – aggiunse Beppe.
– Non credo che Olivas sia un campione di intelligenza.
– Però perché non confessarlo, dal momento che era stato scoperto l'occultamento degli altri indizi?
– Magari si vergognava ad ammetterlo davanti al suocero, che t'assicuro non è per niente benevolo nei suoi confronti. Oppure temeva stoltamente che una volta risaliti alla pistola di Paladino l'avremmo considerata l'arma del delitto senza nemmeno verificare che avesse realmente sparato. Vai a capire la testa di uno cosí.
Catalano non riuscí a trattenersi dall'annuire. Santamaria se ne accorse.
– Certo è che, in un senso o in un altro, senza quella pistola abbiamo le mani legate, – disse il giudice.
Scipione continuò a seguire il suo ragionamento.
– Senza contare gli altri elementi che sono emersi in

questi giorni, e che farebbero pensare ad altre possibili piste.
– Ovvero?
Scipione gli fece un resoconto di quanto raccolto fino ad allora.
– Se ci rifletti, alcuni di questi elementi renderebbero la dinamica dell'omicidio un po' troppo tortuosa, se fosse stato Olivas a commetterlo.
– Ad esempio?
– In primis il luogo del delitto: perché mai Olivas avrebbe dovuto seguire Brancaforte fino in camera da letto per freddarlo con un colpo di pistola? Poi ci sarebbero gli orari: i due s'erano incontrati a mezzogiorno. Se Brancaforte aveva avuto il tempo di spostarsi a casa sua e portarsi a letto l'amante prima che Olivas lo raggiungesse e lo uccidesse, come poteva Olivas essere al *Caffè Sicilia* all'una meno un quarto? Considera che avrebbe dovuto caricarsi il corpo di Brancaforte e andare a gettarlo là dove l'abbiamo trovato. E infine il movente: l'ipotesi sarebbe che Olivas, sentendosi minacciato da Brancaforte, abbia deciso di farlo fuori. Ma se ci ragioniamo, di che cosa avrebbe potuto minacciarlo Brancaforte? Di raccontare tutto alla moglie e alla figlia? O al suocero? Non solo cosí si sarebbe autodenunciato per l'usura, ma la minaccia non avrebbe sortito alcun effetto, perché è evidente che l'ingegner Paladino – il suocero di Olivas – fosse già a conoscenza dei vizi del genero. E non mi è sembrato che la moglie o la figlia avessero nei confronti di Olivas un atteggiamento particolarmente affettuoso.

Catalano annuiva.

Beppe aveva ascoltato concentrato. – In effetti, il ragionamento fila. Certo, la questione della pistola resta comunque in piedi. Finché non la si ritrova non possiamo dare

nulla per scontato, – continuò a riflettere, – a meno che non emerga qualche altro indizio in grado di far pendere la bilancia dall'una o dall'altra parte. Mi seguite?
– Tipo un testimone oculare? – chiese Scipione.
– O qualunque altro elemento che smentisca o confermi.
Il commissario riagganciò il suo ragionamento.
– Sempre che la pistola non salti fuori, – ipotizzò.
– Dalla perquisizione nella casa di San Corrado?
– Sí, se fosse nascosta lí. O in qualche dirupo dove Olivas l'ha gettata e dal quale il suocero lo costringerà a recuperarla a calci nel sedere. Se ho capito bene, Paladino non è tipo da permettere che sua figlia e, soprattutto, sua nipote vengano rovinate dall'idiozia di Olivas. Giulia Marineo mi ha raccontato che il fidanzato della figlia, o per meglio dire il futuro suocero, potrebbe essere lí lí per mandare all'aria il fidanzamento. Se Olivas non è colpevole, non mi stupirebbe che la pistola venisse a riconsegnarcela lui in persona, se non l'ingegner Paladino.

Beppe lo guardava tra il sorpreso e il risolente. – Giulia Marineo?

Scipione s'accorse troppo tardi di essersi tradito. – La farmacista, – spiegò, con una finta indifferenza poco credibile per uno che lo conosceva come lo conosceva Beppe.

– Lo so, ce l'ho presente.
– Si è offerta di riferirmi le voci che sente in farmacia.
– Ah, sí? Ma guarda guarda, – commentò Santamaria, sornione.

La presenza di Catalano salvò Scipione da un terzo grado degno di un giudice istruttore. – Va bene, – concluse Beppe, rientrato nei ranghi, – allora aspettiamo di vedere se la pistola salta fuori, e nel frattempo voi proseguite con le indagini sulla coppia in fuga, come si chiamano?

– Zuccalà.

– Se non rientrano, qualcosa che non torna dev'esserci. O sono scappati perché l'assassino è il marito. Oppure, magari, la donna ha assistito all'omicidio ed è fuggita per paura di ritorsioni, – valutò Beppe.

Catalano aveva la terza ipotesi sulla punta della lingua, ma non osava intromettersi. Scipione se ne accorse.

– Maresciallo, se ha qualcosa da dire al giudice non si faccia problemi. Vero, Beppe? – Fin dall'incontro alla stazione di Siracusa aveva capito che il suo amico giudice metteva Catalano in soggezione. In quel momento non gli era chiaro il perché, ora che ce l'aveva davanti nell'esercizio delle sue funzioni intuiva invece che Santamaria, nonostante l'età, dovesse essere una figura autorevole.

– Certo, maresciallo, parli pure. Il suo parere è molto importante, – assicurò il giudice.

– Temo ci possa essere una terza spiegazione, per la fuga di Zuccalà, anche se spero non sia quella giusta.

– Cioè? – chiese Scipione.

– Che se la sia data a gambe da solo e che la moglie chissà in quale fosso è.

Scipione rimase per un attimo sconcertato.

– E perché dovrebbe aver ucciso anche la moglie?

Beppe, a differenza di Scipione, non aveva bisogno di chiarimenti. Fu lui a rispondergli.

– Perché ammazzare solo Brancaforte non sarebbe bastato a ripristinare l'onore perduto. Dico bene, maresciallo?

Catalano assentí.

A Scipione venne di nuovo la pelle d'oca, come ogni volta che si sfiorava quell'argomento.

– Consideriamo anche questa ipotesi, augurandoci che non sia quella corretta, – concluse Beppe.

Catalano se ne andò con la scusa di sbrigare, già che c'era, una commissione lí vicino, ma in realtà voleva lasciare che i due amici se ne stessero un po' insieme.
– Tra poco smobilitiamo da qua, – disse Beppe, indicando con la mano che ruotava intorno il palazzo da cui stavano uscendo.
– Cioè il tribunale viene trasferito?
– Già. Ormai credo sia questione di poco, al massimo un anno. L'edificio dovrebbe essere pronto in tempi brevi.
– E dove sarà? Sempre qui in zona?
– No no, sarà in piazza della Repubblica, nella parte nuova della città.
Salirono verso la piazza con la fontana e si sedettero al bar. Ordinarono due Punt e Mes, come ai vecchi tempi, e si accesero due sigarette.
– Oh, ma come finí? Glielo trovasti un albergo a Primo e Camilla? – s'informò Beppe.
– Credo di sí, ce n'è uno solo.
– E pensi che vada bene per loro?
– Non lo so, non sono ancora riuscito a passarci. Ma Travina mi ha detto che non c'è niente di meglio in città. A meno di non voler cercare una pensione come quella dove sto io, non mi pare che ci sia scelta.
– Comunque quella di capodanno a cui li porteremo sarà una bella festa, – assicurò Beppe.
– Immagino di sí.
Santamaria accavallò le gambe, di nuovo risolente.
– E dimmi un po', commissario, ci sarà anche Giulia Marineo?

21.

Mantuso e Giordano erano rimasti davanti a casa di Zuccalà fino a notte inoltrata, senza nessun risultato. In attesa che il commissario Macchiavelli e il maresciallo Catalano rientrassero a Noto, passarono la mattinata a rivoltare come un calzino la villa di Olivas – o meglio di Paladino – a San Corrado di Fuori. Non ne cavarono nulla. Già che c'erano, ripassarono da casa di Brancaforte e fecero un giro in giardino per vedere se per caso il secondo mazzo di chiavi fosse caduto lí. Maria Laura Brancaforte aveva chiamato il giorno prima in commissariato per comunicare che la sua ricerca era stata infruttuosa e che iniziava davvero a temere che qualcuno le avesse rubate. Anche l'ispezione ulteriore di Mantuso e Giordano non ebbe alcun risultato.

Il commissario rientrò alla base che era quasi l'una. Aveva spedito Catalano a casa perché mangiasse e recuperasse tassativamente almeno un'ora di sonno. Quanto al suo pranzo, festeggiò il lunedí con una *scaletta* con la mortadella presa dalla *Scorsonelli*. La stessa che brigadiere e vicebrigadiere avevano appena addentato quando lui bussò alla loro porta.

– Commissario, – scattarono all'impiedi, la bocca piena. L'odore di mortadella si sentiva nell'aria.

Scipione alzò il sacchetto che aveva in mano.

– Certo che a fantasia stamo messi bene, eh.

I due ragazzi risero.
- 'Nnamo va', venite a farmi compagnia nel mio ufficio, che qua ci stanno i pinguini.

Mantuso e Giordano recuperarono velocissimi panini, gazzose e bottiglia d'acqua e lo seguirono.

Immaginando che sarebbe rientrato nella tarda mattinata, Scipione aveva dato mandato a Baiunco di accendere la stufa nella sua stanza appena fosse arrivato in commissariato. L'appuntato aveva eseguito l'ordine alla lettera.

Mentre consumavano il pranzo frugale, i due ragazzi aggiornarono il commissario sulle operazioni, ahimè fallimentari, che avevano compiuto quella mattina.

- Ero sicuro che la pistola non fosse nella villa di San Corrado di Fuori, altrimenti l'avremmo trovata nel sacchetto insieme agli altri oggetti di cui Olivas ha tentato di liberarsi. Per merito del nostro Giordano, senza riuscirci.

Il vicebrigadiere s'imbarazzò.
- Grazie, commissario.
- Sa che ci pensavo anch'io, stamattina? – disse Mantuso. – Era difficile che la pistola fosse là. Ma almeno abbiamo controllato se per caso c'era qualcos'altro. Non so, macchie di sangue.
- Perché macchie di sangue? – domandò Scipione.
- Ma cosí. Mi venne l'idea che Olivas avesse ammazzato a Brancaforte là stesso, poi mi resi conto che non era possibile.
- E il bossolo sul letto in che modo ci sarebbe arrivato?
- Lasci stare, commissario, – si schermí il brigadiere, – come disse Giordano, mi fici un film. Pensai che Olivas avesse rubato le chiavi a Brancaforte, avesse disfatto il letto per fare scena, ci avesse nascosto il bossolo apposta...

Scipione lo guardava perplesso.

– Un film, commissario, lo so, – ammise Mantuso.
Il commissario non volle svilire l'esercizio di logica compiuto dal brigadiere.
– No, ma un senso potrebbe pure averlo. C'è solo un problema di tempi. Non credo che Olivas sarebbe riuscito a tornare per l'una meno un quarto, l'orario in cui è stato visto al *Caffè Sicilia*.
– Ma infatti, troppo complicato.
– Ah, commissario, – disse Giordano, – ha chiamato il medico legale. Dice che ha terminato il lavoro sul corpo di Brancaforte e che la famiglia può andare a riprenderlo.
– Ha estratto il proiettile? – chiese Scipione.
– Sí. Non fu facile perché era incuneato in un punto complicato da raggiungere, ma lo recuperò e lo mandò alla balistica.
Meno male che Scipione aveva finito il panino.
– E che dice la balistica?
– Confermano quello che già sapevamo. Che faccio, chiamo la signora e glielo comunico?
– No, lascia stare, ci penso io.
La signora Brancaforte il giorno prima aveva chiesto alla guardia Spadaro, che aveva risposto al telefono, di farla richiamare dal commissario Macchiavelli. Preso dalla perquisizione in casa Olivas, Scipione non ci aveva piú pensato. Nell'attesa che Catalano rientrasse, alzò il telefono, chiese la linea esterna e compose il numero che aveva segnato su un foglietto.
Rispose una voce di ragazzino.
– Sono il commissario Macchiavelli, vorrei parlare con la signora Brancaforte.
– Aspetti un momento –. «Mammà» lo sentí gridare. «Corraduccio, chi è?» sentí chiedere dalla signora. «Un commissario».

Maria Laura prese subito il ricevitore.
– Commissario, buonasera.
– Buonasera, signora. Mi scusi se non l'ho chiamata ieri, è stata una giornata un po' piena.
– Ho saputo. Ma perciò... questione di soldi fu? – Era in apprensione, come se quella notizia la agitasse piú dell'ipotesi che, almeno lei, aveva considerato la piú plausibile fino a quel momento.
– Non ne siamo ancora certi, signora.
Gli sembrò che lei tirasse un sospiro.
– Mi perdoni, commissario, ma ogni tanto mi viene da pensare alla domanda di mio marito, l'ultima mattina, prima di... uscire. Si ricorda che glielo dissi? Volle sapere se andavo da sola a prendere i bambini a scuola. Ora che ci ripenso poteva essere preoccupato per qualche minaccia che aveva ricevuto. La lettera anonima che trovaste nel cassetto, del resto, una minaccia conteneva.

Scipione tentò di collocare mentalmente quella domanda nel posto giusto. Che Brancaforte fosse spaventato, o quantomeno in apprensione per qualcosa, era stata una delle prime informazioni raccolte. L'aveva detto il ragioniere della banca, l'aveva confermato Giulia con la storia della signora anziana che gli aveva fatto perdere le staffe perché bloccava la fila. Se questa agitazione fosse dovuta a eventuali minacce ricevute, o se invece fosse legata all'appuntamento clandestino che l'uomo avrebbe avuto di lí a poco, non era dato saperlo.

– Non credo francamente che né lei né i suoi figli rischiate nulla. Il bersaglio, da qualunque parte arrivasse la minaccia, era suo marito.

– Mi fido di lei, commissario. Debbo venire a sporgere denuncia per le chiavi?

– No, non ce n'è bisogno. Rientra nell'indagine che

stiamo conducendo. Piuttosto, signora, l'avevo chiamata per un altro motivo.
Le comunicò quello che aveva detto il medico legale.
– Grazie, commissario.

Catalano bussò alla porta del commissario che erano appena passate le tre. Scipione se ne stava chino sulla sua scrivania a osservare lo schema che aveva realizzato mettendo insieme tutti gli indizi e gli elementi a disposizione.
– Avanti, – rispose.
– Commissario.
– Oh, Catalano, entri.
Il maresciallo aveva un aspetto piú riposato, segno che aveva seguito il consiglio.
– C'è una persona che vorrebbe parlarle, – annunciò.
– Chi è?
– Fra Giovanni, l'eremita che venne qui con don Ignazio.
– Ah, sí, certo. Lo faccia entrare.
Il frate avanzò placido.
– Buonasera, signor commissario, – salutò.
– Buonasera, fra Giovanni.
– Mi scusi se sono venuto senza avvisarla, ma ho trovato un passaggio per Noto e ne ho approfittato.
– Non c'è problema, stia tranquillo. S'accomodi, – gli indicò la sedia e si sedette a sua volta. – Mi dica.
– Ecco, commissario, la disturbo perché vorrei chiederle una grande cortesia. Si tratta di un nostro fratello, che il signore ha voluto lasciare nell'infanzia per tutta la vita. Si chiama fra Luigi, ma noi lo chiamiamo fra Bambino, proprio perché la sua mente è rimasta tale e quale a quella di un bambino. Nell'ultimo periodo sembra particolarmente irrequieto. Ripete spesso frasi senza senso, e grida di notte, cosa che prima non era mai accaduta. A me e a don Igna-

zio è venuto il dubbio che possa entrarci in qualche modo quello che è successo. Temiamo che abbia potuto vedere o sentire qualcosa che l'ha turbato, e dato che abbiamo prestato attenzione affinché non venisse a sapere nulla, ci chiediamo se non si tratti proprio di qualcosa che ha visto. Se potesse venire a parlargli lei, che ne sa sicuramente piú di noi in merito, ascoltando quello che dice capirebbe se può riferirsi davvero all'omicidio che è stato commesso.

Scipione non era convinto di saper interpretare le parole di una persona affetta da un tale ritardo mentale, ma gli sembrava giusto almeno provarci. Se non altro per cortesia nei confronti del frate e del prete.

– Ma certo che vengo. Anzi, grazie di avermi avvertito. Magari il vostro fratello ha davvero qualcosa di importante da dirmi.

Il frate sospirò di sollievo.

– Grazie, commissario. È importante per noi capire se quell'anima candida è stata turbata da qualcosa di cosí mostruoso da levargli perfino il sonno.

Se ne andò benedicendo tutti.

– Chissà che dice, questo fra Bambino, – si chiese Catalano.

– Domani mattina, prima di venire in commissariato, andiamo a sentirlo. Sempre che lei sia in grado di guidare, – lo stuzzicò.

– Stanotte mi corico nella stanzetta accanto. Anna mi fece dei tappi con l'ovatta per le orecchie. E pazienza, – disse con aria rassegnata.

Scipione gli sorrise.

– Lei sarà di sicuro un padre amorevole, maresciallo. I suoi figli sono fortunati.

– Che sappiamo, commissario. Uno fa il massimo che può... – si schermí Catalano.

Appurato che il telefono continuava a suonare a vuoto, Mantuso e Giordano erano tornati a presidiare la casa di Zuccalà. Per accertarsi che non fosse rientrato nessuno, suonarono perfino al citofono. Ma la casetta mezza intonacata buia era e buia era rimasta.

– Se Zuccalà e la moglie non tornano prima di domani sera, andiamo di nuovo dai Cuticchio e chiediamo di comunicarci esattamente dove sono andati la figlia e il genero. L'altra volta non volevo che si mettessero in allarme perché non ci conveniva, ma stavolta li facciamo spaventare, – disse Scipione.

– Commissario, mi dica la verità: lei è piú convinto dell'ipotesi delitto passionale, vero?

Scipione allargò le braccia.

– Catala', purtroppo in questo momento non sono convinto di nulla. Inseguo le sensazioni, che non sempre però portano nella direzione giusta –. Stavolta la risposta non l'aveva ponderata, e nemmeno copiata da qualche superiore romano: gli era venuta spontanea. Faceva progressi.

Catalano stava per rispondergli, quando bussarono alla porta.

– Commissario, c'è un signore che chiede di lei, – disse la guardia Spadaro affacciandosi all'interno.

– E chi è questo signore?

– Ingegnere Pa*ll*adino Giacomo.

Scipione e Catalano si guardarono.

– Lo faccia passare, – disse Macchiavelli.

L'ingegner Paladino entrò nella stanza del commissario trascinandosi piú della sera prima. Cappotto blu, cappello grigio, abito inappuntabile. Espressione rassegnata.

– Buonasera, – salutò, rivolto a entrambi.

– Ingegnere, s'accomodi, – lo invitò Scipione.

– No, grazie, commissario. Sono venuto per adempiere a un dovere che reputo imprescindibile ma, voglia scusarmi, non mi tratterrò piú del dovuto –. Infilò la mano libera dal bastone nella tasca del cappotto e tirò fuori un involto, sporco in piú punti.

– Ecco, – disse, porgendolo al commissario.

Scipione lo prese in mano. Non si sorprese di trovarvi dentro una Beretta M951.

– Dov'era? – chiese, diretto.

Paladino lo guardò negli occhi. Piegò la bocca in una sorta di smorfia.

– Dove quel pane perso di mio genero era andato a nasconderla. Sotto un albero nel mio agrumeto, che ci volle una giornata sana per ritrovare.

Scipione e Catalano si scambiarono un'occhiata.

– Grazie, la manderemo subito a Siracusa per farla esaminare, – disse Macchiavelli.

L'ingegnere abbassò la testa, il cappello sul petto. – Grazie a lei, commissario –. Girò tacchi e bastone e uscí.

Catalano s'avvicinò alla scrivania del commissario e si chinò cauto sul canovaccio su cui era appoggiata la pistola. Avvicinò il naso lentamente alla canna, poi lo ritirò subito schifato.

– Madre santa, il concime doveva esserci sotto quell'albero.

– Catala', – disse Scipione, rimproverandolo con lo sguardo.

– Che facciamo, la mandiamo adesso?

– Certo. Dica a Baiunco di partire immediatamente, e gli affianchi qualcun altro. Spadaro o chi per lui. Chiami la squadra Scientifica e si assicuri che la prenda subito in consegna la balistica per analizzarla.

Catalano afferrò l'involto e uscí.

Scipione alzò il telefono, attese la linea e chiamò il numero diretto che Beppe gli aveva dato per aggiornarlo sulla novità.
– Domani scopriremo se avevi ragione tu, – disse il giudice. – Se l'analisi della pistola dovesse risultare negativa, Termini chiederà il proscioglimento per Olivas e mi restituirà gli atti chiedendo di indagare su Zuccalà.
– E noi indagheremo.

Partito Baiunco per Siracusa insieme alla guardia Turrisi, Scipione non aveva piú motivo di restarsene lí. Catalano aveva garantito che avrebbe atteso finché i due non fossero rientrati, e nell'eventualità in cui ci fosse già il risultato lo avrebbe chiamato dai Verrazzo.

Il commissario era appena uscito dalla sua stanza e si stava dirigendo verso l'uscita quando l'ineffabile Spadaro lo inseguí.
– Commissario, aspetti.
– Spadaro, che è successo?
– Al telefono, la vogliono.
– Chi è?
– La dottoressa Marineo.

Scipione dovette frenarsi per non mettersi a correre. Si fece passare la chiamata nella sua stanza.
– Pronto? – rispose.
– Buonasera, Scipione, sono Giulia.
– Giulia, buonasera. Dimmi –. Si sforzò di usare un tono cordiale ma neutro.
– Riusciresti per caso a passare dalla farmacia prima della chiusura? Avrei qualcosa da raccontarti.

A Scipione non parve vero.
– Certamente. Stavo giusto per andare via, un po' in anticipo. Se vuoi posso passare anche tra poco.

– Benissimo allora, ti aspetto. A dopo.
Scipione uscí dalla stanza in velocità. A piedi, con la fretta che aveva, avrebbe rischiato di arrivare senza fiato.
– Catalano, – chiamò.
Il maresciallo si precipitò da lui.
– Commissario, ma lei ancora qua è?
– Ho ricevuto una telefonata. Abbiamo una macchina libera?
– Mi lasci pensare, – fece il conto, – forse una sí.
– Le dispiacerebbe chiedere a qualcuno di accompagnarmi a casa?
Catalano si straní.
– Commissario, tutto bene?
– Benissimo. Solo che stasera non mi va di affrontare due salite.
Sapeva che sarebbe stato un argomento vincente.
– Certo, certo. Ragione ha, commissario.
Catalano incaricò di accompagnarlo la guardia scelta Vasile, il padre del bambino che voleva fare il commissario. Cinque minuti dopo, il commissario era davanti alla farmacia Marineo.
La porta a vetri era aperta e la farmacia sembrava presa d'assalto da una rumorosa piccola folla. Giulia e il padre erano entrambi dietro il bancone, con la madre di supporto alla cassa. Scipione entrò, salutò i Marineo e si mise di lato. La gente in attesa si voltò a guardarlo, e il chiacchiericcio per un attimo si attutí. Al commissario venne spontaneo abbassare la testa in segno di saluto.
L'uomo piú vicino a lui si scappellò.
– Voscienza abbinirica, signo' commissario.
Era la seconda volta che Scipione sentiva quelle parole, per lui incomprensibili. Suonavano come un ossequio, e come tali le prese.

– Commissario, – lo chiamò Marineo, – venga di qua, s'accomodi.

Lo fece entrare nella stanzetta sul retro. Un attimo dopo Giulia li raggiunse con una bottiglia di amaro digestivo in mano.

– Tieni, papà, è per il signor Scavuzza. Ciao, Scipione.

Il dottore prese la bottiglia.

– Con permesso, commissario, – disse, e tornò al bancone.

– Fiumi di amaro digestivo, stiamo distribuendo, – commentò Giulia, abbandonandosi su una sedia come solo una persona che sta in piedi da ore può fare. A debita distanza da quella su cui si era accomodato lui. Estrasse una sigaretta da un pacchetto abbandonato sul tavolino.

Scipione vinse la tentazione di cambiare sedia e avvicinarsi. Rimase al suo posto e tirò fuori una sigaretta anche lui.

– Allora, – attaccò la dottoressa, – stamattina è venuta in farmacia la signora Cuticchio, una nostra vecchia cliente, talmente affezionata che continua a servirsi qua nonostante si sia trasferita da tempo al piano alto.

– Intendi dire a Noto alta?

– Sí, noi diciamo cosí, – confermò Giulia. – La signora ha preso vari medicinali, tra cui un calmante, ma si vedeva chiaramente che era agitatissima. Le tremavano le mani, sembrava che si stesse sentendo male. L'ho portata di qua e le ho dato dell'acqua. Alla fine si è confidata. Te l'ho detto che la gente certe volte mi racconta i fatti suoi, neanche fossi una grande consigliera, – sorrise. – Mi ha detto di essere molto preoccupata per la figlia Serafina, che è partita la sera di Natale insieme al marito e da tre giorni non si fa sentire. Sul principio la signora era tranquilla, non è detto che dappertutto si trovi il modo di telefonare. Poi tu e il maresciallo Catalano siete andati a casa sua chiedendo della figlia, con la scusa di un fazzoletto rubato, dice lei, le avete mostrato un orecchino che non era nemmeno il suo, e da quel momento ha iniziato a impensierirsi. Il signor Cuticchio si è procurato un numero di telefono di certi zii del genere che vivono a Napoli, dove la figlia aveva detto che sarebbero andati, e ieri sera li ha chiamati. A quanto pare non vedono e non sentono il nipote da mesi.

Scipione non poté impedirsi di sorridere.

– «Con la scusa di un fazzoletto rubato», – ripeté.
– Evidentemente non ti ha creduto.
– E io che ero convinto di averla infinocchiata con quella messinscena.
– Immagino che non ci fosse stato nessun furto, – indovinò Giulia.
– Immagini bene.

La dottoressa rimase in silenzio un momento. Poi, seria: – C'entra con Brancaforte? – chiese.

Scipione decise di essere sincero.

– Probabilmente sí.
– È Serafina la presunta amica di Brancaforte?
– Cosí pare.
– Ed è scomparsa da tre giorni insieme al marito –. Non era una domanda, ma una riflessione. – Brutta faccenda, – concluse Giulia.
– Già.

Marineo aveva fatto entra ed esci dalla stanza almeno tre volte, sempre con qualcosa in mano, indaffarato. A Scipione quelle apparizioni davano l'impressione di essere piú delle ronde che dei passaggi casuali, quali tentavano di sembrare.

– E la povera Maria Laura Brancaforte si è ritrovata non solo vedova e con cinque figli da crescere, ma pure vittima di un tradimento finito in un delitto d'onore, che prima o poi diventerà di dominio pubblico –. Il sorriso misurato di Giulia si inquinò con una piccola smorfia.

Scipione provò a indovinare la riflessione che c'era dietro, e che lei probabilmente non avrebbe espresso.

– Suo padre le aveva procurato davvero un ottimo affare combinandole quel matrimonio, non c'è che dire.

Doveva aver azzeccato il pensiero di Giulia, che infatti dismise la smorfia e assunse un tono piú confidenziale.

– Povera Maria Laura. Sai che da ragazza aveva avuto un filarino con l'avvocato Ferrara?

– Dici davvero?

– Sí, sí. Non ho capito se i genitori glielo fecero lasciare perché si fidanzasse con Brancaforte o se la cosa s'era già conclusa prima.

– Magari è un pettegolezzo nato dal fatto che l'avvocato la sta aiutando in questo momento. E la gente ci ricama sopra, – commentò Scipione. Non era cosí improbabile, data la capacità di montare dicerie della quale i concittadini della farmacista erano smisuratamente dotati.

– No, stavolta credo si tratti di una notizia accreditata. O quantomeno la fonte da cui l'ho appresa lo è di sicuro, su questa come su altre notizie. Solo che lei non ha chiarito meglio, e a me è sembrato brutto domandare.

– Posso chiederti di chi si tratta? Sai che sono sempre alla ricerca di fonti autorevoli. Ammesso che siano consultabili.

– Secondo me non avrebbe nulla in contrario se tu volessi consultarla, anzi. Si tratta di donna Eleonora Varzè.

– La principessa? – chiese Scipione, sorpreso.

– Ti stupisce? Donna Eleonora conosce le storie di mezza città. In piú pare che i Vizzini ai tempi fossero per qualche motivo legati al principe, buonanima.

Scipione allungò il brodo, ufficialmente per togliersi un paio di curiosità, in realtà per il puro piacere di chiacchierare con Giulia ancora per un po'.
– Francesco è l'unico figlio?
– No, ha una sorella, ma è sposata a Palermo. Lui è l'unico che vive qui.
– Ed è prossimo alle nozze con Alberta, la sorella di Vincenzo, – aggiunse Scipione.
– Esatto. Vedi, quella invece è una vera storia d'amore.
– Non so perché, lo avevo capito.
– Be', vedo che inizi a raccapezzarti, – concluse la farmacista, alzandosi dalla sedia.
Marineo ricomparve, sempre indaffarato ma evidentemente dotato di ottimo udito.
– Perciò! A taglia e cuci finí? – scherzò.
– Taglia e cuci, addirittura. Il commissario era curioso di conoscere le storie dei nostri amici, – rispose Giulia, e proseguí rivolta a Scipione: – Comunque, per tornare alla signora Cuticchio, l'ho convinta a parlare con te della sparizione della figlia. Voleva farlo già prima, ma il marito non è d'accordo, cosí mi sono permessa di prometterle che te ne avrei parlato io e che ti avrei chiesto di andare a trovarla di mattina, se possibile, quando il marito è al lavoro. Spero di non aver fatto male.
– No, assolutamente. Anzi ti ringrazio, quello che mi hai riferito è molto importante. Domattina andrò senz'altro a sentire la signora –. Esitò un attimo, poi azzardò: – Visto? Hanno ragione a considerarti una grande consigliera.
Giulia schivò il complimento agitando una mano, come per dire che non era vero. Si aggiustò il camice, già pronta a ributtarsi nel lavoro, e Scipione la seguí nella sala della farmacia.

– Oggi non hai bisogno di nessun cachet? – gli chiese la dottoressa, sistemandosi di nuovo al suo posto.

Per un attimo Scipione percepí in quella domanda una vaga ironia, come se Giulia sapesse che il cachet della sera prima giaceva inutilizzato nel cassetto del comodino. Ma no, doveva essere la sua coda di paglia a instillargli sospetti infondati.

– No, oggi no.
– Meno male.

Due persone entrarono in farmacia, sancendo la conclusione definitiva della conversazione.

Mentre tornava verso casa Verrazzo, Scipione si ricordò che doveva passare dall'albergo e prenotare le stanze per i suoi amici che, maltempo permettendo nelle Calabrie, sarebbero arrivati a Noto il pomeriggio seguente. All'angolo della pensione svoltò a destra sulle scale. Passò sotto il balcone della sua stanza, e salí ancora fin dove la gradinata terminava e iniziava una salita tortuosa. All'angolo sulla sinistra c'era l'albergo. L'uomo che sonnecchiava nella piccola portineria gli confermò la disponibilità delle stanze e gliele fece persino girare per scegliere quelle che preferiva. Spartane, come aveva detto Vincenzo, ma decorose. Scipione scelse le sistemazioni che gli sembrarono piú comode, affacciate sulla salita e vicine al bagno.

Quando uscí, tentò di capire dove portava la salita che proseguiva da lí in poi curvando verso sinistra. La percorse tutta, anche se era poco illuminata. Dopo la curva stretta si ritrovò in uno slargo dominato da un palazzo con uno stemma nobiliare sulla porta. Riconobbe piú avanti sulla sinistra il carcere mandamentale, che Catalano gli aveva indicato, sulla destra la torretta dell'ospedale e piú avanti il penitenziario.

Scese lungo le scale di lato al carcere mandamentale e si ritrovò in via Cavour. Infine tornò indietro verso la pensione.

– Buonasera, commissario, – lo salutò Travina, seduto su una delle due colonnine basse accanto al suo portone. In piedi davanti a lui c'erano due uomini che Scipione identificò l'uno come il padre di Giovanni Gullo e l'altro come il dottore Lo Bianco, che Vincenzo aveva riaccompagnato a casa la sera prima. Dovette fermarsi un momento a salutare.

Entrò nel portoncino della pensione che s'erano fatte le sette e mezzo. Il cappotto marrone e il cappello beige appesi all'attaccapanni dell'ingresso indicavano che l'altro pensionante doveva essere rientrato alla base. L'odore della cena che Corradina stava preparando sembrava appena migliore di quello delle sere precedenti.

Verrazzo gli venne incontro, allegro come sempre.

– Che mi racconta, Corrado?

– Niente di particolare. Ha visto che abbiamo il nuovo presidente della Repubblica? – Dal modo in cui glielo comunicò si intuiva che il risultato gli era piaciuto.

– Finalmente. E chi hanno eletto?

– Saragat. Al ventunesimo tentativo.

Lo aiutò a togliersi il cappotto.

– Qualcuno ha chiamato dal commissariato? – s'informò Scipione.

– No, dal commissariato no. Però telefonarono per lei un sacco di persone –. Si avvicinò al tavolino del telefono. – Mi segnai i nomi qua. Il signor Valentini: mi disse di avvertirla che andava tutto bene e che si fermò a dormire a Reggio Calabria. Spera di arrivare domani nel pomeriggio. Ieri invece si fermò verso Maratea –. Alzò gli occhi. – Certo, bello sarebbe se ci fosse già l'autostrada... Hanno appena iniziato a costruirla, chissà quando la finiranno –. Riprese a leggere: – Poi, in orari diversi, telefonarono tutti i suoi fratelli, o almeno credo che siano tutti: Domitilla, Augusta e Marco Aurelio –. Rialzò gli occhi.

Scipione gli lesse in faccia la domanda e rispose senza aspettare che Corrado la formulasse.

– Sí, lo so: sembriamo usciti da un libro di storia dell'Impero Romano. Quella dei nomi romani antichi è una sorta di tradizione di famiglia, alla quale mio padre è molto legato.

– E come si chiama suo papà? – chiese Corrado, divertito.

Scipione allargò le braccia. – E come vuole che si chiami? Cesare.

22.

L'Eremo di San Corrado di Fuori, di mattina e con una bella giornata, era un'oasi di pace. Peccato che il destino avesse voluto che Scipione associasse quel posto suggestivo all'immagine sconcertante del primo morto ammazzato mai visto in vita sua.
– Guardi, commissario, là sopra c'è la grotta dove san Corrado si ritirava in preghiera, – indicò Catalano, mentre passavano con l'auto lungo il viale che portava al Santuario.
– La grotta con le impronte delle ginocchia? – chiese Scipione.
– No, quella è proprio dentro la chiesa, vi si accede dall'interno.
Scipione ricordò di aver visto qualcosa di simile, l'unica volta che era entrato con Mantuso.
Fra Giovanni li aspettava fuori, passeggiando su e giú per il viale. La Vespa parcheggiata davanti al cancelletto che portava al sagrato indicava che anche don Ignazio era lí. I frati eremiti alloggiavano in un piccolo convento al lato del Santuario. Fra Luigi, per tutti fra Bambino, era seduto nel refettorio, una tazza di latte davanti e gli occhi persi nel vuoto. Piccolo di statura, il viso tondo, non fosse stato per la barba già screziata di bianco lo si sarebbe potuto scambiare per un ragazzo. Don Ignazio gli sedeva accanto.

– Manco di mangiare ne vuole piú sapere, – spiegò fra Giovanni al commissario e al maresciallo.

Scipione s'avvicinò al frate e provò a parlargli.

– Fra Luigi, – disse.

L'uomo spostò gli occhi su Macchiavelli, lo scrutò. Un lampo di curiosità gli attraversò lo sguardo.

– Posso mettermi accanto a lei? – chiese il commissario.

Il frate annuí.

– Come sta? – Da qualcosa Scipione doveva pur cominciare. Scelse una domanda semplice, che però evidentemente bloccò fra Luigi.

– Non lo so, – rispose lui dopo un lunghissimo attimo di pausa. – Tu chi sei?

– Mi chiamo Scipione, sono un commissario.

L'uomo rimase perplesso.

– Un commissario. Che cos'è un commissario? – chiese a don Ignazio.

Il prete fece segno a Scipione di rispondergli.

– Una persona che combatte contro la gente cattiva e la porta in prigione, – tentò di semplificare il commissario.

Fra Bambino ebbe un guizzo negli occhi.

– Le persone cattive sono là fuori, – disse.

– Là fuori dove?

Ma il frate aveva già perso la concentrazione.

– La macchina del diavolo, – mormorò tra sé e sé.

Scipione riuscí a sentirlo lo stesso.

– È molto brutta, la macchina del diavolo? – chiese.

Il frate si voltò.

– No, non è brutta. È paurosa.

Scipione tentò di interpretare il pensiero del frate.

– Perché è paurosa, fa molto rumore?

– No, non fa rumore.

– Ha dei fari molto grandi? – andava a casaccio.

– Sono spenti, – rispose il frate.
Scipione decise di passare alle domande concrete.
– Dove l'ha vista?
L'uomo scosse la testa, si zittí.
– Ecco, vede? A questo punto non risponde piú, – disse fra Giovanni. Il prete gli fece segno di non parlare.
Scipione ragionò. Se il dubbio era che il frate avesse visto l'assassino – il diavolo – mentre si sbarazzava del cadavere di Brancaforte, non era standosene lí dentro seduti su una panca che l'avrebbero convinto a parlare.
– Fra Luigi, che ne dice se ci facciamo una passeggiata? – propose.
Il frate non disse né sí né no. Scivolò lungo la panca e si alzò in piedi, le mani intrecciate sulla pancia prominente. Scipione si mise al suo fianco e si lasciò guidare fuori attraverso una porticina. Il frate si inoltrò verso un sentiero con una fitta vegetazione ai lati. Si chinava, coglieva un fiore, guardava il cielo. Finalmente tornò verso il viale che portava al cancello d'uscita. Sul cancello si fermò, esitante.
Scipione capí di dover cambiare strategia.
– Fra Luigi, stia tranquillo. Ci sono io.
– È un commissario, – disse il frate. Non si mosse.
– Andiamo, – lo invitò Scipione.
– Il diavolo c'è, – fece fra Bambino, agitato, puntando i piedi.
Niente, non c'era modo di sbloccarlo.
Il commissario ebbe un'idea. – Le dico un segreto, fra Luigi –. Aprí la giacca. – Guardi qua che cos'ho?
Il frate spalancò gli occhi.
– 'A pistola!
– Se viene il diavolo gli spariamo e lo cacciamo via.
Il frate sorrise per la prima volta. Gli tese la mano.
Scipione la prese. Gli pareva di essere entrato in una

realtà parallela. Andò verso il luogo incriminato, dove iniziava la scalinata di roccia. Il frate sussultò, puntò di nuovo i piedi.

– Fra Luigi, era qua la macchina del diavolo? – chiese Scipione.

Il frate annuí.

– La macchina del diavolo, – ripeté.

– Perché dice che era del diavolo?

– Era di fuoco.

– E che faceva il diavolo?

Il frate iniziò a battere i piedi. Si portò le mani alla testa.

– Matri mia, matri mia, – mormorò.

– Che stava facendo il diavolo, fra Luigi? Me lo dica, che cosí lo porto in prigione –. Il ragionamento non poteva essere piú insensato, ma al frate serví per prendere coraggio.

– Ammazza i cristiani.

– Dove li ammazza?

Fra Bambino indicò un punto preciso, che non lasciava spazio a dubbi, prima di cedere a una crisi di nervi.

Don Ignazio accompagnò il commissario e il maresciallo all'auto di servizio.

– Lo sapevo che aveva visto qualcosa, si comportava in maniera troppo strana, – disse, scuotendo la testa.

– Ha visto quello che noi già sapevamo, – rispose Macchiavelli, – che qualcuno ha portato qui il cadavere di Brancaforte e lo ha gettato sui gradoni di roccia.

– Ma il fuoco?

– Forse perché era verso mezzogiorno, l'una, – ipotizzò Catalano. – Il sole è forte a quell'ora, magari si sono formati dei riflessi sulla macchina.

– In ogni modo, grazie commissario, grazie maresciallo. Spero che ora, dopo essersi sfogato, fra Luigi torni tranquillo –. Guardò l'orologio. – Sapete chi sto aspettando? – disse. – Corrado Testa.

Il commissario e il maresciallo lo guardarono interrogativi.

– Il ragazzo che trovò il cadavere, – specificò.

– Ah, certo. Testa Corrado, – disse Catalano. – E come sta?

– Come uno scampato a un colpo di fucile, maresciallo, – fece il prete.

– A un colpo di fucile? – chiese Scipione.

– Sí, il padre della carusa con cui quel disgraziato s'era appartato scoprí tutte cose e lo inseguí campi campi. Non l'ammazzò solo perché gli sfuggí. Alla ragazza la mise sotto chiave nella stalla. Quella riuscí a scappare, raggiunse Corrado e fecero la fuitina. E ora mi tocca sposarli in fretta e furia.

– La fuitina? – disse Scipione ridendo, appena risalirono in macchina.

– Lo sa che cos'è, commissario?

– Posso intuirlo.

Catalano scosse il capo. – Me lo sentivo io che quello rischiava di finire male.

– Ma non poteva dire al padre che voleva sposarla? Almeno si evitava il colpo di fucile?

– Eh no, commissario, la sceneggiata della lavata dell'onore col sangue bisognava farla, poi il matrimonio ripara tutto.

– E se l'avesse preso?

Catalano lo guardò sornione.

– Non l'avrebbe preso, si fidi.

Scipione tornò alla realtà.

– Quel frate ha visto l'auto dell'assassino eppure non riesce a descriverla.

– Commissario, è già tanto se lo ha fatto parlare. Ma come ci è riuscito?

– Ho improvvisato, maresciallo. E le assicuro che a un certo punto ero in difficoltà.

– Comunque, fra Giovanni disse che quando lo vede piú tranquillo tenterà di fargli disegnare la macchina. E forse si capirà qualcosa di piú.

Risalirono fino alla piazza e presero la strada del ritorno.

– Dobbiamo fermarci dalla Cuticchio, commissario? – chiese Catalano, quando furono a Noto alta.

– Sí, passiamoci adesso.

Parcheggiarono davanti al vicolo e raggiunsero il portoncino.

La signora Cuticchio aprí appena sentí bussare, speranzosa. Gli occhi bagnati.

– Commissario, allora piddaveru subbito la dottoressa glielo disse!

– Certo, signora. Gliel'aveva promesso, no?

– Trasite, trasite.

Li fece entrare nel solito soggiorno. Sul tavolo c'era un portafotografie con l'immagine di una ragazza. Capelli scuri, lineamenti marcati, fisico prorompente sotto un vestito a fiorellini chiari che tentava di essere morigerato.

– Me' figghia, – indicò la signora, singhiozzando.

A pezzi, interrompendosi ogni tanto, la donna ripeté al commissario e al maresciallo quello che aveva raccontato a Giulia.

– Io lo capii subito che non era cosa di furto, quando veniste qua l'altra volta. Voi cercavate a Fina per qualchecos'altro, – disse infine.

– È vero, signora, la cercavamo per un altro motivo. E la cerchiamo ancora.

La donna lo guardò.

– Qual è il motivo? Lei me lo deve dire, commissario. È me' figghia: l'anima mia stessa. Ho diritto di sapere che le successe.
Scipione esitò un attimo e l'accontentò.
La donna rimase pietrificata, seduta al suo posto, la fotografia davanti agli occhi asciutti.
– Fina mia è una... – si fermò.
– Signora, senta, – disse Scipione, avvicinandosi, – lasci stare quello che sta pensando adesso di sua figlia e cerchi di fare uno sforzo di memoria. C'è un posto in cui suo genero e sua figlia possono essersi nascosti? Non so, una casa di campagna.
La signora spostò gli occhi su di lui.
– Stefano non ne possiede case in campagna. A stento possiede quella in cui abitano.
Scipione tirò fuori di nuovo l'orecchino.
– Lo osservi bene, per piacere. È sicura di non averlo mai visto addosso a sua figlia?
– No, commissario, già glielo dissi. Un orecchino come quello me' figghia non ha dove pigliarlo –. Le sfuggí un sorriso sprezzante. – Solo facendo la buttana forse, e infatti è chiddu ca faceva.
– Signora, la prego, – disse Catalano.
– Pirchí, non è accussí? Idda, sposata, se la faceva con un uomo sposato, padre di cinque figghi. E so' maritu c'av'a ffari, non lo doveva ammazzare? Macari a idda doveva ammazzare, – sbraitò, in preda alla rabbia. Poi si rese conto di quello che aveva detto, fissò terrorizzata le facce sgomente del commissario e del maresciallo. – Ma non è che l'ammazzò piddaveru?

Mantuso e Giordano avevano passato la notte davanti a casa degli Zuccalà, invano. Alle otto del mattino, via radio, prima che partisse per San Corrado, avevano chiesto al maresciallo di essere sostituiti per rimontare in appostamento nelle ore notturne, quelle in cui a parere di Mantuso era piú probabile che Zuccalà rientrasse, se non voleva farsi vedere. Catalano aveva mandato Turrisi e Spadaro al loro posto.

– Notizie della balistica? – chiese Scipione, appena arrivato in commissariato.

Baiunco, che lo aspettava al varco, scattò sull'attenti.

– Sí, commissario, telefonarono da Siracusa: la pistola non sparò da molto tempo.

L'appuntato immaginava una reazione di stupore, che invece il commissario non ebbe. In cuor suo, che Olivas non fosse l'assassino di Brancaforte, Scipione l'aveva sempre saputo.

Si mise davanti alla stufa, che tra l'umidità dell'Eremo, il gelo del refettorio del convento e la temperatura di casa Cuticchio, aveva accumulato freddo per una settimana.

– A questo punto l'assassino può essere solo Zuccalà, – ragionò il maresciallo, sedendosi al solito posto.

– Speriamo di non dover avere a che fare con due cadaveri anziché con uno, – disse Scipione, ripensando allo sfogo della Cuticchio.

– Che le debbo dire, commissario, la possibilità c'è.

Il commissario si staccò dalla stufa, si sedette alla scrivania e telefonò a Beppe per comunicargli il risultato dell'analisi balistica.

Anche il giudice non si stupí. – Adesso trovare Zuccalà diventa imperativo. Diramiamo il numero di targa della sua auto in tutta la provincia e intensifichiamo il controllo davanti all'abitazione. Non deve rimanere scoperta nemmeno per un'ora.

Scipione concordò con lui.
Dopo aver riattaccato tirò fuori l'orecchino che teneva in tasca e se lo rigirò tra le mani. A quale tipo di donna poteva piacere un gioiello del genere? Di sicuro con quella che aveva visto in fotografia dalla Cuticchio non c'entrava nulla. E se avesse avuto ragione Mantuso? Se l'orecchino fosse semplicemente appartenuto a Maria Laura Brancaforte? Su di lei sí che sarebbe stato benissimo. Non ci voleva poi tanto a scoprirlo.

Mentre Catalano se ne andava in comune, a controllare se a nome di Stefano Zuccalà ci fosse qualche terreno agricolo, magari con una costruzione al suo interno, Scipione prese la strada per casa Brancaforte. Incredibile quanto fosse vicina al commissariato. Spostandosi in auto non se n'era mai reso conto.

Turidda, la donna di servizio, gli aprí con il bambino piú piccolo in braccio e una bimbetta di circa tre anni per la mano.

– La signora non c'è, – annunciò.
– Ah. E quando posso trovarla? – chiese Scipione.
In quel momento comparve Filomena Vizzini.
– Turidda, chi è... Commissario! – cambiò espressione.
– Che piacere. Venga, s'accomodi.
Lo trascinò nel solito salotto e spedí la donna di servizio nella stanza dei bambini. Gli tolse il cappotto dalle mani come se non stesse aspettando altro.

Scipione temette di essersi infilato in una situazione imbarazzante.

– Se la signora non c'è posso tornare piú tardi, – disse.
– Ma no! È uscita per poco tempo. Sa, c'è da andare a prendere Gerardo a Siracusa, con varie questioni burocratiche. Povera figlia...

Lo invitò a sedersi e si piazzò accanto a lui, assai piú vicino di quanto le comuni regole di buon comportamento prevedessero.

– Un compito doloroso, capisco.

– Ah, non immagina, commissario. Mi offrii di aiutarla, ma in effetti di questioni simili non ci capisco niente. E mia cognata, poi, meno che meno. L'unico aiuto che posso darle è con i bambini. Quando fu di mio marito era diverso, si trattava solo di organizzare un funerale. Ma qua... – Sospirò con rassegnazione. – Meno male che c'è l'avvocato, – e guadagnò un altro centimetro.

Scipione cercò aiuto nell'orologio.

– Purtroppo ho i minuti contati, signora. Credo sia meglio che io torni nel pomeriggio.

La donna gli agganciò il braccio. – Guardi, le assicuro che è questione di poco. E se anche Lauretta tardasse di qualche minuto... ci sono qui io, per lei –. Filomena lo fissò come aveva già fatto in commissariato. Stavolta però era impossibile non capire.

Scipione se la ritrovò a pochi centimetri. Scollatura profonda, sguardo inequivocabile. La mano ancora sul suo braccio. Una di quelle situazioni che a degenerare ci mettevano un attimo. Lo atterrí la sola idea.

Doveva ripristinare i ruoli immediatamente e senza mezzi termini.

– Ha ragione, in effetti posso chiedere anche a lei, – disse, secco, allontanandosi per infilare una mano in tasca. – Sa per caso se quest'orecchino appartiene a sua nipote?

La donna rimase spiazzata per un attimo. Doveva essere la prima volta che le capitava di essere respinta dopo avance cosí dirette. Fece buon viso e prese l'orecchino.

– Sí, certo. Sono i suoi orecchini preferiti, da qualche tempo li indossa sempre. Tranne negli ultimi giorni, ma è

comprensibile, gioielli come questi non s'addicono al lutto –. Glielo restituí. – Com'è che ce l'ha lei? – chiese, la mano che era sul braccio finí sul ginocchio.
Scipione scattò in piedi. L'unica scusa che gli venne in mente per uscire da quella casa di volata fu un'immaginaria auto di servizio che lo attendeva in strada per un urgentissimo e indifferibile sopralluogo.

Catalano tornò in commissariato a mani vuote.
– Niente, commissario, ha ragione la Cuticchio, case di campagna il genero non ne possiede. A questo punto bisogna sperare che ci abbia azzeccato Mantuso, e che Zuccalà rientri a casa di notte e notte.
Scipione era seduto alla scrivania e stava recuperando fiato dopo la corsa per allontanarsi da casa Brancaforte. Come gli era venuto in mente di andarci da solo?
– Almeno lei concluse qualcosa? – chiese il maresciallo.
– No, assolutamente, – rispose convinto, come se la domanda fosse riferita al pensiero che stava seguendo.
– Perciò 'st'orecchino è per forza di Fina Cuticchio, – dedusse Catalano.
Il commissario si rese conto della stupidaggine che aveva detto.
– Scusi, maresciallo, ero sovrappensiero. Sí, ho avuto la conferma che l'orecchino è della Brancaforte.
– Oh, almeno 'sto dubbio ce lo siamo tolto. Che le disse la signora, quando glielo restituí?
– In realtà non gliel'ho restituito, perché non c'era. La conferma che sia suo me l'ha data la zia, – finse noncuranza, accendendosi una sigaretta.
Catalano fece una faccia strana.
– Cui, Filomena?
– Sí.

– Ah –. Si prese una piccola pausa prima di continuare.
– Certo, non lo poteva lasciare a un'altra persona.
Scipione si raddrizzò sulla sedia, riprese il tono da funzionario capo. – A quanto pare la signora ha indossato questi orecchini ogni giorno fino a un paio di settimane fa. Deve averlo perso in quei giorni.
– Allora sarà stata al villino, – fece liscio il maresciallo, fumando la sua nazionale. – Ah, commissario, – disse d'un tratto, – già che c'ero, controllai nel registro se per caso il padre di Zuccalà, che all'anagrafe risulta deceduto, possedesse una pistola. Ma come unica arma dichiarata aveva un fucile, lo stesso che ora risulta a nome del figlio.
– Catala', non dimentichi che esistono anche armi non dichiarate, – obiettò Scipione.
– Infatti, questo pensai pure io. Però di solito sono in mano a malviventi.
– O a chi le acquista da un malvivente per commettere un delitto.
– Anche questo è vero, – ammise il maresciallo.
In quel momento bussarono alla porta di Scipione.
– Avanti, – disse il commissario.
Il brigadiere Mantuso entrò salutando.
– Miat'iddu, – disse Catalano sorridendo. – Talia quant'è fresco e riposato, manco pare reduce da un giorno e una notte d'appostamento.
– Maresciallo, ma che parla come le persone anziane? – lo prese in giro il brigadiere.
– Che ci dici, Mantuso? – domandò Scipione.
– Niente, commissario, che le debbo dire. Venendo qua passai con la Vespa davanti a casa di Zuccalà. Senza dare nell'occhio m'avvicinai a Turrisi e a Spadaro per chiedere notizie, ma tutto tace.
Macchiavelli guardò l'orologio. Era l'una e mezzo.

– A questo punto quasi quasi faccio un salto a casa, cosí vedo se i miei amici in arrivo hanno dato notizie.

– Commissario, se per lei va bene, appena riapre la Banca Trinacria me ne andrei a passare un poco di tempo sullo schedario di Brancaforte. Chissà che non troviamo un altro indizio o un nome che ci dica qualcosa.

– In effetti, di tutti gli altri nomi che abbiamo trovato nel taccuino di Brancaforte non ne abbiamo fatto nulla, – rifletté Scipione.

– Commissario, – intervenne Catalano, – io gli diedi un'occhiata: si tratta di decine di persone, di ambienti diversi. Macari gente umile, che s'indebitò per cifre basse, per campare la famigghia, o perché il raccolto in campagna non andò bene. Piú qualche nome un poco piú conosciuto, ma comunque gente che con Brancaforte non poteva avere altro a che fare.

Scipione si alzò.

– Vabbe', vediamo se Mantuso trova qualcosa di utile. Sempre ammesso che 'sto schedario non sia una sua fissazione, – scherzò.

– Ma piddaveru, – commentò Catalano, divertito, – pirchí ti fissasti con quello schedario?

Mantuso scrollò le spalle.

– Non lo so. Ma finché non verifico non me lo levo dalla testa.

Scesero tutti e tre insieme. Catalano diretto a casa, Scipione alla pensione e Mantuso in banca.

– Commissario, vuole un passaggio con la Vespa? – propose il brigadiere.

Scipione ci pensò su.

– Ma sí, dài. Mi evito le salite.

Catalano approvò.

I Verrazzo avevano già pranzato.
– Dottore, me lo poteva dire che tornava, accussí mi regolavo! – protestò Corradina.
– Non si preoccupi, mi vanno benissimo un po' di pane e formaggio.
Corrado tirò fuori la sua scorta di olive, salami e pecorini vari.
Corradina si sedette di fronte al commissario.
– Ma vero è che trovaste l'assassino?
Scipione cadde dalle nuvole.
– Non mi risulta.
– Ma come? E Olivas?
Ovviamente la notizia della presunta colpevolezza era stata velocissima a spargersi ed era diventata un fatto assodato, mentre quella del proscioglimento non era rilevante per nessuno.
– Non è stato lui, – comunicò.
Corradina quasi ci restò male.
– Perciò state ancora cercando il colpevole?
– Purtroppo sí.
La donna alzò gli occhi come per riflettere.
– Voci ne corrono assai.
Verrazzo sospirò. – Corradina...
– Che dissi?
– Ma secondo te il commissario è interessato?
– Se non trovò l'assassino, per forza dev'essere interessato. Vero, dottore?
Scipione non volle deluderla.
– Certo, signora Corradina. E che dicono queste voci?
– Tutto e nenti, come al solito. C'è chi dice che Brancaforte di fimmine ne aveva addirittura due, e che pò essiri pure che lo ammazzò una di loro.

Scipione non trattenne una risata.
– Macari per me è impossibile, – concordò Corradina.
– Qualchedun altro dice che fu la moglie, per gelosia. Ma pure chistu mi pare difficile. Una non uccide il padre dei so' figghi sulu per un paio di corna. Piú facile il marito dell'amica, che li sgamò, perse la testa e li ammazzò a tutti e due.
– Tutti e due chi?
– Brancaforte e la fimmina.
– Non mi risulta che sia stata uccisa una donna, – disse Scipione, divertito e nel contempo sbalordito dall'assonanza tra le chiacchiere della gente e le ipotesi, al momento peregrine, che anche a loro erano venute in mente.
– Capace che ancora non l'avete trovata, – concluse la donna.

L'Appia convertibile rossa del commissario Macchiavelli entrò a Noto alle tre e mezzo di pomeriggio del 29 dicembre. Al passaggio da Siracusa, come d'accordo, Primo s'era fermato a una cabina telefonica e aveva avvertito Scipione che stava per arrivare. Il commissario gli aveva assicurato che l'avrebbe aspettato davanti alla Porta Reale, descrivendogli minuziosamente la strada che doveva percorrere. Alle tre meno un quarto, in largo anticipo rispetto alle previsioni, era uscito di casa e con tutta calma era arrivato a piedi alla fine del corso. Il viale pedonale di lato al giardino pubblico, per i netini «la villa», era pieno di persone, soprattutto ragazzi e ragazze che passeggiavano avanti e indietro. I pochi piú attempati davano la sensazione di essere lí di vedetta. Scipione entrò nel bar, poco piú grande di un chiosco, che stava nello spiazzo davanti alla Porta Reale. *Rosso e Nero*, diceva l'insegna. Ordinò un caffè guardandosi intorno. L'età media degli avventori era parecchio piú bassa di quella delle persone che incontrava giornalmente nell'altro caffè. Non cambiavano invece le occhiate curiose e i cenni di saluto che alcuni, ovviamente uomini, gli indirizzavano.

Ragazzi e ragazze se ne stavano seduti ai tavolini, in gruppo, bevendo bibite e chiacchierando. Un'immagine ben lontana dalla Sicilia che Scipione s'era prefigurato prima di arrivare a Noto. Ormai aveva capito, e Beppe gliel'aveva confermato, che sarebbe bastato allontanarsi dalla città verso qualche piccolo paese a vocazione rurale per ritrovare quell'idea di una regione arretrata e povera che s'era fatto lui. E la storia dei due ragazzi che aveva sentito quella mattina all'Eremo lo dimostrava.

Vedere la sua auto avvicinarsi lungo il viale alberato gli provocò un'emozione che non immaginava. Appena lo ebbe notato, Primo accostò e scese, allegro.

– Scipio!
– Amico mio.
S'abbracciarono.
– Visto? Te l'ho portata sana e salva.

Scipione contemplò la sua Appia come se fosse la prima volta. Toccò la carrozzeria.

– Finalmente. Grazie.

Camilla lo salutò dall'interno mentre armeggiava con la portiera. Scipione girò intorno all'auto, aprí e le tese la mano, aiutandola a scendere.

– Scipio bello, come stai?
– Bene.

Tailleur color ruggine, foulard di seta sui capelli corti, occhiali da sole con montatura chiara. Sembrava uscita da una copertina del giornale per cui lavorava.

– Vi va un caffè? – disse Scipione. I due accettarono.

Appena varcarono la soglia del bar, gli occhi dei ragazzi

si concentrarono su Camilla, che si guardava intorno curiosa mentre beveva il caffè.

Stipati in tre nell'Appia, raggiunsero via Cavour. Primo aveva ceduto il volante nelle mani del proprietario e s'era sistemato su quella sorta di panchetta posteriore studiata per ospitare una persona e che sua sorella aveva invece invaso con borsoni e beauty case. Scipione li accompagnò su per le scale fino all'albergo e li scortò nelle stanze. Beppe aveva avvertito che, appena uscito dal tribunale, sarebbe venuto a Noto per salutarli. Di concerto avevano deciso di portarli a cena nell'unica trattoria di cui il giudice era a conoscenza, probabilmente la stessa che sia Catalano sia Vincenzo Travina avevano segnalato al commissario e nella quale Scipione, un po' per mancanza di tempo, un po' perché non aveva voglia di pranzare da solo, non era mai stato. Scipione lasciò i due a riposarsi e ridiscese le scale. Passando sotto la pensione, rimirò soddisfatto la sua auto.

– Bella, commissario, – sentí. Come già gli era accaduto, si voltò ma non c'era nessuno.

– Qua sopra sono.

Alzò gli occhi e vide Raimondo Travina affacciato al balcone.

– Grazie, marchese.

– Arrivarono gli amici suoi, ho visto.

– Già.

Travina gli augurò buon lavoro e Scipione proseguí a piedi. Passando davanti alla Banca Trinacria, notò che la Vespa di Mantuso era ancora parcheggiata là davanti.

Guardò l'ora: le quattro e mezzo. Incerto se entrare o no, alla fine decise di tornare in commissariato. Se davvero il brigadiere avesse trovato qualcosa, sarebbe venuto subito a dirglielo.

– Buonasera, commissario, – lo accolse Catalano.

– Maresciallo, ci sono novità?
– Nessuna. Mantuso ancora non tornò.
– Lo so. Starà smontando mezza banca.
– Se si fissò... – fece Catalano.
– Mi ha cercato qualcuno?
– Il sostituto procuratore Termini. Ci parlai io. Chiese il proscioglimento per Olivas e trasmise di nuovo gli atti al giudice Santamaria per le indagini su Zuccalà.

Esattamente come aveva previsto Beppe.

Scipione si sedette alla scrivania, in attesa che Mantuso tornasse.

Il brigadiere ricomparve alle cinque, la faccia soddisfatta.

– Commissario, ci 'nzirtai.
– Ci... cosa? – chiese Scipione.
– Ci azzeccai. Lo schedario nell'ufficio di Brancaforte aveva un doppio fondo.
– Ma dici davvero? – si stupí il commissario. – E che hai trovato?

Mantuso tirò fuori un quadernetto simile a quello trovato nella scrivania in casa Brancaforte. – Altri nomi di probabili debitori, – spiegò.

Scipione lo aprí. Lo schema era identico: nomi, cifre, date.

– Guardi nella seconda pagina, commissario, – suggerí Mantuso.

Macchiavelli voltò pagina, scorse i nomi fino a metà, si fermò sorpreso. Alzò gli occhi sul brigadiere, che gongolava, e sul maresciallo che attendeva trepidante.

– Stefano Zuccalà.
– Proprio lui. E guardi che cifra, – indicò Mantuso.
– Ammazza, poche lire, – commentò il commissario. Passò il quaderno a Catalano.

– Capace che ci si fece la casa, – ipotizzò il maresciallo.
– Quindi Zuccalà avrebbe avuto due moventi per ammazzare Brancaforte: quello dei soldi e quello della moglie.
– Cosí parrebbe, – disse Mantuso.
Scipione non commentò. Chissà perché, invece di rafforzare la convinzione che fosse Zuccalà il probabile assassino, quegli elementi avevano avuto l'effetto di indebolirla impercettibilmente. Come se qualcosa non quadrasse piú. Solo non riusciva a capire cosa.

Tornò alla pensione giusto il tempo di cambiarsi e avvertire Verrazzo che non avrebbe cenato lí. Stava per uscire per andare a recuperare Primo e Camilla in albergo, quando Corrado gli comunicò che i suoi amici lo aspettavano davanti al portone.
Li raggiunse. – Siete già qua?
– E che stavamo a fa' in albergo, – rispose Primo. – Tra l'altro, non so com'è, ma quando siamo arrivati nella stanza si moriva dal freddo. Poi hanno acceso delle stufe e la situazione è migliorata.
Scipione non si stupí.
– Bella questa città, – disse Camilla, il naso in aria verso il palazzo dei Travina.
Scipione li portò sul corso, mostrò loro tutte le chiese e i palazzi che aveva scoperto in quei giorni. Si sedettero a un tavolino del *Caffè Sicilia* in attesa che Beppe arrivasse.
– Se escludiamo la signora alla cassa, sono l'unica donna, – notò Camilla, per nulla imbarazzata dalle occhiate che aveva attirato.
Scipione si guardò intorno e riconobbe un po' di facce. I proprietari guardavano incuriositi i forestieri insieme al commissario.

Scipione e Primo ordinarono un Punt e Mes, Camilla una gazzosa.

Beppe li raggiunse che erano passate le otto. Abbracciò Primo e salutò con la solita affettuosa distanza Camilla, che non gli toglieva gli occhi di dosso.

Passarono la serata in trattoria, mangiando pasta al sugo e salsiccia arrosto, rimembrando i bei tempi romani. Beppe li istruí su tutto quello che c'era da vedere a Noto, Siracusa e dintorni. Comprese le tonnare, che a suo dire avevano un loro perché. La piú grande apparteneva ai Varzè.

– Speriamo che Macchiavelli risolva presto il caso che m'ha rifilato, altrimenti vi toccherà girare da soli, – concluse il giudice.

Riaccompagnò Primo e Camilla in via Cavour con la Mercedes. Scipione, per carenza di posto nella macchina, risalí a piedi. Mentre si salutavano davanti alla pensione sopraggiunse Vincenzo Travina, che stava rientrando insieme alla sorella Alberta e a Francesco Varzè. Tra le presentazioni, i complimenti all'auto di Macchiavelli finalmente tornata nelle sue mani e i commenti su Olivas scagionato, rimasero mezz'ora a chiacchierare. Erano ancora lí quando la porta della pensione si aprí e Verrazzo comparve in pantofole e vestaglia.

– Commissario, – chiamò.

Scipione s'avvicinò. – Corrado, che è successo?

– Telefonò ora ora il maresciallo Catalano. Disse che deve raggiungerlo subito in commissariato, è cosa urgentissima.

Scipione e Beppe si guardarono.

– Andiamo, – disse il giudice.

23.

Per fare prima, si mossero con l'auto di Santamaria. In commissariato c'era una confusione che in quegli otto giorni a Scipione non era mai capitato di vedere. Erano tutti lí, dal maresciallo Catalano fino all'appuntato Baiunco. Compresa la guardia scelta Vasile, che dalla postazione in centrale operativa aveva avvertito tutti di quello che Mantuso gli aveva appena comunicato. Spadaro s'agitava passando di stanza in stanza. Appena si accorsero dell'arrivo di Macchiavelli col giudice si zittirono di colpo.

– Che è 'sta caciara? – disse Scipione, mentre il maresciallo veniva loro incontro.

Catalano non s'aspettava di vedere Santamaria.

– Buonasera, signor giudice, – salutò. – Commissario, li deve scusare. Una operazione simile in piena notte penso che qua non capitasse da anni.

– Mantuso e Giordano dove sono?

– Di là, con Zuccalà e la moglie.

Scipione guardò la porta della saletta adibita agli interrogatori.

– Almeno ora sappiamo per certo che è viva, – disse.

– Dove li hanno presi? – chiese Beppe.

– Il marito stava entrando in casa, probabilmente a prendere qualcosa, mentre lei aspettava in macchina.

– Che cos'ha detto Zuccalà quando l'hanno bloccato? – chiese Scipione.

– E che disse, commissario: che lui è innocente.

Entrarono tutti e tre nella sala interrogatori.

Mantuso si avvicinò per salutare il commissario e guardò perplesso Beppe.

– Il giudice Santamaria, che dirige le indagini, – lo presentò Scipione.

Il brigadiere e Giordano scattarono.

– Buonasera, signor giudice.

Gli Zuccalà erano seduti vicini, dietro il tavolo di legno. Pallidi in viso, spaventati.

Si sedettero davanti a loro. Scipione lasciò la parola a Beppe, che si qualificò.

– Allora, Zuccalà, vuole raccontarci come sono andate le cose?

– Quali cose? – chiese l'uomo, balbettando.

– L'omicidio di Gerardo Brancaforte, per il quale è indagato.

Zuccalà spalancò gli occhi.

– Io non ammazzai a nessuno, ve lo posso giurare. Quel giorno non ero manco a Noto, – disse.

– La sua fuga farebbe intendere il contrario.

– Scappai appena scoprii che l'avevano ammazzato, perché sapevo che avreste incolpato a me. E che mia moglie sarebbe stata messa in mezzo –. Guardò verso Serafina, impietrita.

– Be', aveva un ottimo movente, signor Zuccalà. Sua moglie aveva una relazione adulterina con la vittima. Difficile non sospettare di lei, non crede? – disse Beppe, calmo.

– Signor giudice, io non ammazzai nessuno.

– Zuccalà, io le consiglio di collaborare. Lei si trova in una situazione complicata e scappando se l'è complicata ancora di piú. Era a conoscenza della relazione di sua moglie con Gerardo Brancaforte?

Zuccalà esitò un attimo. – Sí, – rispose in un soffio.

– Da quanto tempo?
– Dal momento esatto in cui iniziò, un anno fa.
– Fu sua moglie a confessargliela?
– No, non ce ne fu bisogno. Ci pensò direttamente Brancaforte. Mi disse che mi avrebbe dato i soldi che mi servivano per non fallire, senza chiedermi interessi e senza scadenze, e in cambio mia moglie se la doveva fare con lui. E pur di non finire male... io e Fina cedemmo a quella porcheria.

Fina abbassò la testa, il mento sul petto.

– Che mestiere fa lei? – chiese Beppe.
– Sono geometra. Ho una piccola impresa edile. Le cose mi andavano bene, fino a quando non decisi di fare il passo piú lungo della gamba... e mi ritrovai indebitato fino al collo.

Beppe lo soppesò con lo sguardo.

– Dove si trovava la mattina di sabato 19 dicembre?
– A Pachino. Stavo facendo un sopralluogo per una casa da costruire.
– Chi c'era con lei?
– Nessuno, ero da solo.

Santamaria si rivolse alla moglie. – E lei, signora, era con Brancaforte?

La donna negò con la testa.

– Io ero a casa, da sola.
– Questo fazzoletto però era nell'auto di Brancaforte, – obiettò il giudice, mostrandoglielo.
– Forse c'era caduto la volta prima. Non lo trovavo piú da giorni.
– Quindi lei sabato mattina non si trovava a San Corrado di Fuori con Gerardo Brancaforte, – ripeté Beppe.
– A San Corrado di Fuori? – si stupí la ragazza.
– Non era lí che vi incontravate? Nel villino dei Brancaforte?

– Mai ci misi piede, in quella casa, – rispose quasi sdegnata.
Scipione tirò fuori il biglietto trovato da Maria Laura Brancaforte. Beppe gli fece segno di proseguire lui.
– Questo l'ha scritto lei, signora?
Fina trasecolò. – No!
– Sicura?
– Commissario, io non avevo nessun motivo di scrivere biglietti a Brancaforte –. Fece una smorfia. – Questa non solo non è la mia calligrafia, ma io non scrivo cosí sgrammaticato.
Scipione e Beppe si guardarono.
– Commissario, – intervenne Zuccalà, – io a Brancaforte l'avrei ammazzato volentieri, glielo assicuro, se solo avessi potuto fare a meno dei suoi soldi. Almeno la smetteva di usare mia moglie come se fosse la sua but... la sua prostituta personale. Ma non sono stato io. Non possiedo nemmeno una pistola, non sono in grado di sparare.
– Esistono le armi di contrabbando, – obiettò Scipione.
– Di contrabbando? E dove avrei dovuto pigliarla io? Non ne conosco delinquenti, commissario.
Beppe riprese la parola. – Zuccalà, lei lo sa che il motivo principale per cui abbiamo sospettato di lei è stata la sua sparizione? Se le cose sono andate davvero come dice, perché ha sentito la necessità di scappare? Poteva dirci quello che ci sta dicendo oggi. Avrebbe avuto piú probabilità che le credessimo, a lei e alla signora. Adesso, capirà che non è cosí facile.

Scipione accompagnò Beppe alla macchina.
– Che ne pensi?
Il giudice alzò le spalle.
– Mah, Scipio, potrebbe essere tutta una messinscena.
– E gli converrebbe?

– Dirsi innocente? Lo fanno quasi sempre, credimi.
– Sí, ma nel caso specifico, se fosse stato lui non sarebbe meglio ammettere che ha ammazzato l'amante della moglie perché li ha colti sul fatto, piuttosto che rischiare un'accusa per omicidio premeditato? Quello sarebbe considerato delitto d'onore, si farebbe tre anni e sarebbe fuori. Dicendo che da un anno era informato sulla relazione della moglie rischia di beccarsi vent'anni, se non l'ergastolo.
– Non è detto che Zuccalà conosca cosí bene il codice penale.
– Ma non è nemmeno un analfabeta.
– No, ma non è detto che sappia cos'è il delitto d'onore.
Scipione lo guardò beffardo.
– In Sicilia?
Beppe salí in macchina scuotendo la testa.
Scipione riprese la via di casa a piedi, nonostante le insistenze dei suoi uomini. Aveva bisogno di rimettere a posto le idee e camminare nel silenzio della notte lo aiutava. Scelse la strada piú lunga, la stessa che aveva fatto quella mattina andando dalla vedova. Si accese una sigaretta e piano piano iniziò a salire. Passò davanti ai soliti due alberi illuminati, che ormai gli sembrava che lo salutassero. Procedeva lentamente, un passo dopo l'altro, ragionando sull'interrogatorio appena svolto. La sensazione che aveva avuto scoprendo che Zuccalà aveva un debito con la vittima adesso gli pareva piú concreta. Una contraddizione che non aveva percepito davvero finché l'uomo non gliel'aveva messa davanti agli occhi. Il quaderno che Mantuso aveva trovato in banca conteneva date del 1965. Erano soldi che l'usuraio avrebbe prestato di lí a poco. E Zuccalà era tra i debitori. Per di piú con la garanzia, squallida, della moglie. Ammazzarlo proprio in quel momento gli sarebbe convenuto?
Prese la salita che passava davanti a casa Brancaforte, per

gran parte buia. Camminò sul marciapiede opposto. Arrivato in prossimità del vicolo che faceva angolo con la casa scorse un movimento con la coda dell'occhio. D'istinto si voltò. Quello che vide fu come un'illuminazione.

Scipione passò quasi tutta la notte allo scrittoio, con la stufetta al lato, mettendo insieme gli elementi che aveva e cambiandoli di ordine. Era assurdo, ma solo cosí tutto filava. La difficoltà stava adesso nel trovare indizi nuovi che suffragassero quell'ipotesi.

S'infilò nel letto alle quattro e alle sette era già in piedi. Corradina ancora non era comparsa, ma c'era Verrazzo. L'uomo recuperò una moka da quattro tazze e preparò un caffè che in confronto a quello della moglie sembrava degno del miglior bar. Scipione lo prese due volte. Aveva bisogno di essere piú sveglio possibile.

Entrò in commissariato che non era arrivato nemmeno Catalano. Accese la stufa, si sedette e tirò fuori il foglio pieno di appunti con frecce e parole cerchiate che aveva preparato quella notte. Piú lo leggeva, piú ne era convinto.

Il primo ad apparire fu Mantuso.

– Commissario, già qua è?

Scipione lo fece entrare e gli chiese notizie di Zuccalà.

– Per ora è a casa sua. Con Turrisi e Baiunco di guardia per controllare che non scappi.

– Probabilmente il sostituto procuratore chiederà la cattura. Se il giudice riterrà opportuno spiccare il mandato dovremo tradurlo in carcere.

Il brigadiere lo fissò.

– Commissario, ho l'impressione che lei non sia d'accordo, vero?

Scipione si appoggiò alla spalliera, prese un respiro. Non rispose.

Mantuso capí ugualmente e sorrise.
– La vuole sapere una cosa? Manco io.
Il commissario rifletté per un attimo, poi si decise. Prese il foglio in mano e gli spiegò l'ipotesi che aveva elaborato.
Il brigadiere ascoltò serio, meditabondo. Alla fine concordò.
La stessa cosa accadde con Catalano, che lesse e rilesse il foglio almeno quattro volte, ognuna scuotendo la testa in modo piú evidente. – Quadra, eccome se quadra.
Appena arrivò Giordano il commissario lo chiamò.
– Giorda', ascoltami bene: ora io e te saliamo all'Eremo di San Corrado. Tu che sei bravo a cercare oggetti in mezzo alla vegetazione, vai nel punto in cui abbiamo trovato il cadavere e lo ispezioni per bene.
– Agli ordini, commissario. Cosa debbo cercare?
– Un mazzo di chiavi.
– Vengo con voi, cosí aiuto Giordano, – propose Mantuso.
– Come vuoi, ma devi venire con un'altra macchina, perché io devo portare la mia.
Mantuso non riuscí a seguire il ragionamento, ma annuí comunque.
– Catalano, lei invece resta qui e si occupa di un altro compito, molto importante.
Gli spiegò che cosa avrebbe dovuto fare.
La telefonata di Santamaria arrivò puntuale alle nove: Termini aveva chiesto il mandato di cattura per Zuccalà e per la moglie, accusata di complicità, dato che non sussistevano piú le condizioni per l'articolo 587.
– Beppe, dammi mezza giornata, – disse Scipione, convinto, spiegandogli il perché.
Il giudice rimase per un attimo in silenzio, infine si pronunciò.
– Macchiavelli, tu mi stupisci ogni giorno di piú.

Dieci minuti dopo Scipione prendeva la strada per San Corrado al volante dell'Appia, con Mantuso e Giordano dietro nella Millecento di servizio. C'era un motivo preciso per cui aveva voluto portare la sua, e se andava come immaginava lui sarebbe stato chiaro anche agli altri.

Arrivarono nel piazzale davanti all'Eremo. Giordano e Mantuso salirono fino al gradone di roccia su cui era stato rinvenuto Brancaforte e si misero al lavoro. Scipione entrò con l'auto nel cancello e arrivò al Santuario. Girò di lato e bussò al convento.

Un frate che non conosceva gli aprí. Scipione si qualificò e chiese di fra Giovanni.

– Commissario, che bella sorpresa, – disse il frate.

– Buongiorno, fra Giovanni, avrei bisogno di sentire di nuovo fra Luigi.

– Ma certo. Sa che da quando ha parlato con lei dorme di nuovo e ha ripreso a mangiare?

– Sono contento. Però devo chiedergli un altro piccolo sforzo di memoria.

– È nel refettorio. La macchina la disegnò, ma non si capisce granché.

– Preferirei che uscissimo qui, nel vialetto. Devo mostrargli una cosa.

Il frate scomparve e tornò insieme a fra Bambino, che appena vide il commissario sorrise.

Scipione lo salutò, ci parlò un momento, poi chiese a lui e a fra Giovanni di seguirlo. Arrivò davanti all'ingresso della chiesa, dove aveva lasciato la macchina, e si mise accanto a fra Luigi. Il frate sgranò gli occhi, spaventato. Iniziò a battere i piedi.

– La macchina del diavolo! – gridò.

Scipione raggiunse Giordano e Mantuso. Per calmare fra Bambino e spiegargli che quella era l'auto del commissario c'erano voluti tutti i santi, alla fine Scipione era riuscito a convincerlo facendolo entrare dentro.

Appurato che nel posto in cui poteva trovarsi, qualora fosse sfuggito dalla tasca di Brancaforte mentre il suo corpo veniva scaricato lí, il mazzo di chiavi non c'era, Giordano s'era infilato in un cespuglio, che secondo i calcoli di Mantuso era nella direzione in cui sarebbe finito se qualcuno lo avesse lanciato di proposito partendo da quella posizione. Dopo quaranta minuti di ricerca minuziosissima, Scipione aveva perso le speranze. Invece vide riemergere Giordano trionfante, la divisa a brandelli e le mani graffiate.

– Eccole, commissario.

Mantuso era pressoché euforico.

– Mizzica, commissario, c'inzertò in pieno.

Scipione le prese in mano. Erano identiche a quelle trovate sulla poltrona.

Mentre Mantuso accompagnava Giordano a lavarsi, cambiarsi e disinfettarsi i graffi, Scipione fece un salto dai Valentini, che come immaginava s'erano alzati tardi e cincischiavano nella sala della colazione. Lasciò a Primo le chiavi dell'Appia, che per quella mattina non gli serviva piú, in modo che potessero girare senza problemi, armati di cartine della città e mappe stradali che il proprietario dell'albergo aveva gentilmente fornito. Quella sera, se tutto filava liscio, sarebbero andati a cena a Siracusa, in un ristorante che conosceva Beppe.

Scipione tornò a piedi, ma invece di tirare dritto verso il commissariato deviò a sinistra per via Cavour e arrivò nella discesa dov'era palazzo Varzè. Il portone era aperto.

Scipione si fermò nell'atrio in attesa che qualcuno si palesasse. Subito arrivò un uomo. Il commissario si qualificò, chiese se fosse possibile parlare con la principessa. L'uomo lo fece passare in un enorme cortile lastricato di pietra dorata, la stessa con cui erano costruiti tutti i palazzi e le chiese di Noto, con tanto di rampa per le carrozze. Lo lasciò lí e cinque minuti dopo ricomparve.

– Se voscenza mi vole seguire, – disse.

Scipione gli andò dietro. Salirono uno scalone monumentale, attraversarono salotti su salotti, uno piú sontuoso dell'altro, fino a raggiungere quello in cui donna Eleonora lo aspettava. Grande, sui toni del verde, i balconi affacciati sulla discesa.

– Commissario, è un piacere rivederla.

– Principessa –. Le baciò la mano.

– S'accomodi –. Gli indicò un divano di broccato verde e si sedette sulla poltrona accanto. – Mi chiedevo giustappunto quando sarebbe venuto a trovarmi.

– Ah, sí? E perché, se posso?

– Be', dopo quello che raccontai a Giulia, ero sicura che prima o poi mi avrebbe chiesto spiegazioni. Mi sbagliavo?

Scipione sorrise.

– No, non si sbagliava.

– Mi chieda pure tutto quello che ha bisogno di sapere, commissario.

Scipione le pose una domanda diretta, come diretto era lo sguardo della nobildonna.

– La storia è abbastanza lunga, commissario. Lunga e, dal mio punto di vista, molto triste. Risale alla fine degli anni Quaranta. È la storia di una ragazza bellissima e, le assicuro, dolcissima. Suo padre amministrava i conti per mio marito, e ogni tanto se la portava appresso, cosí ebbi modo di conoscerla bene. Amava la musica, i libri, sognava di viaggiare, di andare a Parigi. Mi confidò che era innamorata di un ragazzo, che aveva i suoi stessi sogni. Quando mi disse chi era il ragazzo, capii subito che difficilmente quei sogni si sarebbero realizzati. Un bravo figlio, studioso, volenteroso, ma di famiglia assai piú modesta di quella da cui proveniva lei. Non ebbi cuore di disilluderla, ma sapevo che il tempo mi avrebbe dato ragione. Un giorno la vidi arrivare insieme a suo padre, e capii che era giunto il momento. Nel giro di poco, era cambiata del tutto. Aveva gli occhi spenti, senza piú la minima traccia di dolcezza. Il viso sempre bello, ma l'espressione dura. Quel giorno mi comunicò che stava per sposarsi. Naturalmente il futuro sposo non era il ragazzo di cui era innamorata e che, per cieca obbedienza nei confronti del padre e della famiglia, aveva dovuto lasciare di punto in bianco per votarsi a una vita opposta a quella che avrebbe desiderato. Una vita agiata, senza dubbio, ma che per lei, ne ero sicura, sarebbe stata peggio di una prigione. Non credo di esserci andata troppo lontano –. Si appoggiò alla spalliera della poltrona, rattristata.

Scipione rimase in silenzio. Colpito piú di quanto avrebbe immaginato.

– Una prigione dalla quale si farebbe qualunque cosa per evadere.

Donna Eleonora lo guardò negli occhi.

– Soprattutto se all'improvviso torna la speranza di poterlo fare. E ora, commissario, interpreti pure le mie parole come le sembra piú giusto.

Macchiavelli non aggiunse altro, né altro riteneva ci fosse da aggiungere.

La principessa scosse leggermente il capo, come a voler allontanare quei pensieri.

– Posso offrirle qualcosa, commissario? Un caffè?

Scipione accettò.

Quando stava per andarsene, donna Eleonora lo richiamò.
– Commissario.
– Sí.
– Non speri di riuscirci cosí facilmente.
– A fare cosa, principessa?
– A conquistare Giulia.

Scipione uscí che aveva ancora il sorriso congelato stampato in faccia. Era la sua attrazione per Giulia Marineo a essere tanto evidente, o era donna Eleonora a possedere un intuito eccezionale? Meno male che le sue parole suonavano piú come un monito che come un'intimidazione. Prima di prendere la discesa verso il corso il commissario alzò gli occhi per guardare meglio l'esterno del palazzo. Il portone con le due colonne ai fianchi, i balconi sorretti da figure tra il grottesco e il mitologico. Ognuno di quei volti scolpiti sembrava ricordargli che era osservato.

Scipione si riscosse: non era il momento di pensare ai fatti suoi. Scese giú, diretto in commissariato, allungando il passo. La frenesia della risoluzione del caso aveva ripreso il sopravvento, dopo la brevissima battuta d'arresto, cosí come l'impellenza di sapere se l'indagine che aveva richiesto a Catalano fosse andata a buon fine.

L'aria che si respirava in commissariato era elettrica quasi quanto quella della notte prima, con in piú il brivido dell'azzardo che l'operazione finale richiedeva.

Il maresciallo si palesò appena Scipione passò dal corridoio.
– Commissario.
– Catalano, allora?
– Niente. Un paio d'ore fa dissero che mi richiameranno appena avranno completato le verifiche. Lei invece? Giordano riuscí a scovare quello che cercavamo?

Scipione tirò fuori le chiavi dalla tasca.
– Un portento è 'sto picciotto. Unni si mette a cercare trova.
– S'è scorticato tutto, povero figlio.
Entrarono nella stanza del commissario, lasciando la porta aperta.

Scipione appoggiò le chiavi sulla scrivania, accanto al disegno confuso di fra Bambino che ai frati era sembrato incomprensibile, mentre per il commissario era stato una conferma, alquanto stilizzata, di quello che aveva ipotizzato.
– E questo scarabocchio, commissario? – chiese Catalano.
– Non la riconosce? – sorrise. – È la macchina del diavolo.
Catalano studiò il disegno. D'un tratto capí.
– Ecco perché stamattina si portò la macchina sua. Per sprovare fra Luigi con il colore.

Scipione annuí. Vicino al disegno aveva appoggiato i pochi elementi concreti a disposizione per avvalorare quell'ipotesi, basata soprattutto su delle intuizioni. Ma gli indizi che a mano a mano s'andavano accumulando quel giorno si stavano rivelando perfettamente concordanti. Mancava il piú importante, quello decisivo per portare a termine l'operazione, e dipendeva dalla risposta di cui Catalano era in attesa.

Mantuso e Giordano tornarono alla base. Il vicebrigadiere, lavato e aggiustato, era riuscito pure ad accomodare la divisa nei punti in cui i rovi l'avevano strappata.
– Commissario, che dobbiamo fare? – chiese Mantuso, che non sapeva stare fermo per piú di cinque minuti.

Scipione guardò l'orologio. Era quasi ora di pranzo, ma l'idea di mangiare non lo sfiorava minimamente. Magari i ragazzi e Catalano erano di appetito migliore. Propose loro di prendersi una pausa, che in commissariato ci sarebbe rimasto lui. Tanto, anche se di lí a poco avessero ricevuto notizie positive, non avrebbero potuto agire com'era piú opportuno per ottenere il massimo risultato. Rifiutarono tutti la proposta.

– Mantu', se proprio vuoi fare qualcosa, prendi la Millecento blu e vai ad appostarti, – disse il commissario. – Quand'è il momento avverti la centrale operativa via radio, e se abbiamo già il riscontro che aspettiamo facciamo scattare l'operazione.

Mantuso partí subito, e Giordano chiese di affiancarlo.

Scipione e Catalano rimasero soli, faccia a faccia, a fumare in silenzio finché non entrò la guardia Spadaro.

– Maresciallo, la vogliono al telefono.

Maria Laura Brancaforte ricevé Macchiavelli e i suoi uomini con la faccia perplessa di chi non s'aspettava quell'invasione di campo. Per quanto integralmente ingramagliata, come s'addiceva alla sua condizione, era meno aggiustata del solito. I capelli raccolti in modo meno perfetto, il vestito non abbottonato fino al collo. L'espressione assai meno cupa delle altre volte.

– Mi scuso per il disturbo, vedo che eravate ancora al caffè, – disse Scipione, indicando con gli occhi due tazzine poggiate sul tavolino davanti al divano sul quale lei e l'avvocato Corrado Ferrara erano stati seduti fino a un attimo prima, quando Turidda aveva annunciato la visita inattesa del commissario. La donna lo invitò a sedersi, imbarazzata, ma Scipione restò in piedi, mettendola ancora piú a disagio. L'avvocato spostò lentamente gli occhi verso gli uomini in divisa, che se ne stavano ritti dietro il commissario come in attesa di ordini. Ferrara stava per aprire bocca, ma Scipione lo anticipò. Infilò la mano in tasca e tirò fuori l'orecchino. Se lo rigirò tra le dita, ben visibile da tutti. Maria Laura trasalí. Come il commissario aveva immaginato, Filomena, distratta e probabilmente stizzita per il rifiuto incassato il giorno prima, non aveva pensato a raccontarle della sua visita. Né, probabilmente, doveva esserle sembrata una questione importante.

– Bello quest'orecchino. Prezioso ma discreto, il genere di gioiello che solo chi ha buon gusto può scegliere –. Lo contemplò, poi guardò la Brancaforte. – Le sarà dispiaciuto averlo smarrito.

La donna rimase in silenzio.

– Non vuol sapere dove l'abbiamo trovato? – chiese il commissario.

– Dove? – disse, obbedendo, Maria Laura.

– Nel vostro… pardon, nel *suo* villino, a San Corrado di Fuori. Sotto il letto.

– L'avrò perduto l'ultima volta che sono stata lí.

– Ah, sí, senza dubbio, – fece Scipione, criptico.

L'avvocato finalmente parlò.

– Commissario, mi scusi, potremmo conoscere il motivo della vostra… visita?

– Ma certo, avvocato. Siamo qui per comunicarvi che il caso è risolto. E per raccontarvi una lunga storia, che ha inizio alla fine degli anni Quaranta –. Rimasero impietriti. – Preferite sedervi? – domandò il commissario.

I due si rimisero sul divano, in punta.

Scipione iniziò a raccontare di Corrado e Maria Laura, innamorati da sempre, divisi da un matrimonio combinato e all'improvviso, dopo molti anni, tornati a frequentarsi. Di un marito padrone, gretto e ignobile, abituato a comprare la gente tenendola in pugno con abietti sistemi. Di una moglie costretta a una vita che non voleva, e all'obbedienza promessa davanti a Dio, che un giorno non resiste piú e inizia a prendersi la felicità di cui era stata privata. A qualunque costo.

– Di come siano andate davvero le cose, umanamente, io posso solo tentare una ricostruzione. Quello che mi serve sapere, da commissario di Pubblica sicurezza, lo so già. So che sabato 19 dicembre nella stanza da letto del villino non c'era Brancaforte, ma c'eravate voi. Che Brancaforte, passando per caso da lí dopo uno dei suoi incontri, diciamo cosí, d'affari deve essere entrato in casa, avervi colti sul fatto e, secondo il suo uso, deve aver minacciato, promesso ritorsioni. Era finita. Ucciderlo era l'unico modo per salvare la signora da una vita d'inferno –. Scipione spostò gli occhi sull'avvocato. – Cosí lei decide di farlo. Tira fuori la pistola che porta sempre con sé e gli spara. Lo carica sulla sua macchina e lo porta in un posto in cui ci vorranno giorni prima che venga ritrovato. Da quel momento è iniziato il depistaggio.

Maria Laura sembrava intontita.

– La sua ipotesi è molto suggestiva, commissario, – disse Ferrara. – Ha un problema, però: difetta di prove. Un orecchino non dimostra nulla.

– No, un orecchino no. Ma il racconto di un testimone che l'ha vista sbarazzarsi del cadavere sí. E le assicuro che se una pistola ha sparato di recente i nostri balistici sono in grado di rilevarlo anche a distanza di giorni. Senza contare le impronte digitali sue di cui la stanza da letto del villino sarà piena. Non le consiglio di continuare a negare, avvocato –. Sul testimone il commissario aveva bluffato. Non era affatto sicuro che fra Bambino, di fronte alla DS rossa, avrebbe riconosciuto la vera macchina del diavolo e avrebbe raccontato nei particolari quello che aveva visto.

Maria Laura cedette di colpo, si coprí il volto con le mani, singhiozzando. Un pianto vero, disperato, che non somigliava neppure alla lontana a quello simulato delle volte precedenti.

– È stata legittima difesa, commissario, glielo giuro, – disse accorata, alzando lo sguardo su Scipione.

Ferrara le cinse le spalle con un braccio, chiuse gli occhi.

– È andata piú o meno nel modo in cui ha detto lei, commissario, tranne che per due dettagli: Gerardo Brancaforte non ha minacciato né promesso ritorsioni. Si è avventato su Maria Laura come una furia, l'ha afferrata per il collo urlandole insulti... irripetibili, ha iniziato a stringere. Ero sicuro che l'avrebbe uccisa. Ho provato ad attaccarlo da dietro, a bloccarlo, ma non ci sono riuscito. Lei non ha conosciuto quell'uomo da vivo, commissario, ma le garantisco che aveva una forza bruta. E stava ammazzando la donna che amo. Non ho pensato piú a niente: ho agito d'istinto. Ho preso la pistola e... gli ho sparato.

Scipione ascoltò il resto della storia con un'amarezza che avrebbe preferito non provare. I due avevano fatto di tutto per salvarsi: avevano inscenato minacce, aggiungendo lettere anonime a quelle che già Brancaforte aveva ricevuto da chissà quale delle tante persone che potevano avercela con lui; avevano chiuso a chiave il cassetto della scrivania di Gerardo; avevano scritto un finto biglietto da parte dell'amante di cui Maria Laura era a conoscenza. Tutto per costruire altri possibili moventi. A riprova di quello che avevano appena confessato, il collo di Maria Laura recava ancora chiari i lividi del tentato strangolamento. Ferrara consegnò la pistola senza protestare.

– Sa qual è il secondo dettaglio su cui si è sbagliato, commissario? Mai prima dell'ultimo periodo avevo portato sempre con me quell'arma. Ma ricominciare la storia con Maria Laura, col marito che si ritrovava, era piú pericoloso di una roulette russa. Dovevo potermi difendere... E avevo ragione.

24.

Arrivare a Siracusa in tre, stretti nell'Appia convertibile, fu un'impresa, ma Scipione, Primo e Camilla ci riuscirono. Raggiunsero Beppe Santamaria nell'appartamento della zona nuova della città in cui abitava da solo da quando era tornato a vivere lí.
– Va bene il rientro alla base, va bene rassegnarsi, ma dopo anni da scapolo a Roma tornare a condividere il tetto con i miei genitori era fuori discussione, – spiegò il giudice, mentre riprendevano le auto per spostarsi al ristorante.
Un po' per volta, aiutato da un paio di bicchieri di vino, Scipione iniziò a rilassarsi alla fine di quella giornata campale.
– Commissario, – disse Santamaria, – non so come ti siano venute quelle intuizioni, ma sei stato geniale. I miei complimenti.
Camilla, giornalista nata nonostante la società *retrograda* – diceva – l'avesse *relegata* in una rivista femminile, si fece raccontare tutto per filo e per segno.
– Poveraccia, – commentò. – Costretta a sposare uno che non solo non aveva scelto, e questo purtroppo è abbastanza frequente, ma che per di piú era una bestia. Ci ha dovuto fare pure cinque figli, senza potersi mai ribellare, e appena la vita le ha dato la possibilità di riscattarsi ha persino rischiato di finire ammazzata.
Si alzò appoggiando energicamente il tovagliolo sul tavolo e si allontanò.
– E mo 'ndo se n'è annata? Mah, – disse Primo scrollan-

do le spalle. Si voltò verso Scipione: – Macchiave', dimmi una cosa, non è che ti sei immedesimato in quella storia?

Scipione trasecolò. – Eh? E perché?

– No, dicevo cosí per dire...

– Tu non dici mai niente «cosí per dire». Spiegati meglio.

– Be', il marito che becca la moglie a letto con un altro... – mosse avanti e indietro la mano col pollice e l'indice a C, per indicare una certa consonanza.

Il commissario reagí con una smorfia.

– Non scherziamo, Pri', la storia di quei due non c'entra niente con me e Ginevra. Io faccio fatica pure a ricordare che ci trovavo di bello in quella donna.

– A una bona come quella, qualcosa ce la trovi per forza! – commentò Primo, sghignazzando.

Beppe gli lanciò un'occhiata storta.

– Scipio, io non la conosco e non so che ci trovassi, però non puoi negare che t'avevo sconsigliato di infilarti in quella situazione. C'eri stato una volta? Bastava e avanzava. Almeno non saresti incappato in uno scandalo di cui ha parlato mezza Roma, arrivando addirittura alle mani per difenderti da un marito geloso. Per poi beccarti pure una procedura disciplinare con trasferimento immediato per aver *disonorato* la tua carica, e in nome di cosa? Una storia di letto.

– Co' la moglie d'un viceministro, – precisò Primo.

Scipione li guardò, prima l'uno poi l'altro.

– Grazie d'avermi ricordato le fesserie che ho combinato, eh! Avercene amici cosí.

Finí in una risata. Appena in tempo prima che Camilla tornasse a tavola.

– Comunque, – rimediò Beppe, – sono sicuro che il questore di Siracusa, dopo il caso che hai risolto cosí brillantemente, riferirà grandi elogi ai superiori. Vedrai che riscatto, commissario Macchiavelli.

Il Teatro comunale di Noto, la sera di capodanno, era irriconoscibile. Le poltrone erano sparite, al loro posto un unico pavimento di legno che andava dal palcoscenico alla fine della platea, sul quale ballavano decine di coppie. Un piccolo esercito di smoking e abiti lunghi, piú o meno eleganti a seconda di chi li portava. L'età media dei ballerini era assai al di sotto di quella della gente che Scipione era abituato a frequentare. I palchi, per contro, erano occupati dagli adulti. Signore sedute a conversare, uomini riuniti in capannelli, tutti avvolti da nuvole di fumo. Spinto dai commenti sarcastici di Santamaria, il commissario non poté fare a meno di osservare con quanta nonchalance le mamme netine alternavano le chiacchiere tra amiche con le occhiate di sorveglianza rivolte alle figlie che ballavano.

Gullo e Montefalco erano fissi sulla pista. Vincenzo Travina insieme a due amici faceva la spola tra i palchi e il bar del foyer, dov'era seduto anche Beppe con un gruppo di siracusani e siracusane, tra cui Roberta De Nardo: una ragazza molto giovane e molto carina che aveva fatto in modo di sedergli accanto, e che lui incredibilmente sembrava degnare di piú di uno sguardo. Tanto da presentarla subito a Scipione, con buona pace di Camilla che si rabbuiò per il resto della serata, nonostante le attenzioni che decine di giovani, e anche meno giovani, le riservavano in quanto «continentale», di bell'aspetto e con la fama di donna emancipata. Primo al contrario approfittava alla grande del fascino del forestiero per tentare di agganciare qualche ragazza.

Della farmacista nessuna traccia.

Memore della facilità con cui donna Eleonora aveva manifestato di averlo beccato in flagrante, Scipione evitò di adocchiare l'ingresso ogni cinque minuti. Sperò che Giulia non facesse parte di quel gruppo di persone, con Alberta Travina e Francesco Varzè in testa, che era partito alla volta di Ragusa per passare la serata di capodanno in un circolo privato.

– Arriva, arriva, non ti preoccupare, – gli sussurrò Beppe in un orecchio.

Scipione finse di cadere dalle nuvole.

– Chi?

– Eh, vabbe'. *Chi,* – il giudice fece un ghigno, poi, come se fosse ovvio: – Giulia Marineo, no? Non è lei che stai aspettando con trepidazione di vedere arrivare?

Scipione capí che con Beppe non aveva chance.

– D'accordo, lo ammetto: mi piace. E pure parecchio.

– Come vedi ti conosco bene. Però ti avverto: non pensare nemmeno per un minuto di comportarti qui come fai a Roma. Giulia Marineo è la ragazza piú inconquistabile che tu possa immaginare. Ha rifiutato fior di pretendenti, e raramente concede la sua confidenza a qualcuno. Se l'ha fatto con te potrebbe darsi che ti stia osservando, ma considerata la fama che ti porti dietro, non sperare che l'osservazione duri poco. E, soprattutto, valuta bene se sei pronto a impegnarti.

Un discorso che, appaiato a quello di donna Eleonora, avrebbe condotto il vero Scipione Macchiavelli alla fuga immediata. Ma lo Scipione netino non fece una piega, sebbene lo avesse spiazzato scoprire che tutti lí erano a conoscenza dei suoi trascorsi. Rilanciò scherzando: – Pensa per te, va'. E fai fare un ballo alla tua amica –. Indicò con gli occhi Roberta.

Beppe abbozzò un mezzo sorriso.

Scipione si alzò e andò al bancone del bar nel foyer, rimuginando sulla possibilità che anche Giulia avesse sentito parlare del suo passato. Era ormai convinto che non sarebbe piú arrivata, quando si sentí chiamare.

– Scipione Macchiavelli: l'eroe della città.

Si voltò e la vide.

Note e ringraziamenti.

Nessuno dei personaggi che troverete in questo libro è esistito realmente. Persone, famiglie, cosí come i nomi dei palazzi nobiliari, sono frutto della mia fantasia e non si riferiscono minimamente alla realtà.

Nel 1964 la Polizia di Stato, allora «Corpo delle Guardie di Pubblica sicurezza», e l'ordinamento giudiziario vigente erano assai differenti da quelli attuali; ricostruirli nel modo piú fedele possibile è stato impegnativo ma molto interessante. Grazie infinite a chi mi ha aiutato in quest'impresa. Nello Cassisi, Rosalba Recupido e Cristoforo Pomara che anche stavolta, seppur in modo diverso dal solito, sono stati dei consulenti indispensabili. Il dottor Domenico Cerbone, l'ispettore Fabio Ruffini e la dottoressa Antonella Fabiani, del Dipartimento della Pubblica sicurezza, per la disponibilità con cui mi hanno fornito il materiale e le informazioni utili per rendere al meglio la realtà del mondo in cui si muove il commissario Scipione Macchiavelli.

La Noto degli anni Sessanta, come avrete intuito, era molto diversa dalla Capitale del Barocco e affollatissima meta turistica che siete abituati a vedere oggi. Ricreare quel mondo lontano, seppur in modo fantasioso, sarebbe stato impossibile senza la partecipazione di tante persone che ringrazio di cuore. I miei genitori per primi, mio zio Mimí e tutti i cari amici netini che mi hanno aiutato con i loro ricordi. Non me ne vogliano se, per esigenze narrative, a volte ho dovuto modificarli.

Grazie a Corrado Assenza per avermi raccontato il *Caffè Sicilia* di quell'epoca, tanto diverso da quello di oggi, che – seppur con qualche licenza narrativa – ho tentato di riprodurre nelle mie pagine.

Gli anni Sessanta, come dimostrano le mie preferenze in materia di film, e non solo, mi hanno sempre attratto in modo spe-

NOTE E RINGRAZIAMENTI

ciale. Scartabellare tra le notizie dell'epoca, dalle prime pagine dei quotidiani alla programmazione televisiva del «Radiocorriere Tv», dalla Roma della dolce vita alle automobili di quegli anni, è stato divertente.

Un nuovo libro è sempre una nuova avventura, non priva di incognite. Grazie a Stile Libero e a tutta la casa editrice Einaudi per aver creduto in questo progetto e per l'entusiasmo con cui ha accolto Scipione Macchiavelli. Grazie a Maria Paola Romeo, il cui sostegno supera di molto quello di un'agente, e a suo padre Salvatore, memoria storica netina.

Grazie, mia preziosa, straordinaria famiglia, sempre partecipe. Grazie, amici, che per mesi mi vedete scomparire dal vostro orizzonte ogni volta che c'è un libro da scrivere.

Grazie, Maurizio mio: senza il tuo amorevole, granitico sostegno non riuscirei ad affrontare nessuna avventura.

Einaudi garantisce la gestione sostenibile delle risorse forestali e usa carta HOLMEN certificata PEFC con fibra vergine proveniente da foreste sostenibili
www.holmen.com/paper

Questo libro è fabbricato da Grafica Veneta S.p.A.
con un processo di stampa e rilegatura certificato 100% carbon neutral
in accordo con PAS 2060 BSI.

Stampato per conto della Casa editrice Einaudi
presso Grafica Veneta S.p.A. - Stabilimento di Trebaseleghe (Pd)

C.L. 26146

Edizione						Anno			
4	5	6	7	8	9	2025	2026	2027	2028